Stefan Wollschläger

Ankerschmerz

EDITION M

Das Buch

Im Hafenbecken von Dornumersiel wird die Leiche einer jungen Komponistin entdeckt, deren Schlagerhit »Ankerschmerz« gerade die Charts stürmt.

Für Kira Jensen ist es kein ruhiger Start in ihrer alten Heimat. Ihr erster Arbeitstag als Kommissarin wird von einer persönlichen Katastrophe überschattet. Zudem entpuppt sich ihr neuer Vorgesetzter Tilmann Baer als Eigenbrötler, der ihr gleich deutlich macht, dass er seine Ermittlungen lieber alleine führt.

Wenn Kira sich in ihrem Job durchsetzen will, bleibt ihr nichts anderes übrig, als ihrem eigenen Instinkt zu folgen. Sind die Songtexte der jungen Frau der Schlüssel zu diesem Fall?

Der Autor

Stefan Wollschläger ist in Berlin geboren und hat evangelische Theologie studiert, was ihn nach Freiburg und Osnabrück führte. Er liebt die Nordsee und erkundet gerne die vielfältige ostfriesische Landschaft. Schon als Jugendlicher hat er mit Leidenschaft geschrieben und gezeichnet. Die Ergebnisse hat er stets am Ende eines Jahres gebunden, kopiert und als Weihnachtsgeschenke unter die Verwandten gebracht. Seit 2016 veröffentlicht er die beliebte Krimireihe »Diederike Dirks ermittelt« mit bisher sieben Bänden.

Sein Krimi »Friesenkunst« war einer der beiden Gewinner beim e-ditio Independent Selfpublishing Award 2016 und alle Diederike-Dirks-Bücher wurden Bild-Bestseller.

STEFAN WOLLSCHLÄGER

ANKER SCHMERZ

KIRA JENSEN ERMITTELT

KRIMINALROMAN

EDITION M

Veröffentlicht bei
Edition M, Amazon Media EU S.à r.l.
38, avenue John F. Kennedy, L-1855 Luxembourg
Oktober 2020

Umschlaggestaltung: zero-media.net, München
Umschlagmotiv: © Gilmanshin / Shutterstock; © Mega Pixel / Shutterstock;
© Ildiko Neer / ArcAngel; © DEEPOL by plainpicture/Roine Magnusson
Lektorat: Rotkel Textwerkstatt
Gedruckt durch:
Amazon Distribution GmbH, Amazonstraße 1, 04347 Leipzig /
Canon Deutschland Business Services GmbH, Ferdinand-Jühlke-Str. 7,
99095 Erfurt /
CPI books GmbH, Birkstraße 10, 25917 Leck

ISBN 978-2-49670-373-3

www.edition-m-verlag.de

1. Ankerschmerz

»Ich starre aufs Meer, aber Freiheit ist unerreichbar.«

Hinter ihrer Hand, die es vom Wind abschirmte, flammte das Feuerzeug auf. Die glimmende Zigarette leuchtete wie ein Irrlicht in der Nacht.

Wiebke stand im Hafen von Dornumersiel und schaute auf den schwarzen Horizont. Es war Vollmond, aber dichte Wolken zogen schnell über den weiten Himmel. Vom Meer her wehte ein leichter Wind und die Luft duftete nach Salz. An diesem Ort hatte sie schon häufig Kraft geschöpft.

Es war kühl, aber sie glühte innerlich. Diesmal hatte sie das Gefühl, als ob die Freiheit zum Greifen nahe wäre. Auf einmal war da diese Gewissheit, dass es weitergehen konnte und es eine neue Welt für sie gab. Sie musste nur endlich all ihre Erkenntnisse umsetzen.

Wiebke nahm einen tiefen Zug von der Zigarette und schlenderte zurück zu ihrem Auto.

Der rote VW Golf stand nicht weit entfernt nah an der Kante zum Hafenbecken. Links führte eine Rampe ins Wasser, auf der Fischernetze ausgebreitet waren.

Es gab nur noch ein anderes Fahrzeug auf dem weitläufigen Parkplatz, das weiter weg stand. Musste sie sich deswegen Sorgen machen? Fantasie war Wiebkes Kapital und sie konnte sich in alles reinsteigern. Aber sie konnte sich auch Grenzen setzen und etwas rational betrachten. Wahrscheinlich gehörte der Wagen jemandem vom Restaurant Hafensänger, das als dunkler Quader über dem Deich thronte.

Eine Möwe flatterte geisterhaft auf.

Wiebke beruhigte sich an ihrer Zigarette.

Sie stieg in ihr Auto und öffnete das Handschuhfach. Es fühlte sich wundervoll nostalgisch an, eine CD in der Hand zu halten, und es tat unendlich gut, nach der ganzen Arbeit am Computerbildschirm ein reales Produkt zu haben, das man sich ins Regal stellen konnte. Das machte die eigene Leistung ein wenig greifbarer.

Wiebke wählte Lied sieben aus, denn das war immer das beste. Sie knipste das Deckenlicht an, und während die Anfangsakkorde den Kleinwagen füllten, betrachtete sie das Cover. Eine Frau mit wallendem, dunklem Haar lächelte herzlich und hielt die Hand zum Gruß an die Kapitänsmütze. Die Bluse ihrer Uniform offenbarte ihr üppiges Dekolleté mit dem glitzernden BH, der das Markenzeichen von Maybrit Decker war. Auch der Albumtitel strahlte in Glitzerbuchstaben: »Ahoi!«

* * *

Dieselben Buchstaben standen in überdimensionaler Größe auf der Bühne der Sparkassen-Arena Aurich. Sie blinkten und sprühten Funken, was die ekstatische Menge noch weiter anfeuerte. Mittlerweile hatte auch der letzte Konzertbesucher begriffen, dass Maybrit Decker noch einmal ihren größten Hit als Zugabe spielte. Die Sängerin strahlte wie Plutonium und schleuderte ihre Kapitänsmütze ins Publikum.

Alle sprangen und tanzten, auch die junge, blonde Frau direkt vor der Bühne. Ihr langes Haar flog in alle Richtungen und sie selbst bekam die Schweißtropfen der Feiernden um sie herum ab. Kira Jensen hatte sich seit Ewigkeiten nicht mehr so frei gefühlt. Ihre Stimme war schon ganz heiser, weil sie zweieinhalb Stunden lang jedes Lied mitgesungen hatte, trotzdem beteiligte sie sich wie alle anderen am Refrain.

»Ich will vorwärts, aber komm nicht los, der Ankerschmerz ist viel zu groß.

Spreng die Ketten und stich in See! Solange der Kurs stimmt, ist alles okay.«

* * *

Wiebke lauschte den enthusiastischen Klängen nur mit halbem Ohr, während sie durch das Booklet blätterte. Damit hatte sich der Musikverlag richtig Mühe gegeben, es gab viele Fotos und auch die Liedtexte waren abgedruckt.

»Ankerschmerz«, las sie sich selbst vor. »Text und Musik: Wiebke de Wall.«

Sie konnte es immer noch kaum glauben. Wenn das wirklich stimmen sollte, dann war sie doch nicht so eine Versagerin. Dann war sie doch nicht so wertlos, wie sie sich fühlte. Dann war ihr Talent doch nicht so nutzlos, wie sie immer geglaubt hatte.

Wiebke schaltete das Radio ab und lehnte sich in ihrem Sitz zurück. »Ankerschmerz« befand sich seit zwei Wochen auf Platz eins der deutschen Schlagercharts. Sie wollte sich an dem Erfolg erfreuen, aber weil sie damit keine Erfahrungen hatte, spürte sie nur den Druck.

Alle glaubten auf einmal, man würde mit dem Leben zurechtkommen, so als hätten sich alle Probleme einfach in Luft aufgelöst. Sie hatte doch alles erreicht, also war sie jetzt an der Reihe, etwas abzugeben. Alle gierten danach, ein Stück vom Kuchen abzubekommen. Dabei war sie nur eine Hochstaplerin, oder nicht?

Die Erkenntnis, dass ihr Traum immer noch nicht geplatzt war, erreichte ihr Gehirn nur langsam. Bisher hatte sie geglaubt, sie wäre von einer hohen Mauer eingeschlossen gewesen, aber nun besaß sie den Schlüssel für den Ausgang. Vor ihr lag ein vollkommen neuer Lebensabschnitt.

Wiebke seufzte. Erfolg heilte zwar keine Wunden, aber er machte Mut.

Noch waren ihre Songs besser als sie. Aber jetzt war es an der Zeit, Ernst zu machen. Es war nicht schlimm, einen Fehler zu begehen, es kam nur darauf an, ihn zu korrigieren. *Solange der Kurs stimmt, ist alles okay.*

Wiebke sah nach vorne und startete den Motor. Die Scheiben begannen zu beschlagen, aber noch konnte sie genug sehen. Vor ihr war das Hafenbecken, auf der anderen Seite zeichneten sich die Umrisse eines Kutters ab.

Plötzlich klopfte etwas gegen das Seitenfenster – es klang wie Metall auf Glas.

Wiebke wandte sich nach links und schaute direkt in einen Pistolenlauf.

Bitte nicht!, war ihr letzter Gedanke, dann knallte der Schuss.

* * *

Kira strömte mit den anderen Konzertbesuchern auf den Parkplatz. Die meisten fuhren direkt nach Hause, weshalb sich an der Ausfahrt bereits eine Schlange bildete. Obwohl ihre Kleidung auf der Haut klebte und sich die kalte Nachtluft unangenehm anfühlte, wollte Kira nicht, dass dieser Abend schon vorbei war. Sie war viel zu aufgekratzt. Außerdem hatte sie sich noch nicht mit ihrer neuen Wohnung angefreundet, überall standen Umzugskisten herum, die sie bislang nicht ausgepackt hatte.

Auf der anderen Straßenseite leuchtete die Fassade eines Kinos in bunten LED-Farben und daneben lag ein einladendes

Restaurant mit Feuerschalen im Außenbereich. Kira beschleunigte ihre Schritte, um nicht vollkommen auszukühlen. Sie wollte sich nur noch ein Getränk genehmigen, um den Abend würdig ausklingen zu lassen.

Im Lokal sorgten der imposante Kristalllüster, der unter der hohen schwarzen Decke glitzerte, und die Stühle, die mit dunkelgrünem oder curryfarbenem Samt bezogen waren, für eine gemütliche, aber stilvolle Atmosphäre. Die Gäste schienen ihre Cocktails zu genießen.

Kira setzte sich an die Bar. Gerne hätte sie jetzt einen Aperol Spritz bestellt, aber da es ein normaler Wochentag war, blieb es bei einer Cola. Der Termin für das Konzert war nicht ideal, trotzdem war sie froh gewesen, noch eine Karte ergattert zu haben. Maybrit Decker war gerade schwer angesagt. In einer Woche war sogar noch ein Zusatzkonzert angesetzt worden. Sollte sie sich dafür auch eine Karte besorgen? Sie entschied sich besser schnell.

Jetzt waren allerdings erst mal andere Dinge wichtig. Morgen würde sie ihren neuen Vorgesetzten kennenlernen und sie hoffte sehr, dass sie sich gut mit ihm verstehen würde.

Sie nahm ihre Cola entgegen und bemerkte erst jetzt, dass sie ziemlich ausgetrocknet war. Das Glas war in wenigen Schlucken leer getrunken. Der Barkeeper hatte gerade mit einem Cocktail zu tun, und während Kira auf ihn wartete, um eine weitere Cola zu bestellen, überprüfte sie ihr Erscheinungsbild in der Spiegelwand hinter den Spirituosen. Sie trug ein hochgeschlossenes Oberteil, das nichts preisgab. Trotzdem versuchte der Kerl am nächstgelegenen Tisch durch bohrendes Anstarren herauszufinden, was sich darunter verbarg. Kira war angewidert, allerdings bemerkte auch seine Begleitung den aufdringlichen Blick, was zu einer handfesten Diskussion führte.

»Warst du auch auf dem Konzert?« Die Frage kam von dem Typen drei Barhocker weiter.

Kira wunderte sich darüber, dass sie nicht den Impuls verspürte, sich einen anderen Platz zu suchen, so wie sie es normalerweise tat, wenn jemand sie ansprach.

Der junge Mann verließ seinen Hocker und gesellte sich zu ihr. Sein dunkles Haar war soldatisch kurz geschnitten und er hatte wunderschöne Augen, so blau wie die Flasche Bombay Sapphire im Spirituosenregal. Unter seinem gut sitzenden Anzug zeichnete sich ein durchtrainierter Körper ab.

»Ich bin Matthias.« Er lächelte einnehmend. »Meine Freunde nennen mich Mats.«

Alles in ihr spannte sich an, aber das Sturmläuten der inneren Alarmglocke blieb aus. »Kira.«

»Ein schöner Name. Passend für Miss Niedersachsen.«

Das war wahrscheinlich der dämlichste Anmachspruch der Welt, aber Mats hatte ihn mit so viel Selbstironie vorgetragen, dass Kira lächeln musste.

Da saß sie nun, die Giftspinne, die die Fliege ins Netz locken wollte. Wie weit würde sie sich darauf einlassen?

»Nur eine Cola?« Mats nickte zu ihrem Glas.

»Ich muss noch fahren.«

Mats zuckte mit den Schultern. »Von mir aus. Ist günstiger für mich, als dich auf einen Cocktail einzuladen.« Er wandte sich an den Barkeeper. »Eine Cola und einen Gin Tonic bitte.«

Wieder diese selbstironische Art.

»Was für ein Auto fährst du?«

Mit solch einer Frage hatte Kira überhaupt nicht gerechnet. Sollte das ein Test sein? Oder wollte er sie nur ein wenig aus der Reserve locken? Kira empfand es allerdings angenehmer, sich über Autos zu unterhalten, als abgedroschene Komplimente zu bekommen. »Einen zwanzig Jahre alten Audi Avant«, antwortete sie. »Er hat mich noch gut in den Norden gebracht, aber den nächsten TÜV wird er nicht überstehen.«

»Also bist du gerade erst hergezogen?«

»Ich bin hier geboren und aufgewachsen, aber habe meine Ausbildung woanders gemacht. Jetzt hatte ich die Gelegenheit, eine Stelle in Aurich anzunehmen, und habe sie genutzt.«

»›Zum Meer zieht's einen immer wieder zurück.‹«

Kira erkannte diesen Satz als Zitat aus einem Maybrit-Decker-Lied und lächelte. Damit hatte die Sängerin sogar das Konzert eröffnet.

Die Getränke kamen und Mats prostete ihr zu. »Willst du nicht auch etwas Richtiges trinken? Als Ostfriesin kannst du das doch ab.«

»Ich habe morgen meinen ersten Arbeitstag. Da will ich unbedingt einen guten Eindruck machen.« Warum blubberte das denn aus ihr raus, als wäre sie besoffen? Erst jetzt fiel Kira auf, dass sie seit der Bestellung heute Morgen im Frühstückscafé mit niemandem mehr gesprochen hatte.

Mats lächelte undurchdringlich.

Kira verspürte das Bedürfnis, ihm zu gefallen, und darüber ärgerte sie sich. Ab jetzt würde sie ihm nichts mehr verraten.

»Was arbeitest du denn?«, fragte er.

Sie blieb bei ihrem Entschluss und änderte ihre Strategie. »Was arbeitest *du* denn?«

»Wenn du es nicht sagst, sag ich es auch nicht.« Mats süffelte genüsslich seinen Longdrink.

»Mir doch egal. Du machst bestimmt etwas ganz Langweiliges.«

»Vielleicht.« Seine Augen waren wie ein geheimnisvoller Brunnen. »Aber vielleicht weiß ich dadurch auch Dinge über Maybrit Decker, die sonst niemand weiß.«

»Bist du ihr Bodyguard?«

»Dann wäre ich jetzt nicht hier.«

»Journalist? Detektiv?«

Mats grinste in sein Glas.

»Was sind das für Dinge, die du über Maybrit weißt?«

»Die behalte ich lieber für mich.«

»Na klar: Du bist Finanzbeamter und bearbeitest ihre Steuererklärung.«

Mats lachte auf. »Fast«, neckte er sie.

Kira ging innerlich noch weitere Möglichkeiten durch. *Oh nein*, dachte sie. *Er ist einer meiner neuen Kollegen bei der Kriminalpolizei.* Mit jemandem vom Revier wollte sie sich auf keinen Fall einlassen, das konnte nur zu Problemen führen. Allerdings gab es solche Zufälle nur in romantischen Komödien und ihr Liebesleben war stets ein Trauerspiel gewesen.

Kira stellte fest, dass sie sich mitten in Mats' Spinnennetz befand und nichts dagegen hatte. Ein Teil von ihr sehnte sich danach, festgehalten zu werden und sich in seinen starken Armen geborgen zu fühlen. Wieder zurück in der Heimat zu sein und einen neuen Job zu beginnen war ein Wagnis, da wäre es schön, ein kleines Gefühl von Sicherheit zu bekommen. Sie wünschte sich, sich auf ihn einlassen zu können. Aber es war nur fair, wenn sie diese Reise schnell beendete, solange es noch genug Auswahl an anderen Begleitungen für ihn gab.

»Ich fühle mich wirklich sehr geschmeichelt, Mats, aber ich werde jetzt nach Hause fahren. Und zwar alleine.«

»Wirklich?« Er mobilisierte noch mal seinen ganzen Charme. »Wie singt Maybrit Decker so schön? ›Nur wer etwas wagt, findet sein Glück.‹«

Kira wusste sofort, von welchem Lied Mats sprach. »Nachtflug« aus dem Album »Offline«. Es war ein netter Versuch, trotzdem änderte das nichts an ihrer Entscheidung. »Wirklich.« Sie stand auf.

Mats wirkte in seinem Stolz verletzt und das tat Kira leid. Doch er besann sich schnell wieder. »Nur noch einen Drink«, bettelte er. »Um auf deinen neuen Job anzustoßen.«

»Okay.« Kira seufzte. »Noch eine Cola.«

2. Erster Arbeitstag

Der Mittwoch begann für Hauptkommissar Tilmann Baer gewohnt unaufgeregt. Er hatte nichts dagegen, die einzelnen Tage nur anhand der Zeitung voneinander unterscheiden zu können. So früh am Morgen traf er nur auf wenige Kollegen und hatte das Büro noch ganz für sich alleine. Die Kaffeemaschine zischte und knackte den ganzen Brühprozess über, so als wollte sie ihm Vorhaltungen wegen seiner Koffeinsucht machen.

»Andere leben ungesünder«, brummte Baer. Er öffnete den Schrank und füllte seinen Vorrat an kernigen Haferflocken und H-Milch auf. Das war sein Mittagessen, zum Frühstück hatte er sich einen Apfel mitgebracht. Zu Hause zu frühstücken war unsinnig, hier zählte es schließlich als Arbeitszeit und dauerte so lange wie die Lektüre der »Ostfriesen-Zeitung«.

Die Kaffeemaschine gab ein letztes Gurgeln von sich. Baer rollte zu ihr und goss das annähernd dickflüssige Gedankenbenzin in seine Tasse, die er zum dreißigjährigen Dienstjubiläum bekommen hatte. Das billige Porzellan hatte schon nach einer Woche einen Riss bekommen, aber hielt seitdem tapfer durch, sodass Baer hoffte, diesen Becher bis zum nächsten großen Händeschütteln behalten zu können. So war das eben – manchmal hielt etwas mit einem Schaden besonders lange.

Auf der Titelseite prangte ein großes Foto von einem Konzert in der Sparkassen-Arena. »Die Oldenburger Schlagerprinzessin Maybrit Decker begeistert Aurich.« *Großartig*, dachte Baer, *wenn es solche Lappalien auf Seite eins schaffen, ist in der Welt nichts Wichtiges passiert.*

Es klopfte.

»Niemand da.«

Die Tür öffnete sich trotzdem und Ralf Gravenhorst, der Dienststellenleiter, betrat den Raum. Er war fünf Jahre älter als Baer, trotzdem besaß er kein einziges graues Haar, weil er es penibel blondierte. Seine üppige Mähne stammte Gerüchten zufolge aus Setzlingen, die eigentlich an das tropische Klima unter den Achseln gewöhnt waren. Irgendwas an seinem Anzug und seiner Krawatte schimmerte immer, wahrscheinlich duschte er morgens in Sternenstaub. Man musste eben immer darauf vorbereitet sein, dass Deutschland spontan den charmantesten Beamten suchte.

Gravenhorst zückte seine Tasse und ging direkt zu Baers Kaffeemaschine.

»Sammelst du eigentlich schon Treuepunkte?«, fragte Baer.

Gravenhorst war gegen Sarkasmus immun. »Heute kommt deine neue Kollegin.«

»Schiet. Der Tag hat so gut angefangen.«

»Du brauchst einen Assistenten, Tilmann.«

»Warum? Ich arbeite am besten alleine.«

»Es ist immer hilfreich, sich mit jemandem zu besprechen und eine andere Perspektive einzuholen. Das bewahrt vor Fehlern.«

»Und wo ist dein Assistent?«

Gravenhorst seufzte.

»Hier saß doch manchmal jemand.« Baer wedelte mit der Hand zum zweiten Schreibtisch. »Wo ist der denn hin?«

»Du meinst Kommissar Jonah-Marvin Rösner?«

»Hieß er so?«

»Du hast mit ihm drei Monate das Büro geteilt und ihn niemals seinen Namen aufsagen hören?«

»Ich habe ihn meistens ausgeblendet.«

»Er hat sich vor zwei Wochen versetzen lassen. Die Atmosphäre in der Dortmunder Nordstadt kam ihm einladender vor.«

»Kannst du ihn nicht bitten zurückzukommen? Am Ende lief es ganz gut zwischen uns. Da hatte er alle meine Regeln akzeptiert.«

»Du wirst nett zu der Neuen sein, Tilmann.« Gravenhorst bedrohte ihn mit seinem Kaffeebecher. »Wenn du wieder jemanden vergraulst, nehme ich keine Rücksicht mehr auf dich. Dann wirst du versetzt, und zwar aufs Abstellgleis.«

Baers Instinkt sagte ihm, dass es Gravenhorst ernst meinte. »Wie heißt sie?«

»Kira Jensen. Sie ist vierundzwanzig und kommt aus der Gegend.«

»Ein Küken! Was soll mir denn so jemand eine Hilfe sein? Weißt du, wie anstrengend Welpen sind?«

»Ich habe Frau Jensen bereits kennengelernt. Sie wirkt sehr verantwortungsvoll und gut organisiert. Ihre Noten sind herausragend und sie kommt mit den besten Empfehlungen. Ich erwarte sehr viel von ihr.«

Baer schielte zur Wanduhr. »Und wo bleibt sie?«

»Hm. Eigentlich wollte sie um acht Uhr da sein.«

»Dann gehört Pünktlichkeit wohl nicht zu ihren Stärken.«

»Es ist ihr erster Tag. Da kann man den Arbeitsweg noch nicht so einschätzen.« Hinter der Tür waren Schritte zu hören. »Ah, da kommt sie.«

Doch es war keine junge Frau, sondern ein altbekannter Kollege.

»Was gibt's?«, fragte Gravenhorst ungeduldig.

»Im Hafen von Dornumersiel liegt ein Auto auf Grund. Die Feuerwehr behauptet, es würde sich noch eine Person darin befinden.«

Gravenhorst blickte alarmiert zu Baer. »Fahr dorthin, Tilmann. Ich werde deine Assistentin anrufen und zu dir schicken.«

* * *

Kira erwachte im Dunkeln.

Als sie sich aufsetzte, fühlte sie sofort stechende Kopfschmerzen, zu denen sich ein leichtes Gefühl von Übelkeit mischte. Sie bewegte sich lieber erst mal nicht weiter.

Nach einer Weile beruhigte sich ihr Körper wieder. Vorsichtig tastete sie nach rechts und knipste die Nachttischlampe an. Als ob eine Kabelverbindung zu ihr existierte, waren mit dem Licht die Kopfschmerzen wieder da.

Warum bin ich nackt?, dachte sie. Die Rollläden waren runtergefahren. Kira konnte sich nicht daran erinnern, sie geschlossen zu haben. Eigentlich konnte sie sich an gar nichts erinnern.

Doch – sie war beim Konzert von Maybrit Decker gewesen.

Danach hatte sie noch eine Cola im Restaurant gegenüber getrunken.

Und sie hatte jemanden kennengelernt. *Mats mit den schönen blauen Augen.*

Was war danach geschehen? Wie war sie nach Hause gekommen? Zumindest behauptete ihr Verstand, dass dies ihr Zuhause war, auch wenn es sich nicht so anfühlte.

Kira zwang sich aufzustehen und öffnete die Jalousie. Draußen war das Leben schon in vollem Gange. Vor der Apotheke gegenüber gab es eine Uhr mit Werbetafel.

8.15 Uhr. Vor einer Viertelstunde hatte sie im Revier sein wollen.

Panik wollte von ihr Besitz ergreifen, doch das ließ sie nicht zu. Hastig stellte ihr Gehirn einen Notfallplan zusammen. *1. Aspirin, 2. Kaffee, 3. Katzenwäsche.* Außerdem würde sie auf der Arbeit anrufen und Bescheid geben, dass sie später kommen würde.

Wo war denn ihr Smartphone? Eigentlich war darauf auch der tägliche Wecker eingestellt, warum hatte er sie ausgerechnet heute im Stich gelassen?

Das Handy lag nicht auf der Umzugskiste neben dem Bett. Dann befand es sich wahrscheinlich noch in ihrer Handtasche. Kira irrte in den Flur. *Was ist nur los mit mir?* Ihre Beine waren so schwer, dass sie sich abstützen musste. So einen üblen Kater hatte sie noch nie gehabt. Dabei hatte sie doch nur eine Cola getrunken!

Die Handtasche hing auch nicht an der Garderobe.

Kira fand sie in der Küche, wo sie neben dem ausgeschütteten Inhalt auf dem Tisch lag. Ihr Telefon war allerdings nicht dabei.

Warum habe ich meine Tasche ausgeschüttet? Sie musste gestern doch noch Alkohol getrunken haben, welche andere Erklärung sollte es sonst für ihre Erinnerungslücke geben?

Eine dunkle Ahnung stieg in Kira auf. Ihr Blick fiel in den großen Spiegel, der umzugsbedingt in der Küche Asyl gefunden hatte. Erst jetzt nahm sie das taube Gefühl in ihrem Unterleib wahr. Mats hatte sich gestern alles von ihr genommen, wonach es ihn gelüstet hatte.

Kira konnte nicht glauben, dass ihr das passiert war. Da war sie mit dem Rucksack durch die halbe Welt gereist und hatte nirgendwo ein Getränk angenommen, von dem sie nicht die Lieferkette kannte – und ausgerechnet in Deutschland wurde sie von einem Typen mit K.-o.-Tropfen reingelegt.

Ein Orkan an Gefühlen traf sie, Erinnerungsbilder prasselten auf sie ein, unsägliche Scham und Selbstanklagen gingen

Hand in Hand. *Du bist selbst schuld.* Ihr Verstand sagte ihr, dass sie nichts falsch gemacht hatte, doch die Vorwürfe waren lauter. Sie wollte nicht weinen, aber konnte sich nicht dagegen wehren. Haltlos sackte Kira auf die Knie und erbrach sich.

Nach dem Kotzen bekam sie wieder Luft. Es fühlte sich so an, als ob sie gerade von einem Wasserfall nach unten gerissen und nun wieder an die Oberfläche gespült worden wäre. Der Emotionsstrom war immer noch gewaltig und sie suchte verzweifelt nach etwas, woran sie sich festklammern konnte. »Du musst stark sein«, flüsterte ihr eine innere Stimme zu. »Versprich mir, dass du immer stark bist, Kira.« *Bente!* Kira wünschte sich, dass ihre große Schwester jetzt hier wäre, sie wüsste bestimmt, was zu tun war. Bente wäre die Person, die für sie einstehen würde.

Kiras Blick wanderte zurück zum Spiegel. Es half ihr, sich vorzustellen, was Bente jetzt tun würde. Das hatte ihr schon öfter Kraft gegeben. »Du musst zum Arzt, Kira. Und du musst dieses Arschloch anzeigen.«

Bei dem Gedanken daran, dass sie vielleicht schwanger war oder eine Geschlechtskrankheit bekommen hatte, spürte Kira absoluten Ekel. Was, wenn Mats HIV-positiv war? Was, wenn sie innere Verletzungen hatte? Angst machte sich in ihr breit. Sie rief sich in Erinnerung, dass sie die Pille nahm, doch das tröstete sie kaum. Sie musste sich eine Ärztin suchen, und zwar möglichst bald, dann konnte man vielleicht noch ein paar Spuren an ihr sichern. Das war wichtig für die Anzeige, denn Mats durfte auf keinen Fall davonkommen.

Kira schleppte sich ins Bad und wusch sich das Gesicht. Sie war neu in dieser Stadt und kannte noch keine Ärztin. Also fuhr sie am besten in die Notaufnahme. Dazu musste sie sich etwas anziehen. Gestern Nachmittag hatte sie sich bereits ein Outfit zurechtgelegt, das sie heute bei ihrem ersten Arbeitstag im Revier tragen wollte.

Kira erstarrte. Sie konnte Mats nicht anzeigen.

Von dieser Sache durfte niemand ihrer neuen Kollegen etwas erfahren. Auch wenn eine Anzeige vertraulich behandelt wurde, konnten sich Gerüchte verbreiten. Natürlich würde jeder Verständnis für ihre Situation haben. Aber von den Leuten, mit denen sie jeden Tag zusammenarbeitete, wollte sie kein Verständnis. Der erste Eindruck auf ihre Kollegen sollte der einer unabhängigen und starken Frau sein. Schon unter normalen Umständen war es schwer genug, sich als Frau Autorität zu erarbeiten.

Diese Geschichte würde stets das Erste sein, was man sich über sie erzählte. Künftig würde sie immer das Opfer sein. Und einige Idioten würden nur abspeichern, dass sie leicht für einen One-Night-Stand zu haben sei. Wenn diese Anzeige ihre Runde machte, könnte sie sich gleich in eine andere Stadt versetzen lassen, und selbst dann konnten sie Gerüchte begleiten. Sie durfte niemandem Anlass dazu geben, sich den Mund über sie zu zerreißen.

Kira spürte ein Tonnengewicht auf der Brust. Einen ersten Eindruck konnte man nicht wiederholen. Wenn sie auf der Arbeit kompetent und selbstbewusst erscheinen wollte, musste sie ihre Gefühle wegschließen und sich zusammenreißen. Eine Stunde zu spät zu kommen war nicht schlimm im Vergleich dazu, als weinerliches Blondchen, das für jeden Spaß zu haben war, abgestempelt zu werden.

»Du schaffst das«, flüsterte sich Kira selbst Mut zu. »Die Fassade muss nur für ein paar Stunden halten. Danach kannst du dich mit allem auseinandersetzen.« Sie trocknete sich ab und zog sich an. Alles war möglich, wenn man sich immer nur auf den nächsten kleinen Schritt konzentrierte.

Kira kehrte zurück in die Küche und packte ihre Sachen zurück in die Handtasche. Dabei überprüfte sie ihr Portemonnaie. Das Bargeld war weg. Konto- und Kreditkarten waren noch da, genauso wie ihr Dienstausweis. Fehlte sonst noch etwas außer dem Smartphone und fünfzig Euro? Kira suchte nach dem Autoschlüssel, aber konnte ihn nicht finden.

Sie schaute aus dem Fenster. Unten parkten alle möglichen Autos, doch ihr alter Audi war nirgendwo zu sehen.

Wie sollte sie jetzt zur Arbeit kommen? Sie fuhr schon unter normalen Umständen nicht gerne Taxi, aber jetzt würde sie es auf keinen Fall ertragen können, mit einem fremden Mann in einer engen Fahrerkabine eingesperrt zu sein. Das Revier war nicht allzu weit entfernt, also musste sie wohl oder übel zu Fuß gehen.

* * *

Tilmann Baer fuhr auf das Hafengelände von Dornumersiel. Die Kollegen hatten den Einsatzbereich weiträumig abgesperrt und kümmerten sich um die Schaulustigen, die das Geschehen auf ihren Smartphones festhalten wollten. Glücklicherweise war es noch zu früh für die großen Touristenströme.

Der Teleskoparm des Autokrans ragte höher in den Himmel als die Masten der Kutter. Außerdem standen zwei Streifenwagen, ein Feuerwehrfahrzeug und das Auto des Notarztes am Hafenbecken. Baer parkte daneben und ging zu Polizeiobermeister Jan Haselbach. Er hatte den jungen Mann mit dem immer dichter werdenden Vollbart als kompetenten Mitarbeiter abgespeichert.

»Moin, Hauptkommissar.«

»Moin. Wie kommen Sie zurecht?«

»Alles bestens, bisher gibt es noch keinen Streit um die Premiumplätze.« Haselbach drehte sich um. »Hey, Sie da! Was meinen Sie wohl, warum hier ein Absperrband gespannt ist?«

»Ach, das ist ein Absperrband?«, erwiderte der Ertappte unschuldig.

»Sie haben die Meldung gemacht?«, fragte Baer.

Haselbach nickte.

»Woher weiß man, dass eine Person im Auto ist?«

»Die Feuerwehr hat einen Taucher im Wasser. Er hat gerade eine Kette durchs Dach gezogen, damit man das Wrack bergen kann.«

»Da komme ich ja gerade rechtzeitig.« Baer eilte zum Hafenbecken.

Der Motor am Kran surrte und wickelte das Stahlseil auf. Langsam zog er einen roten VW aus dem Becken. Aus allen Seiten der Fahrerkabine strömte Wasser und schnell wurde die junge, bleiche Frau hinter dem Steuer sichtbar. Entsetztes Raunen ging durch die Menge der Beobachter und eine ältere Frau zückte ihr Handy.

Das Auto senkte sich wieder und nun bildeten die Einsatzfahrzeuge einen Schutzschild vor den Hobbyfilmern.

»Ein Golf drei«, stellte Baer fest. Er ging zusammen mit dem Notarzt zum Auto und wartete, bis die Feuerwehr die Fahrertür aufgebrochen hatte.

Der Arzt begutachtete die Leiche. Er brauchte nicht lange, um zu einem Ergebnis zu kommen. »Das war kein Unfall.« Der Mediziner deutete auf das Loch in der Schläfe. »Todesursache Kopfschuss. Die Hafenbrühe hat das Blut aus dem Wagen gespült.«

Baer seufzte. »Dann wird es auch sonst wenig verwertbare Spuren geben.«

»Du meine Güte!« Jan Haselbach gesellte sich zu ihm. »Wer ist die Frau?«

Einen Moment lang hegte Baer den Gedanken, dass es sich vielleicht um seine neue Assistentin handelte. »Überprüfen Sie das Nummernschild. Und wenn Sie schon mit der Zentrale sprechen, fordern Sie die Kriminaltechnik an. Und einen Bestatter, damit die Leiche in die Gerichtsmedizin gefahren wird.«

Während Haselbach telefonierte, ging Baer um das Auto herum und blickte ins Wageninnere. Im Fußraum der Beifahrerseite lag offenbar die Handtasche des Opfers. Die Tür ließ sich ohne technische Hilfe öffnen. Baer zog Einmalhandschuhe über und bückte sich nach der Tasche.

Das dunkelbraune Leder war mit Salzwasser vollgesogen und dementsprechend schwer, und der Reißverschluss hakte beim Öffnen. Das iPhone dürfte nicht mehr zu gebrauchen sein, aber vielleicht schätzten die Technikfüchse von der Spurensicherung das anders ein. Ansonsten war alles da, was er in einer Damenhandtasche erwartete, samt Taschenspiegel und Heftpflaster. Baer zog den Ausweis aus ihrem Portemonnaie.

»Das Fahrzeug ist auf den Namen Wiebke de Wall zugelassen«, verkündete Haselbach. »Wohnhaft in Norden.«

»Sie war erst fünfundzwanzig Jahre alt.« Baer steckte den Ausweis zurück und nahm den Schlüsselbund des Opfers aus der Tasche. »Ich werde mich bei ihr zu Hause umsehen.«

3. Musik

Um Punkt neun Uhr traf Kira in der Polizeiinspektion ein. Der stramme Fußmarsch hatte ihr ein wenig Stabilität gegeben, allerdings schwitzte sie stark, was aufgrund ihrer dunkelgrauen Bluse für jeden sichtbar war.

Neben dem Polizeigebäude befand sich ein Einkaufszentrum. Am liebsten würde sie sich ein neues Oberteil und ein Deo kaufen, aber sie wollte nicht noch mehr Zeit verlieren.

Schnell orientierte sie sich im Gebäude und schlug zielstrebig den Weg in den Waschraum ein, wo sie sich Wasser ins Gesicht schaufelte. Der Schweißausbruch ließ sich dadurch allerdings nur bedingt stoppen. Sie erschrak über ihr eigenes Spiegelbild. Es fühlte sich an, als ob da ein fremder Mensch stünde. Hoffentlich konnte sie das durchstehen.

Kurze Zeit später klopfte sie an der Bürotür des Dienststellenleiters.

»Herein.«

Kira tat wie ihr geheißen.

»Ah, Frau Jensen, da sind Sie ja! Sehr schön.« Gravenhorst kam hinter seinem Schreibtisch hervor, um sie zu begrüßen. Als er ihre feuchte Hand schüttelte, zeichnete sich eine leichte Irritation in seinem Gesicht ab.

»Es tut mir sehr leid, dass ich zu spät bin«, entschuldigte sie sich.

Gravenhorst tat das mit einer galanten Handbewegung ab. »Ich gehe davon aus, dass das keine Gewohnheit ist. Haben Sie gut hergefunden?«

Kira nickte, was ihre Kopfschmerzen zurückbrachte.

Gravenhorst blickte sie besorgt an. »Ist alles in Ordnung?«

»Ja, alles bestens.« Kira zwang sich zu einem Lächeln. Sie verspürte das Bedürfnis, sich an jemandem festzuklammern, und hoffte inständig, dass Gravenhorst das nicht mitbekam.

»Jetzt habe ich leider keine Zeit mehr, Sie persönlich herumzuführen«, sagte er. »Ich habe mehrfach versucht, Sie anzurufen, aber offensichtlich habe ich die falsche Telefonnummer.«

Kira räusperte sich. »Ich habe vor Kurzem den Vertrag geändert.«

»Und wie lautet Ihre neue Nummer?« Gravenhorst holte sein Smartphone hervor.

Kira merkte, dass sie rot anlief. »Die reiche ich Ihnen später rein. Ich kann es kaum erwarten, mit der Arbeit anzufangen.« Sie wischte sich mit dem Ärmel den Schweiß von der Stirn.

»Sind Sie wirklich sicher, dass alles gut ist?«

»Positiv.«

Gravenhorst wirkte nicht sonderlich überzeugt. »Frau Jensen, wenn Sie sich krank fühlen, gehen Sie zum Arzt. Das ist besser, als wenn Sie die Kollegen anstecken würden.«

»Danke, aber es ist alles in Ordnung.« Kira wollte auf keinen Fall schwach erscheinen. »Ich werde mich jetzt am besten meinem Vorgesetzten vorstellen, Hauptkommissar Tilmann Baer.«

»Der ist gerade im Einsatz. Im Hafen von Dornumersiel wurde eine Leiche entdeckt. Kopfschuss und dann samt Auto versenkt.«

Wie bitte, ein Mord? Das Adrenalin setzte neue Kräfte in Kira frei. »Wo stehen die Dienstwagen?«

* * *

Wiebke de Walls Wohnung befand sich in einem dreistöckigen Mietshaus aus den Achtzigerjahren mit roter Backsteinfassade und Balkonen aus grauem Beton. Baer schloss die Tür auf. Es stank so stark nach Zigarettenrauch, dass er zuerst ins Wohnzimmer ging und die Fenster öffnete.

Der Raum wirkte auf den ersten Blick nicht sehr luxuriös. Das Palettensofa hatte die junge Frau wahrscheinlich selbst gebaut, die quietschbunten Kissen passten sehr gut zu den asbestgrauen Polstern. Ansonsten wirkte alles so zusammengewürfelt wie die Fundgrube bei Ikea.

Nur die Regalwand folgte einem Konzept. Die dunkelbraunen Pressspanplatten bildeten Würfel, die mit Schallplatten vollgestellt waren. Ein Kubus war für die Musikanlage reserviert. Baer entfuhr ein leiser Pfiff, als er sich den weiß lackierten Plattenspieler genauer ansah. Auch der Verstärker und die Lautsprecher waren High-End-Produkte. So hatte Wiebke de Wall also ihr Geld investiert.

Baer blätterte durch eine Reihe Singles und hatte den Eindruck, dass viele davon Sammlerstücke waren. Eine Platte erregte besondere Aufmerksamkeit bei ihm. Der Ermittler schaltete die Musikanlage ein und legte die Single auf den Plattenspieler. Nach dem gemütlichen Anfangsknistern erklang »Hold On« von Santana.

Es war ein Sound, der zum Genießen einlud, aber Baer konnte die Erinnerungen, die das Lied in ihm weckte, nur gefiltert ertragen. Er ließ die Musik weiterlaufen und schaute sich dabei den Rest der Wohnung an.

Im Flur hing ein Wandkalender, der nicht besonders ausführlich ausgefüllt worden war. Gestern war nichts eingetragen, aber für Montag standen dort die Buchstaben »WC«. Baer bezweifelte, dass de Wall dieses Kürzel im üblichen Sinne verwendet hatte. Am kommenden Freitag waren die Buchstaben »NDR« eingetragen. Diese Abkürzung entsprach wahrscheinlich dem üblichen Gebrauch. Ging es ums Fernsehen oder um eine Radiosendung? Das würde eine Anfrage im Sender klären.

In der Küche gab es nichts, was sein Interesse weckte.

Im Schlafzimmer fiel ihm ein dunkelblaues Schmucketui ins Auge, das auf dem Nachttisch lag. Darauf war der geschwungene Schriftzug von G. Reitmeyer, einem Edeljuwelier aus Aurich, eingeprägt. Baer öffnete das Kästchen und begutachtete beeindruckt die goldene Armbanduhr, deren Lünette mit Brillanten besetzt war. War es de Walls zweite Leidenschaft gewesen, teures Geschmeide zu besitzen? Allerdings wirkte diese Uhr nicht so, als ob sie häufig getragen worden wäre. Auch sonst gab es hier nicht viel Schmuck, und die Ohrringe, die auf dem Schminktisch lagen, waren von minderer Qualität. Baer steckte das Etui mit spitzen Fingern in eine Plastiktüte, um es auf Fingerabdrücke untersuchen zu lassen.

Was hatte de Wall wohl beruflich gemacht?

Die Antwort fand er im nächsten Zimmer. Hier hatte sie sich ein komplettes Tonstudio eingerichtet. Es gab einen Apple-Computer mit mehreren Monitoren, einen Laptop, ein Mikrofon, ein elektronisches Klavier und eine Gitarre. Die Ausrüstung wirkte viel zu hochwertig für einen Amateur.

Neben dem Computer lag eine handsignierte Glückwunschkarte von dieser Musikerin, die heute auf Seite eins der Zeitung zu sehen gewesen war. »*Vielen Dank für deinen Song ›Ankerschmerz‹ – ich hoffe, wir können weiter so großartig zusammenarbeiten.*« Wiebke de Wall war also eine erfolgreiche Schlagerkomponistin gewesen. Baer steckte den Laptop ein.

Der Plattenspieler war mit der Single von Santana durch, aber ein neues Lied erklang. Baer ging zurück ins Wohnzimmer.

Diesmal kam die Musik von der Straße. Der Song war nicht schlecht. Im Gegenteil, je länger Baer dem Barden lauschte, desto stärker berührte ihn das leidenschaftlich vorgetragene Lied. Der Sänger hatte eine angenehme tiefe Stimme mit kratziger Würze – wohlschmeckend wie ein scharfes Chili con Carne. Warum musizierte er nicht in der Fußgängerzone? Hier in der Wohngegend hatte er doch gar kein Publikum.

Baer schielte durch das Fenster. Der junge Mann sang gar nicht für die Passanten, sondern schaute die ganze Zeit zu dieser Wohnung herauf. Er trug eine Schiebermütze, hatte einen Hipsterbart und sein rechter Arm war bis zur Schlaghand tätowiert. Mit Gitarre wirkte allerdings niemand wirklich gefährlich.

»Halt die Klappe!«, keifte jemand und ein Blumentopf zersplitterte neben dem Künstler. »Hältst dich wohl für Modern Talking – bist du aber nicht!«

Der Sänger hielt trotz der Anfeindungen bis zum letzten Akkord durch und bekam vom gegenüberliegenden Balkon aus Applaus gespendet. Doch dafür interessierte er sich nicht. »Ich weiß, dass du da bist, Wiebke!«, rief er. »Deine Fenster sind offen und du hast Santana gehört. Weil du immer noch an mich denkst! Unsere Liebe ist für immer, Babe!«

Ein Kaktus rauschte knapp an seinem Kopf vorbei.

Baer trat ins Fenster. »Kommen Sie rauf, bevor Sie noch verletzt werden!«

Der junge Mann blickte ihn entgeistert an.

»Nun machen Sie schon! Ich drücke den Türöffner.«

Kurze Zeit später hallten die Schritte des Straßensängers im Hausflur wider. Der Barde beäugte den ihm unbekannten Mann misstrauisch. »Sind Sie Wiebkes Vater?«

»Ich bin Kriminalhauptkommissar Tilmann Baer. Und wer sind Sie?«

»Justin. Justin Tiedemann.«

»Und Sie sind so etwas wie Wiebkes Freund?«

Der junge Mann schien von einer Welle aus existenzieller Verzweiflung überrollt zu werden. »Bis Sonntag waren wir noch zusammen!«

Baer ging zurück ins Wohnzimmer. »Folgen Sie mir. Es ist besser, wenn Sie sich hinsetzen.«

Tiedemann nahm angespannt auf der Sofakante Platz, seine Gitarre hielt er fest umklammert. »Wo ist Wiebke?«

Baer seufzte. »Sie werden Wiebke nie wiedersehen.«

Justin schaltete in den Heldenmodus. »Hören Sie mal – wir sind im 21. Jahrhundert, Sie können mir nicht verbieten …«

»Haben Sie mir nicht zugehört? Ich bin nicht Wiebkes Vater, sondern Polizist.«

»Und was soll das heißen? Wollen Sie mich einschüchtern, oder was?«

Baer dämmerte, dass Tiedemann nur Klartext verstand. »Wiebke de Wall ist tot.«

Selbst aus den Tattoos des jungen Mannes schien die Farbe zu weichen. »Tot?«

»Wir haben ihre Leiche heute früh aus dem Hafenbecken in Dornumersiel gezogen.« Baer zeigte ihm ein Foto.

»Leiche.« Zunächst schien es, als würde der Schock innerlich stattfinden, aber dann sprang der Musiker schreiend auf. Er packte seine Gitarre am Griff und hämmerte damit auf den Wohnzimmertisch ein. Erst ging die Glasscheibe zu Bruch, dann das Musikinstrument.

Baer ließ das Ventil für Tiedemanns Trauer noch etwas offen und griff erst ein, als er gegen den Fernseher trat. »Hören Sie auf! Ich weiß, diese Nachricht ist furchtbar, aber Sie müssen sich beruhigen! Helfen Sie mir lieber dabei, den Mörder zu finden.«

Tiedemann hielt inne. Erst jetzt bemerkte Baer die tränenzerlaufene Mascara in seinem Gesicht. »Wie kann ich helfen?«

»Beantworten Sie meine Fragen.«

Tiedemann setzte sich wieder. Sein Atem ging schwer, aber er nickte.

Baer wollte ihn nicht überfordern und begann deshalb mit einer Frage, die den jungen Mann etwas ablenken könnte. »Wissen Sie, woher Wiebke diese Uhr hatte?« Er zeigte ihm die goldene Armbanduhr in ihrem Etui.

Tiedemann betrachtete das Schmuckstück fasziniert. »Ich weiß es nicht. Wenn wir unterwegs waren, hat sie niemals eine Armbanduhr getragen, sondern immer auf ihr Handy geguckt, wenn sie die Zeit wissen wollte. Aber vielleicht war die Uhr ein Geschenk von ihren Eltern.«

Baer steckte das Schmuckstück wieder in den Beutel. »Am Montag hat Wiebke die Buchstaben ›WC‹ in ihrem Kalender eingetragen. Wissen Sie, was das bedeutet?«

Tiedemann nickte. »Writing-Camp.«

»Was ist bitte schön ein Writing-Camp?«

»Ein Musikverlag mietet ein Studio mit mehreren Aufnahmeräumen und versammelt unterschiedliche Songwriter-Teams, um die Stücke für ein neues Album zu produzieren. Viel mehr weiß ich allerdings auch nicht, denn ich habe noch keinen Plattenvertrag.«

»Wer kann mir das besser erklären?«

Tiedemann überlegte. »Wiebke hat sich sehr auf eine Kollegin gefreut, die ebenfalls eingeladen war. Tina Taube aus Bremen.«

Baer zog sein Merkheft hervor, um den Namen zu notieren. »Und gestern? Wissen Sie, was Wiebke da gemacht hat?«

Tiedemann schüttelte den Kopf. »Am Vormittag ist sie wahrscheinlich vom Camp zurückgekehrt. Ich weiß allerdings nicht, wo es stattgefunden hat.«

»Und am Sonntag?«

»Da ist sie am Nachmittag aufgebrochen. Vorher haben wir noch zusammen in einem Café Waffeln gegessen. Und dabei hat sie mir das Herz gebrochen!« Tiedemanns Augen wurden erneut feucht. »Ich hatte mich so gefreut, sie zu sehen. Am Samstag hatte ich einen Gig in Köln und habe bei einem Kumpel gepennt und dann …« Seine Stimme versagte.

»Wie hat Wiebke Ihre Trennung denn begründet?«

»Sie hat behauptet, ich wäre zu emotional!« Tiedemann schluchzte kläglich und Baer hatte den Eindruck, als würde er am liebsten von ihm umarmt werden.

»Mehr Fragen habe ich erst mal nicht«, sagte Baer abwehrend. »Gehen Sie nach Hause und zerstören Sie Ihre eigene Wohnung.«

Tiedemann sammelte die Überreste seiner Gitarre zusammen und verkrümelte sich mit gesenktem Kopf.

In Baer wuchsen die Zweifel, ob er den jungen Barden in diesem Zustand wirklich alleine lassen konnte. Aber er war schließlich nur Wiebkes Ex-Freund gewesen. Er hatte doch nicht tatsächlich erwarten können, sie mit einem Lied zurückzugewinnen, oder?

Nachdem er die Tür geschlossen hatte, dachte Baer jedoch wieder ausschließlich an den Fall. Bisher hatte er schon überdurchschnittlich viel erfahren. Er hätte nichts dagegen, wenn es in dieser Geschwindigkeit weiterging, allerdings wurden die Informationen erfahrungsgemäß weniger.

Als Nächstes sollte er de Walls Eltern benachrichtigen. Baer klickte sich durch den Programmspeicher von de Walls Festnetztelefon und notierte außerdem die Nummer von Tina

Taube. In einer Schale mit Nippes entdeckte er die Visitenkarte von einer »Werbeagentur de Wall« in Emden.

Das Läuten der Türklingel erschreckte ihn so sehr, dass die Spitze seines Bleistifts abbrach. »Was ist denn jetzt schon wieder?«

* * *

Der Türsummer ertönte und Kira war überglücklich, dass jemand auf ihr Klingeln reagierte. Hauptkommissar Baer befand sich also noch in der Wohnung des Opfers. Sie war sehr gespannt, ihren Vorgesetzten endlich kennenzulernen und mehr über diesen Fall zu erfahren.

Kira hatte nicht erwartet, gleich an ihrem ersten Arbeitstag in Ostfriesland mit einem Mord konfrontiert zu werden. Es hatte sie tief getroffen, die Leiche der jungen Frau mit dem Loch im Kopf zu sehen, und gleichzeitig hatte es ihren ganzen Ehrgeiz geweckt. Sie wollte unbedingt herausfinden, wer das getan hatte.

Ein Mann stand in der Wohnungstür. Kira war überrascht, denn sie hatte sich jemanden mit dem Namen »Baer« ganz anders vorgestellt. Groß, gemütlich, dick. Erst jetzt fiel ihr auf, wie naiv das gewesen war. Baer war durchschnittlich groß und von normaler Statur. Sein dunkles Haar wurde an vielen Stellen bereits lichter und sein Gesicht hatte keine sonderlich markanten Züge.

»Moin«, sagte Baer. »Mit wem habe ich das Vergnügen?«

Wenn das Freundlichkeit sein sollte, war sie bis zur Unkenntlichkeit entstellt. »Kommissarin Kira Jensen.« Kira streckte die Hand zur Begrüßung aus. »Ihre neue Assistentin.«

Baer erwiderte den Gruß nicht. »Ach, Sie sind das«, grummelte er enttäuscht. »Und ich habe geglaubt, ich würde eine weitere Person aus Wiebke de Walls Bekanntenkreis kennenlernen.«

»Ich war zunächst in Dornumersiel«, erzählte Kira. »Der Kollege Haselbach hat mir gesagt, wo ich Sie finden kann.«

»Verräter.«

Kira drängte sich an Baer vorbei in die Wohnung. »Haben Sie schon mehr über die Ermordete herausgefunden?«

»Wiebke de Wall war Schlagerkomponistin. Sie hat dieses Lied geschrieben, das gerade überall rauf und runter läuft – ›Ankerschmerz‹.«

»Wie bitte?« Kiras Stimme überschlug sich fast vor Aufregung. »Das Lied von Maybrit Decker? Ich war gestern Abend noch auf ihrem Konzert!«

»Deshalb sind Sie also zu spät gekommen. Heutzutage ist eben alles wichtiger als die Arbeit.«

Kira schluckte. »Was haben Sie sonst noch herausgefunden? Gibt es schon eine Spur?«

»Ich habe keine Lust, darüber zu reden. Lesen Sie mein Protokoll.«

»Aber – ich meine …«, Kira suchte nach passenden Worten, »es tut mir leid, dass ich heute Morgen zu spät gekommen bin. Trotzdem würde es die Zusammenarbeit erleichtern, wenn …«

»Es gibt keine Zusammenarbeit, Frau Jensen.« Baers Blick war hart wie Granit. »Ich habe Sie bisher nicht vermisst. Wenn Sie schon so lange brauchen, um *mich* zu finden, wie lange dauert das wohl bei einem Mörder? Eine junge Frau wurde ermordet, da habe ich keine Zeit, um Babysitter zu spielen.« Er wandte sich zum Gehen. »Ich bin hier durch.«

Kira spürte einen fetten Kloß im Hals. »Ich werde noch bleiben, um mir einen eigenen Eindruck zu verschaffen«, erwiderte sie tapfer.

»Es ist mir vollkommen egal, was Sie machen. Hauptsache, Sie bringen nichts durcheinander. Und stellen Sie die Fenster auf Kipp, wenn Sie gehen, damit sich der Zigarettenqualm verflüchtigt.« Baer rauschte davon.

4. Transferfehler

Mit solch einer Abfuhr hatte Kira nicht gerechnet, desaströser konnte dieser Tag gar nicht mehr werden. Baer wollte sie bei dieser Ermittlung nicht dabeihaben. Würde das auch in Zukunft so sein?

Zu dem bitteren Gefühl der Ablehnung drängte sich ihr wieder die Erinnerung an heute Morgen auf. Jetzt hatte sie ihren Vorgesetzten kennengelernt und sie war alleine, es gab keinen Grund mehr dafür, die Anspannung aufrechtzuerhalten. Trotzdem war sie noch nicht bereit, die inneren Türen zu öffnen. Dieser Mordfall war eine doppelte Chance für sie. Einerseits konnte sie sich dadurch vor den Kollegen beweisen, andererseits konnte sie sich daran selbst aufrichten. Indem sie sich auf die Arbeit konzentrierte, würde sie ihr Leben vielleicht wieder ein wenig unter Kontrolle bekommen.

Wo war sie hier? Sie befand sich in der Wohnung des Mordopfers und diese Möglichkeit sollte sie nutzen. Kira beschloss, ihr inneres Chaos noch etwas länger zu ignorieren und sich umzusehen. In diesen Räumen hatte Wiebke de Wall ihr Leben so verbracht, wie sie es wollte. Wo konnte man sonst einen besseren Eindruck von ihrer Persönlichkeit gewinnen?

Zunächst inspizierte Kira den Wandkalender. Was sollte »WC« bedeuten?

Noch darüber nachdenkend ging sie ins Musikstudio, wo ihr Blick sofort auf das elektronische Piano fiel. Mehr als »Für Elise« hatte sie im Klavierunterricht nicht gelernt, aber selbst das würde sie wahrscheinlich nicht mehr hinbekommen.

Im nächsten Raum, dem Schlafzimmer, fiel ihr ein dickes Sparschwein auf dem Schminktisch auf. Das Brandenburger Tor und andere Berliner Sehenswürdigkeiten waren auf das Porzellan gebrannt. Sie schüttelte das Tier, aber es klimperte nicht, sondern raschelte nur sanft. Mit Papierfutter wurde ein Sparschwein auch schneller fett als durch Münzen.

Sie stellte das Schwein zurück und ging ins Wohnzimmer, bei dessen Anblick sie einen Schreck bekam. Der Sofatisch war kaputt und eine Zimmerpalme lag in den Glasscherben. Hatte hier etwa ein Kampf stattgefunden?

Sie ging näher und bückte sich. Auf dem Boden lagen mehrere Holzsplitter und ein Drahtseil. Nein, das war die Stahlsaite einer Gitarre. Dann stammten wahrscheinlich auch die Holzsplitter davon. Aber wo war der Rest des Instruments? Als Baer gegangen war, hatte er nur einen Laptop unter dem Arm getragen.

Kira stand auf und ging zur Musikanlage. Das letzte Lied, das Wiebke de Wall gehört hatte, war offensichtlich eines von Santana gewesen.

An der Wand hing ein Bilderrahmen mit einem Sinnspruch in Kalligrafie. Kira musste zweimal hinsehen, um die geschwungenen Buchstaben zu entziffern. »Wie kommt man am besten durch die Dunkelheit? Wenn man ein Lied singt.« Sie summte die Melodie von »Ankerschmerz« und tatsächlich hob das ihre Stimmung ein wenig.

Sie hätte jetzt sehr gerne ihre Gedanken mit jemandem ausgetauscht, vor allem interessierte sie brennend, wie Baer die Kampfspuren deutete. Aber das würde sie wahrscheinlich wirklich erst durch sein Protokoll erfahren. Die Fakten würden sowieso erst morgen früh feststehen, wenn der Obduktionsbericht und die Auswertungen der Kriminaltechnik vorlagen.

Könnte sie in dieser Wohnung überhaupt etwas finden, das ihrem erfahrenen Kollegen noch nicht aufgefallen war?

Sie ging in die Küche.

Beim Anblick des mit Äpfeln gefüllten Obstkorbs wurde ihr bewusst, dass sie heute noch nichts gegessen hatte. Mal nichts zu essen lag zwar im Trend, aber eine ordentliche Mahlzeit würde ihren Nerven sicherlich guttun. Natürlich konnte sie sich nicht einfach am Kühlschrank der Ermordeten bedienen, selbst wenn die Nahrung darin verderben würde, wenn sie nicht gegessen wurde.

Sosehr Kira auch wollte, sie konnte nichts weiter für die Arbeit tun. Jetzt musste sie sich um sich selbst kümmern. Selbst der Dienststellenleiter hatte ihr nahegelegt, sich krankschreiben zu lassen. Wenn der Tag morgen besser verlaufen sollte, musste sie heute ihr Leben so weit in Ordnung bringen wie möglich.

* * *

Zurück im Büro wählte Baer als Erstes die Telefonnummer von de Walls Eltern. Nach drei Freitönen meldete sich der Anrufbeantworter. Baer legte auf und wählte die Nummer auf der Visitenkarte.

»Werbeagentur de Wall?«

»Tilmann Baer, Kriminalpolizei Aurich. Ich würde gerne mit Herrn oder Frau de Wall sprechen.«

»Tut mir leid. Herr de Wall ist gerade geschäftlich unterwegs. Um was geht es denn?«

»Um seine Familie. Wann kommt er denn wieder?«

»Erst morgen. Er ist zusammen mit seiner Frau in München bei einer Präsentation.«

»Bitte sagen Sie ihnen, sie sollen mich so bald wie möglich zurückrufen.« Er gab der Sekretärin die Durchwahl der Zentrale.

Bei Tina Taube hatte Baer mehr Glück. Sie war in ihrer Wohnung in Bremen und wollte dort auf ihn warten.

Baer lehnte sich zurück und betrachtete den zweiten Schreibtisch. Die Sonne schien auf die leere Arbeitsfläche und Staubpartikel schwebten in der Luft. Genau so war es doch perfekt! Zugegeben, als Einzelbüro war der Raum etwas groß, aber für zwei Leute war er definitiv zu klein.

Es war noch etwas früh fürs Mittagessen, trotzdem wollte er sich für die Fahrt nach Bremen stärken. Er hasste es, unterwegs zu essen. Nicht nur wegen der anderen Menschen, sondern auch wegen der Qualität des Essens. Baer war zwar weit davon entfernt, ein Feinschmecker zu sein, aber der süßlich-fettige Geschmack eines Fast-Food-Burgers rief in ihm auch nach zwei Tagen noch Übelkeit hervor.

Baer holte sich seine Haferflocken aus dem Schrank und verfeinerte die Mahlzeit mit Walnüssen.

Gravenhorst kam herein und diesmal hatte Baer den Eindruck, er hätte erst im Nachhinein angeklopft.

»Ich wollte auch gerade zu dir kommen, Ralf«, log Baer mit vollem Mund.

»Was hast du über die Leiche in Erfahrung bringen können?«, fragte Gravenhorst.

»Es handelt sich um eine Prominente«, antwortete Baer. »Du wirst es also verstärkt mit der Presse zu tun bekommen.«

»Oh.«

Das klang nicht sehr betroffen. So, wie Baer Ralf Gravenhorst kannte, würde er diese Herausforderung nur allzu gerne annehmen.

»Wer ist denn das Opfer?«

Baer erzählte ihm von Wiebke de Wall.

»Das ist ja ein Ding«, sagte Gravenhorst ungläubig. »Sie hat wirklich den Hit von Maybrit Decker komponiert? Ich habe gerade Karten für das Zusatzkonzert am Dienstag gekauft.« Er räusperte sich. »Meine Frau ist ein großer Fan.«

»Bis dahin ist dieser Fall hoffentlich schon gelöst. Ich werde gleich nach Bremen fahren, um eine weitere Zeugin zu befragen.«

»Sehr gut«, lobte Gravenhorst und ließ sich auf der Schreibtischplatte nieder. »Kira Jensen war übrigens hier«, erzählte er.

»Ich habe sie auch kurz getroffen. Sie kam in die Wohnung des Mordopfers.«

»Ach, das ist ja gut.« Gravenhorst schien erleichtert. »Ich weiß nur, dass sie mit einem Dienstwagen unterwegs ist, aber ich habe immer noch keine aktuelle Telefonnummer und kann sie nicht erreichen. Was hältst du von ihr?«

Baer zuckte mit den Schultern.

»Um ehrlich zu sein, mache ich mir etwas Sorgen«, gestand Gravenhorst. »Nicht dass sie so etwas wie ein Adrian Ilie ist.«

»Adrian wer?«

»2001 hat Energie Cottbus den rumänischen Nationalstürmer Adrian Ilie verpflichtet. Stattdessen kam allerdings sein übergewichtiger Bruder nach Deutschland. Hoffentlich ist das hier nicht genauso eine Transferpanne.«

»Übergewichtig hat Frau Jensen nicht auf mich gewirkt. Im Gegenteil.«

»Aber überfordert.« Gravenhorst stand auf. »Mal sehen, wie sie sich schlägt.«

Baer war froh, den Rest seines Mittagessens in absoluter Stille genießen zu können.

* * *

Der Dienstwagen, den Kira erhalten hatte, war ein blaugrauer 5er-BMW. Bevor sie ihn in Aurich abgab, wollte sie noch möglichst viel damit erledigen.

Als Erstes fuhr sie in die Klinik in Norden, um sich untersuchen zu lassen. Obwohl sie unbedingt wissen wollte, ob sie irgendwelche körperlichen Verletzungen davongetragen hatte, kostete sie dieser Schritt große Überwindung. Sie wusste, was bei offiziellen Polizeiveranstaltungen anderen Frauen in dieser Situation geraten wurde, aber heute merkte sie selbst, wie schwer das war. Es erleichterte ihr die Sache, dass die gynäkologische Untersuchung nicht an ihrem Wohnort geschah. Die Ärztin reagierte sehr sensibel. Kira entschied sich für eine Versorgung mit Befundsicherung, damit man Mats die Vergewaltigung nachweisen konnte. Glücklicherweise hatte sie keine schweren Verletzungen im Genitalbereich und auch alle Tests auf Infektionen waren negativ. Die Ärztin riet ihr zur Anzeige, aber das war alleine Kiras Entscheidung. Am Ende gab sie ihr noch die Visitenkarte einer psychologischen Beratungsstelle.

Als Kira wieder im Wagen saß, atmete sie erst mal tief durch. Die Last auf ihrem Herzen war ein kleines bisschen leichter geworden. Trotzdem fühlte sie sich nicht besser, sondern machte sich wieder Selbstvorwürfe. *Ich habe es selbst verbockt*, dachte sie bitter. Sie hätte niemals auf dieses Konzert gehen sollen. Wenn sie heute Morgen pünktlich zur Arbeit gekommen wäre, wäre alles anders gewesen. Oder nicht?

Als Nächstes wollte sie etwas essen. Kira fuhr in die Innenstadt, um Bargeld abzuheben und in einer Bäckerei zu frühstücken. Bei Brötchen und Ostfriesentee legte sie sich ihren weiteren Plan zurecht.

Für die Arbeit musste sie auf jeden Fall erreichbar sein, deshalb würde sie sich ein neues Smartphone mit Vertrag besorgen.

Was war mit ihrem Auto? Mats hatte es gestohlen. Sie musste den Fahrzeugdiebstahl anzeigen, damit die Versicherung zahlte. Aber würde sie für die Eierkiste überhaupt noch was bekommen? Kira entschied sich auch hier gegen eine Anzeige, denn es ging nur um einen überschaubaren finanziellen Verlust. Allerdings brauchte sie ein neues Auto, denn den Dienstwagen durfte sie nicht privat nutzen.

Sollte sie sich zunächst einen Wagen mieten? Nein, das würde sich nicht lohnen. Für den Weg zum Revier würde ein Fahrrad ausreichen und das wollte sie sich sowieso kaufen.

Und danach? Kira dachte mit Abscheu daran, in ihre Wohnung zurückzukehren. Nach dem, was passiert war, würde sie sich dort niemals heimisch fühlen können. Oder würde sich das ändern, sobald sie endlich alle Umzugskisten ausgepackt hatte? Wo sollte sie denn sonst hin? *Auf jeden Fall brauche ich neue Bettwäsche.*

Kira bezahlte und ging zum Auto. Allerdings fuhr sie nicht den direkten Weg nach Aurich. In ihrem Kopf sah sie erneut das Bild ihrer älteren Schwester. »*Du musst stark sein.*« Das war der Satz, den Bente ihr eingebläut hatte, als sie sie vor zehn Jahren das letzte Mal gesehen hatte. Jetzt, wo Kira schon mal in der Nähe war, konnte sie auch eine kleine Zeitreise unternehmen.

Sonnenlicht und Schatten wechselten so gleichmäßig wie die Zeiger einer Uhr. In der Ferne bildete der saftgrüne Deich den Horizont. Das Einzige, was sich in all den Jahren verändert hatte, war die Anzahl der Windräder. Die Straßen wurden schmaler, bis der Weg nur noch die Zufahrt zu einem einzigen Gebäude war. Auf dem Anwesen, das von alten Bäumen umgeben war, stand ein mehrstöckiges Haus mit Spitzdach und weißen Holzbalkonen. Die roten Klinker waren von den Jahren gezeichnet und teilweise mit Ranken überwuchert.

Auf dem Parkplatz standen mehrere Autos, die Kennzeichen verwiesen auf die ganze Republik. Der Landgasthof Jensen hatte immer seine Stammgäste gehabt.

Ihr BMW fiel hier nicht auf. Im Gegenteil, er fühlte sich wie ein Schutzpanzer an und gaukelte ihr vor, alles von außen betrachten zu können. Die Schweißperlen auf der Stirn und der steigende Pulsschlag entlarvten das jedoch als Illusion.

Eine schwarz-weiße Katze schlich am Hausrand entlang. War das nicht ein Zeichen von Hoffnung? Kira konnte sich auch an Tiere erinnern, aber die waren ausgestopft gewesen und hatten mit Glasaugen an den Wänden gehangen.

Ihr Vater lebte nicht mehr und ihre Mutter wusste noch nicht, dass sie wieder in der Heimat war. Jetzt würde das auch noch eine Weile so bleiben. Kira hatte geglaubt, sie würde zurückkehren als jemand, der stark war, der sich etwas aufgebaut hatte und mit beiden Beinen fest im Beruf stand. Im Augenblick fühlte es sich nicht so an, als ob das jemals der Fall sein würde. Sie startete mit zitternder Hand den Wagen und verließ diesen unseligen Ort.

5. Writing-Camp

»Tilmann Baer«, stellte sich der Hauptkommissar vor.

»Bitte kommen Sie doch herein.« Tina Taube war groß und stämmig und versuchte, ihre überzähligen Pfunde unter einer weiten bunten Bluse zu verbergen. Das ebenholzfarbene Haar hatte sie hochgesteckt und auf der Nase ruhte eine große goldene Brille. Ihr Nasenring wirkte irritierend auf Baer, aber das war grundsätzlich bei dieser Art von Piercing so. Er konnte sich einfach nicht vorstellen, wie man sich damit die Nase putzen sollte.

Taubes Wohnung war kleiner als die von de Wall, dafür roch sie besser. Anstelle von Zigarettenrauch lag der Duft von frisch gebackenen Keksen in der Luft.

Die Songschreiberin führte den Polizisten in die Küche. »Das Wohnzimmer ist mein Tonstudio«, entschuldigte sie sich. »Also findet das Leben im Schlafzimmer und in der Küche statt. Nun ja, hauptsächlich in der Küche, aktuell bin ich nämlich solo.« Sie kicherte, aber es klang etwas verbittert.

Baer zwängte sich in die Sitzecke. Zum Glück ließ das große Fenster viel Tageslicht in den engen Raum. Für zwei Personen war diese Wohnung ungeeignet.

Taube stellte einen Teller mit Schokoladenkeksen auf den Tisch. »Ich habe die ganze Zeit über gebacken«, sagte sie.

»Etwas anderes wusste ich heute nicht mit mir anzufangen. Es ist schrecklich, dass Wiebke nicht mehr lebt.«

Baer nahm einen Keks. Er schmeckte gut.

»Möchten Sie ein Bier?«

»Lieber einen Tee, wenn Sie haben.«

Taube füllte den Wasserkocher.

»Sie haben Wiebke am Montag noch gesehen?«, fragte der Ermittler.

»Wir haben sogar zusammen ein Team gebildet.« Sie wischte sich Tränen aus den Augen.

»Wo fand dieses Writing-Camp eigentlich statt?«

»In Bielefeld. Es war ein relativ kleines Label, das uns eingeladen hat, um sein bestes Pferd im Stall zu pushen. ›Andi & Anita‹ sind offiziell zum Liebhaben, aber inoffiziell zum Magenentleeren. Wiebke war überzeugt davon, dass sich Andi Tennissocken auf die Füße hat tätowieren lassen.«

»Wie läuft so eine Veranstaltung ab?«

»Solche Camps sind immer ein besonderes Erlebnis«, erzählte Taube. »Es ist großartig, mit so vielen kreativen Leuten intensiv zusammenzuarbeiten. Die Songwriter kommen manchmal aus ganz anderen Genres. Sogar erfolgreiche Rapper schreiben Lieder für Schlagerstars. Die Teams werden erst vor Ort zusammengestellt und ich hatte Glück, Wiebke als Partnerin zu bekommen.« Sie seufzte. »Nach dem Frühstück bekamen wir die Aufgabe. Die Musik sollte wie bei Billie Eilish klingen, aber mit der Credibility von Max Giesinger. Es ist immer leichter, wenn auch die Künstler anwesend sind und man von ihnen Feedback bekommt.«

»Verstehe ich das richtig?«, fragte Baer. »Man hat für ein Lied nur einen Tag Zeit?«

Taube zuckte mit den Schultern. »Songwriting ist vor allem Handwerk, wir sind alle erfahrene Profis. Wenn man die Songstrukturen kennt und ein Gefühl für Spannungsbögen hat, geht das.« Es lenkte Taube sichtlich ab, von ihrer Arbeit zu erzählen. »Das Wichtigste beim Schlager ist die sogenannte Hookline, also das, was ins Ohr geht und jeder mitsingen kann. Die Hook und die Idee vom Soundgerüst müssen schon am Vormittag stehen. Danach kommen die Strophen und die zusätzlichen Musikinstrumente dran. Am Nachmittag wird eine Demo vom Lied eingesungen, im Idealfall vom Künstler selbst. Die Präsentation findet am Abend statt und man bekommt die Reaktion der Plattenfirma.«

»Wie ist es am Montag gelaufen?«

»Wiebke war richtig gut drauf und hoch konzentriert. Unser Song soll auch auf der Platte sein, aber das steht erst endgültig fest, wenn das Album erscheint. Es wäre super, wenn unser Lied sogar die Singleauskopplung wird, ich könnte echt mal wieder einen Erfolg gebrauchen.«

»Finanziell betrachtet ist dieser Beruf also schwierig?«

Tina Taube stand der Spott ins Gesicht geschrieben. »Wenn man Künstler sein will, darf man nicht davon ausgehen, Geld zu verdienen. Die wenigsten Songwriter können davon leben. Die Leute kaufen ja kaum noch CDs. Hunderttausend Streams reichen ungefähr für einen großen Kaffee bei Starbucks. Meine Haupteinnahme sind die GEMA-Ausschüttungen aufgrund von Konzerten und wenn das Lied im Radio oder Fernsehen gespielt wird. Die Abrechnung erfolgt allerdings nur einmal jährlich, und um regelmäßig Geld zu verdienen, arbeite ich Teilzeit in einem Drogeriemarkt.«

»Trotzdem sind Sie zufrieden?«

Die Augen der Künstlerin funkelten. »Es gibt kein schöneres Gefühl, als einen Song fertig zu haben. Und wenn man ihn dann noch im Radio hört, ist das besser als Sex.«

Baer lächelte. »Hätte Wiebke mir genauso geantwortet?«

»Mit Sicherheit. Sie war noch besessener als ich. Obwohl sie es leichter hatte.«

»Wie meinen Sie das?«

»Wiebkes Eltern haben sie immer unterstützt. Sie besitzen eine Werbeagentur und haben ihr das Studium finanziert. Und danach haben sie ihr häufig Aufträge für Werbelieder und Jingles gegeben.«

Baer meinte, in diesen Worten auch Neid zu vernehmen. »Sie haben zusammen studiert?«

Taube nickte. »Popmusik an der FH in Osnabrück, so haben wir uns kennengelernt.«

»Was meinen Sie genau damit, dass Wiebke ›noch besessener‹ als Sie war?«

»Nun ja – Wiebke hatte etwas Rastloses. Sie hat neben dem Studium eine Coverband aufgebaut und zusätzlich bei jedem Poetry-Slam mitgemacht und sogar den Song Contest in der *Lagerhalle* gewonnen. Keine Ahnung, wo sie all ihre Energie hergenommen hat. Sie hat immer alles gegeben und sich selbst stark unter Druck gesetzt. Wahrscheinlich hat sie auch deshalb den Durchbruch geschafft.«

Baer massierte sich das Kinn. »Wiebke hat sich, am Tag bevor sie nach Bielefeld gefahren ist, von ihrem Freund getrennt. Hat sie Ihnen davon erzählt?«

Die Komponistin schüttelte den Kopf. »Bei der ganzen Arbeit sind wir überhaupt nicht dazu gekommen, über Privates zu klönen.«

Baer seufzte. Er fand es aufschlussreich, mehr über Wiebke de Walls Arbeit zu erfahren, hatte allerdings nicht das Gefühl, dass ihn dieses Gespräch wirklich weiterbrachte.

* * *

Kira entschied sich dazu, auch noch das Abendessen in der Innenstadt von Aurich einzunehmen. Sie ging in die Markthalle zu Fischfeinkost Flebbe und setzte sich mit ihrem Teller in den

Außenbereich, der einem Schiff nachempfunden war. Mit einem alkoholfreien Pils in der Hand ließ sie den Blick über die Passanten schweifen.

Das Wetter war so mild, dass viele Leute unterwegs waren. Zwei Jungen in verdreckten Fußballtrikots schleckten glücklich an Eistüten. Und vor dem Sous-Turm posierte ein hübsches Mädchen für ihren Freund und ihre Instagram-Follower.

Kira schaute zu ihrem neuen Fahrrad, das sie an einem Laternenpfahl in der Nähe angeschlossen hatte. Solche Tätigkeiten, wie Handyverträge zu vergleichen und sich ein Fahrrad auszusuchen, hatten sie gut abgelenkt. Das Fahrrad hatte viel mehr gekostet, als sie ursprünglich geplant hatte, aber dafür gefiel es ihr gut. Sie war gekommen, um zu bleiben, also machte sie keine halben Sachen.

Schließlich ließ sich die Fahrt zu ihrer Wohnung nicht mehr weiter aufschieben. Um sich selbst zu motivieren, leistete sich Kira noch einen großzügigen Essenseinkauf mit allem Obst und Pralinen, die sie einmal gerne gegessen hatte.

Als sie ihre Wohnung betrat, trübten sich ihre Gedanken automatisch ein. Kira stopfte sich die ersten Pralinen in den Mund und ging ins Wohnzimmer. Sie zündete eine Duftkerze an und schaltete das Radio ein. Der aufgekratzte Moderator kündigte Maybrit Decker mit »Ankerschmerz« an.

Nach der ersten Strophe merkte Kira, dass sie keine Freude mehr an dem Song hatte. Mats hatte ihr sogar ihr Lieblingslied gestohlen.

Sie schaltete das Radio aus, aber die Stille war noch unerträglicher.

Was konnte sie tun, damit sie sich nicht so eingeengt fühlte? Der Anblick der Umzugskartons erfüllte sie mit dem lähmenden Gefühl von Machtlosigkeit.

Kira begab sich ins Schlafzimmer und zog die neue Bettwäsche auf. Als sie das Ergebnis sah, spürte sie, dass das nicht ausreichend war. Sie hätte auch eine neue Matratze kaufen müssen. Nein, gleich ein neues Bett.

Kira ging zurück zu ihren Pralinen.

Sie wollte sich gegen die Gedanken an Mats wehren, aber vielleicht würde es besser sein, die Erinnerungen zuzulassen. Ihr Kopf drückte und sie verspürte Wut und Hass, trotzdem präsentierte ihr Hirn seine Schlussfolgerungen, als hätte es schon den ganzen Tag an diesem Fall gearbeitet.

Mit den Giro- und Kreditkarten hatte Mats offensichtlich nichts anfangen können. Das Bargeld mitzunehmen war keine große Hürde gewesen. Ein Smartphone konnte man auch relativ leicht zu Geld machen. Mats hatte das Gerät nicht mal hacken müssen, sondern mit ihrem Fingerabdruck entsperren können, um darauf Zugriff zu haben. Aber warum hatte er ihr Auto gestohlen? Es war ein alter Kombi und kein Porsche SUV, das Radio darin war mehr wert als alles zusammen. Was wollte Mats mit so einer Rumpelkiste?

Es widerstrebte Kira zutiefst, einen Verbrecher frei herumlaufen zu lassen. Der Gedanke, dass er noch andere Frauen vergewaltigte, war unerträglich. Eigentlich müsste sie alles tun, um diesem Scheißkerl das Handwerk zu legen. Sollte sie sich nicht lieber darum kümmern als um einen Fall, bei dem ihr Chef sie gar nicht dabeihaben wollte? Aber was konnte sie denn tun, welchen Ermittlungsansatz hatte sie?

Kira stand auf, nahm sich ihre Jacke und ging zu ihrem Fahrrad. Sie radelte zum einzigen Anhaltspunkt, den sie hatte: das Restaurant, in dem sie Mats getroffen hatte.

Die Feuerschalen, die gestern so einladend geflackert hatten, wirkten heute wie Irrlichter. Die gemütliche Atmosphäre im Lokal war Bedrohlichkeit gewichen, der dunkle Raum hatte etwas von einer Räuberhöhle.

An der Bar saßen kaum Gäste. Erleichtert stellte Kira fest, dass dahinter derselbe Mann wie gestern arbeitete.

Kira ging zu ihm. »Moin.«

»Moin.« Der Barkeeper, der ein weißes Hemd und eine schwarze Anzugweste trug, polierte gerade ein Weinglas.

»Ich war gestern schon mal hier«, sagte Kira.

Er lächelte. »Möchten Sie wieder eine Cola?«

»Können Sie sich auch an den Mann erinnern, mit dem ich zusammen war?«

»Der Typ mit dem kurzen dunklen Haar?«

»Genau der.« Kira schluckte. »Ist der öfter hier?«

Der Barmann lächelte. »Haben Sie sich etwa in ihn verliebt?«

»Das Gegenteil ist der Fall«, erwiderte Kira scharf. »Er hat mich reingelegt, und zwar vor Ihren Augen.«

Der Barkeeper schien zu begreifen. »Tut mir leid, aber davon habe ich leider nichts mitbekommen. Als Sie gegangen sind, war Ihnen nichts anzumerken. Allerdings hatte der Dunkelhaarige es ziemlich eilig zu bezahlen und ist Ihnen sofort gefolgt.«

»Haben Sie ihn schon einmal gesehen?«, fragte Kira. »Wissen Sie, wo ich ihn finden kann?«

»Nein, ich habe ihn vorher noch nie gesehen.« Der Cocktailkünstler nahm sich das nächste Glas vor. »Aber gestern war das Konzert. Danach kamen einige neue Gäste rein.«

Ein Pärchen gesellte sich an die Bar und bestellte Mojitos.

Kira notierte ihre neue Telefonnummer auf einem Bierdeckel und reichte ihn über die Theke. »Bitte rufen Sie mich an, falls er wieder hier auftaucht.«

»Okay.« Der Barkeeper schien darüber nachzudenken, ob er sich auch aus anderen Gründen bei ihr melden dürfte. Hoffentlich ließ er das bleiben.

Kira setzte sich an einen der Tische. Eigentlich war sie noch satt, trotzdem bestellte sie eine Pizza. Irgendwie musste sie die Zeit ja rumbringen. Wie hoch war wohl die Wahrscheinlichkeit, dass Mats zurückkehrte? Gestern war er erfolgreich gewesen, und normalerweise versuchte ein Jäger an so einem Ort erneut sein Glück.

Während sie die Pizza aß, fiel ihr ein, was Mats über seine Arbeit gesagt hatte. »*Vielleicht weiß ich dadurch auch Dinge über Maybrit Decker, die sonst niemand weiß.*« Steckte in dieser seltsamen Aussage ein wahrer Kern oder war es nur Angeberei gewesen? Welche Bedeutung konnte sie denn haben? Doch je länger Kira darüber nachdachte, desto weniger konnte sie einen Sinn darin erkennen.

Mats tauchte den ganzen Abend über nicht auf.

Sollte sie morgen wiederkommen? Sie konnte sich am Wochenende in anderen Klubs erkundigen, ob man ihn dort kannte.

Schließlich fuhr Kira in ihre Wohnung zurück und rollte sich auf dem Sofa zusammen.

* * *

Mats saß an der Theke von Fokkos Sportsbar in Emden. Er genoss den Neunzigerjahre-Hip-Hop noch mehr als seinen Gin Tonic. Auf dem Bildschirm über ihm flimmerte die Wiederholung eines alten Fußballspiels, aber er beobachtete lieber die Leute am Dartautomaten.

Die Kneipe war für diese Uhrzeit noch gut besucht. Besonders am Billardtisch herrschte bierbeschleunigte Heiterkeit.

Das Gegenteil davon saß hinten in einer Ecke alleine am Tisch, ein glatzköpfiger Typ Marke Türsteher. Er trank bereits seine zweite Tasse Kaffee und blätterte in einem Fitnessmagazin. Wenn er lesen konnte, besaß er wohl doch mehr Hirn als Haupthaar.

An einem anderen Tisch unterhielt sich ein Paar über seine wilde studentische Vergangenheit, in der beide in derselben

Studentenkneipe gejobbt hatten. Jetzt trug er einen legeren Anzug und sie ein zitronenfarbenes Poloshirt. In welche Berufe hatten sie es wohl geschafft? Sie könnte Lehrerin sein und er Anwalt.

Am anderen Ende der Theke saß eine gestylte Blondine, die zu viel Selbstmitleid ausstrahlte, um hübsch zu sein. Sie guckte andauernd auf ihre Uhr und seufzte dabei so, dass die Weingläser hinter der Theke gefährlich vibrierten. Offenbar war sie von ihrem Date versetzt worden.

Eigentlich war sie sein Typ. Sie hatte Mats bereits ein vielversprechendes Lächeln zugeworfen und war mit Sicherheit dazu bereit, sich auch ohne K.-o.-Tropfen von ihm trösten zu lassen. Aber heute hatte er keine Lust. Sie sollte sich lieber an der starken Schulter des glatzköpfigen Fitnessjüngers ausheulen.

Beim letzten Mal hatte Mats noch Spaß und Arbeit miteinander verbunden. Er hatte sich gefreut, dass dabei ausgerechnet ein Audi Avant herausgekommen war. Seine Eltern hatten genau so einen Kombi gehabt. Wenn an seinem Geburtstag die Sitze von anderen Kindern besetzt gewesen waren, hatte er hinten im Kofferraum sitzen und die Welt durch die Heckscheibe betrachten dürfen – das war eine der wenigen schönen Erinnerungen an seine Jugend.

Es war vollkommen egal, wie alt das erste Auto war, Hauptsache, es war keine Nuckelpinne. Das zweite Auto besaß ein anderes Anforderungsprofil. Es sollte schnell und unauffällig sein. Und diesmal wollte er keinen Zeugen haben, denn selbst Blondinen konnten sich manchmal etwas merken.

Bei der Fußballübertragung fiel gerade ein Tor.

Mats konnte sich daran erinnern, wie er mal die Liveübertragung des Spieles gesehen hatte, und kannte das Ergebnis. Die Mannschaft, die im Augenblick über einen Zwei-Tore-Vorsprung jubelte, würde am Ende noch verlieren. Mats hatte dadurch hundert Euro Wetteinsatz verloren, sein Zorn hatte sich jedoch in Grenzen gehalten. Die Möglichkeit, auch verlieren zu können, machte den Reiz des Ganzen aus. Ohne Risiko gab es keine echten Gewinner, sondern nur Feiglinge.

An diesem Abend ging es um ein Ratespiel. Welches Auto auf dem Parkplatz vor der Kneipe gehörte zu welchem Gast?

Ihn interessierte vor allem der anthrazitfarbene Mercedes C-Klasse. Mit größter Wahrscheinlichkeit gehörte sie dem Paar. Außerdem stand draußen noch ein blauer VW Passat, aber der gehörte wahrscheinlich dem Glatzkopf.

Der Anzugträger ließ seine Begleitung alleine und suchte nach dem Toilettenschild. Das war Mats' Gelegenheit, um ein altes Talent aufleben zu lassen. Er erhob sich torkelnd und rempelte den Anzugträger an.

»Pass doch auf!«

»'tschuldigung«, lallte Mats. Er legte einen Zwanzigeuroschein auf die Theke und verließ die Sportsbar in normalem Schritt.

Draußen drückte er den Knopf auf dem Schlüssel mit dem charakteristischen silbernen Stern und sein neues Auto begrüßte ihn freudig blinkend.

6. Besprechung

Am Donnerstag wurde Kira von ihrem neuen Smartphone geweckt. Zuerst war sie froh darüber, denn der Klingelton hatte sie aus einem Albtraum gerissen. Doch nachdem sie sich den Schweiß von der Stirn gewischt hatte, wurde ihr wieder klar, dass auch das wirkliche Leben kein Schlaraffenland war. Soweit der Albtraum nachhallte, hatte Mats darin gar keine Rolle gespielt. Vielmehr war sie zwischen all den Tiertrophäen im Gasthaus Jensen gewesen. Außerdem hatte sie ihre Schwester gesehen. Kira versuchte, sich an konkrete Traumbilder zu erinnern, doch es fühlte sich an, als ob sich dadurch eine Schlinge um ihren Hals zuzöge. Die Tür zu ihrer Vergangenheit hatte einen Riss bekommen und Kira begriff, dass die Rückkehr in ihre Heimat sehr viel komplizierter war, als sie sich das vorgestellt hatte.

Im Augenblick war ihr das zu viel. Auch wenn sie sich nichts weiter als Frieden wünschte, konnte sie sich nicht auch noch damit auseinandersetzen, sonst würde sie zusammenbrechen. Ihr Privatleben durfte nicht zählen, sondern sie musste sich auf die Arbeit konzentrieren. Es gab einen Mordfall zu klären!

Kira stand vom Sofa auf. Heute wollte sie auf jeden Fall pünktlich zur Arbeit kommen, also hatte sie großzügig geplant. Körperlich fühlte sie sich bedeutend besser als gestern, das war schon mal ein Anfang.

Sie beschloss, heute als ihren ersten Arbeitstag zu begreifen. Alles ging von vorne los. Man kam nur vorwärts, wenn man weiterging. Irgendwann würde sie sich schon wieder selbst begegnen.

Kira machte sich zurecht, holte ihr Fahrrad aus dem Keller und fuhr zur Arbeit. Auf dem Weg hielt sie nur einmal an, weil ihr bei einem Kiosk die Überschrift der »Bild-Zeitung« auffiel. »Mord an Erfolgskomponistin von ›Ankerschmerz‹.« Daneben war ein Foto davon, wie Wiebke de Walls Auto aus dem Hafenbecken gezogen wurde. Kira kaufte sich ein Exemplar.

Als sie auf den Innenhof der Inspektion fuhr, schloss gerade der Polizist, den sie gestern in Dornumersiel getroffen hatte, Jan Haselbach, sein Rad an. Er schaute sie begeistert an. »Sie kommen auch mit dem Fahrrad? Großartig! Man muss sich eben für den Klimaschutz einsetzen.«

Kira lächelte. Auch wenn er sie offenbar für einen Öko hielt, tat es gut, mal ein paar nette Worte mit einem Kollegen zu wechseln.

Die Mordkommission fand sich im Konferenzraum zur Besprechung des Falles ein. Tilmann Baer beanspruchte so viel Platz, wie ihm möglich war, trotzdem setzte sich Kira neben ihn.

»Moin.« Sie würzte den süßen Gruß mit einem salzigen Lächeln.

Baer reagierte nicht, aber Gravenhorst schien sichtlich überrascht von ihrem souveränen Auftreten.

»Hier ist übrigens meine aktuelle Telefonnummer.« Jensen reichte dem Dienststellenleiter einen Zettel. Sie schlug den Ordner auf, der vor ihr lag, und suchte sich Baers Protokoll vom Vortag heraus. *Oh*, dachte sie. *Deshalb lagen also die Reste einer Gitarre auf dem Boden.* Sie spürte ein aufgeregtes Kribbeln beim Durchblättern der Unterlagen und war hoch motiviert, den Mörder von Wiebke de Wall zu finden. Wenn sie sich aktiv an dieser Besprechung beteiligen und vernünftige Fragen stellen würde, dann würde Baer hoffentlich begreifen, dass sie ihm kein Klotz am Bein war.

Der Hauptkommissar grummelte eine Begrüßung und übergab der Gerichtsmedizin das Wort.

Der Experte aus Oldenburg schaltete den Beamer ein und warf Fotos an die Wand, die auch die letzte Schnarchnase weckten. »Wenn Sie alle bitte den Obduktionsbericht öffnen würden.« Seine Stimme klang so fahl, als habe er seit Monaten kein Sonnenlicht mehr gesehen.

Kira schlug die gelbe Mappe auf.

»Wiebke de Wall wurde im Auto erschossen«, führte der Spezialist aus. »Über dem linken Ohr ist die Einschussöffnung, ein Teil des Ohres fehlt, die Austrittsöffnung ist größer in der rechten Wange. Der Mörder hat die Waffe direkt an die Scheibe der Fahrertür gedrückt. Der Todeszeitpunkt liegt am Dienstag zwischen zwanzig Uhr und Mitternacht.«

Kira wollte die Stimme erheben, doch Haselbach kam ihr zuvor. »Kann man etwas über die Tatwaffe sagen?«, wollte er wissen.

Der Gerichtsmediziner übergab den Staffelstab an die Spurensicherung.

Auch der Kriminaltechniker zeigte Bilder. »Die Pistolenkugel ist auf der Beifahrerseite herausgekommen und wurde auf dem Parkplatz gefunden. Kaliber 9 Millimeter. Die Munition ist ein osteuropäisches Fabrikat. Die Waffe selbst konnten wir nicht finden.«

»Was, wenn der Täter die Pistole ins Wasser geworfen hat?«, fragte Kira.

»Diese Möglichkeit haben wir auch in Betracht gezogen«, antwortete der Experte. »Aber der Taucher hat noch nichts gefunden. Er arbeitet heute weiter.«

»Fahren Sie bitte mit dem Bericht fort«, brummte Baer.

»Im Auto konnten wir leider keine Hinweise auf den Täter finden. Die Gangschaltung stand im Leerlauf, sodass der Täter den Wagen leicht über die Hafenkante schieben konnte. Auf dem Schalthebel gab es keine Fingerabdrücke, also hat er vermutlich Handschuhe getragen.«

»Befanden sich noch irgendwelche Gegenstände im Auto?«, fragte Kira. »Irgendwas, das uns einen Hinweis darauf geben könnte, wo sich de Wall aufgehalten hat, bevor sie nach Dornumersiel gefahren ist?«

»Im Radio war nur die aktuelle CD von Maybrit Decker«, antwortete der Spezialist. Kira hatte den Eindruck, als ob er gerade anfangen wollte zu singen, sich aber noch im letzten Moment beherrschen konnte.

»Wiebke de Walls Laptop«, sagte Baer, »konntet ihr das Passwort knacken?«

»Wir haben das Gerät entsperren können«, bestätigte der Kriminaltechniker. »Es enthält vor allem de Walls Songs und ihre Unterlagen: Steuer, Rechnungen und Abrechnungen von der GEMA.«

Kira hob wieder die Hand. »Für wen außer Maybrit Decker hat sie noch Lieder geschrieben?«

Der Spezialist schaute in seine Unterlagen. »Im letzten halben Jahr hat sie mit einem Jazzduo namens ›K. Fee und Kuch N.‹ zusammengearbeitet. Außerdem hatte sie mehrere Aufträge für die Werbeagentur ihres Vaters komponiert. Der Jingle für die Kampagne von Brinkmann ist von ihr.«

»Wirklich?« Haselbach trommelte auf den Tisch und imitierte den Sprecher aus der Radiowerbung. »Kerniges Küstenfrühstück von Brinkmann – der klimaneutrale Bäcker.«

»Das reicht«, ermahnte Gravenhorst ihn.

»Was ist mit dem Smartphone des Opfers?«, fragte Baer. »Konntet ihr damit etwas anfangen?«

»Leider ist es nicht mehr zu gebrauchen, dazu lag es zu lange im Wasser.«

»Und habt ihr die Luxusarmbanduhr untersucht?«

Der Spezialist nickte. »Es handelt sich um eine TAG Heuer aus der Modellreihe Carrera mit einem Neupreis von etwa 4 000 Euro. Wir haben alle Fingerabdrücke auf dem Schmuckkästchen dokumentiert, allerdings fehlt uns eine Gegenprobe, mit der wir sie vergleichen können.«

Kira fiel auf, dass Baer ein besonderes Interesse an dieser Uhr besaß. Er hatte dieses Fundstück bereits in seinem Protokoll hervorgehoben.

»Sonst noch irgendwelche Fragen?«, erkundigte sich Gravenhorst.

Kira erinnerte sich an die Eintragungen in de Walls Wandkalender. »Wissen wir, was der NDR von Wiebke de Wall wollte?«

Die Antwort kam von Jan Haselbach. »Das NDR-Fernsehen wollte einen Beitrag über den Erfolg des Hits ›Ankerschmerz‹ produzieren und dazu auch Wiebke de Wall interviewen. Außerdem hat sie der Deutschlandfunk für die Sendung ›Zwischentöne‹ am Sonntag angefragt.«

Kira verspürte eine Mischung aus Trauer und Wut. Wiebke de Wall hatte so viel erreicht und konnte die Früchte ihrer Arbeit gar nicht mehr genießen.

Baer ergriff das Wort. »Die große Frage ist, warum de Wall ausgerechnet in Dornumersiel ermordet wurde. Sie wohnt in Norden – warum war sie nachts 25 Kilometer entfernt in einem Nordseehafen? Wo war sie vorher gewesen? Wir wissen bisher nur, wo sie am Montag war. Was hat sie am Dienstagnachmittag gemacht? Wir müssen noch viel mehr über Wiebke de Wall herausfinden. Mit welchen Leuten hatte sie Kontakt? Wir brauchen ihre Bankdaten, ihre E-Mails und Telefondaten. Also Kollegen, an die Arbeit.«

Gravenhorst hatte nichts mehr hinzuzufügen und damit war die Besprechung beendet.

Baer stand auf und Kira folgte ihm. »Was machen wir als Nächstes?«, fragte sie ihn.

»Was Sie machen, weiß ich nicht. Ich habe einen Termin mit Wiebke de Walls Eltern.«

* * *

Mats fuhr mit seinem neuen Mercedes durch einen der wenigen Wälder Ostfrieslands. Sonnenlicht und Schatten wechselten beständig und man musste sich erst daran gewöhnen, nur begrenzte Sicht zu haben.

Er mochte das Auto. Es war bestimmt längst als gestohlen gemeldet worden, aber so schnell würde es die ostfriesische Polizei nicht ausfindig machen. Diese Dorftrottel waren so freundlich, dass sie ihm wahrscheinlich noch Starthilfe geben würden, wenn sein Motor nicht mehr anspringen sollte.

Normalerweise ließ man den Wagen an einem der Besucherparkplätze stehen und spazierte den letzten Kilometer zu Fuß, aber Mats sah gar nicht ein, weniger komfortabel als der Förster oder der Cafébesitzer unterwegs zu sein, zumal es sich bei seinem Besuch nur um eine Stippvisite handelte.

Vor ihm öffnete sich eine weitläufige Lichtung und wie eine überdimensionale Spinne ragte die Stahlkonstruktion vom Kloster Ihlow in die Höhe. Im Mittelalter hatte sich an dieser Stelle eine Zisterzienserabtei mit der größten Kirche zwischen Bremen und Groningen befunden. Um sich die Dimensionen des Gotteshauses vorstellen zu können, hatte man einen Teil des Gewölbes aus Stahl und Holz rekonstruiert und das eigentümliche Gebilde überragte nun die Baumwipfel von Buchen und Linden.

Mats parkte neben dem Eingang der Anlage. Um diese Uhrzeit war hier noch nichts los. Er öffnete das Handschuhfach und holte eine Pistole heraus. Mit geübtem Griff überprüfte er das Magazin. Er steckte die Waffe ein und stieg aus. Der Kies knirschte unter seinen Schuhsohlen.

Die Wände des Sakralbaus wurden durch efeubewachsene Stahlgitter angedeutet, die Rümpfe der Pfeiler bestanden aus rotem Backstein. Nur die Apsis stand in Originalgröße da, in dreißig Metern Höhe gab es sogar eine Aussichtsplattform.

Mats zog es allerdings in die Tiefe. Unter dem künstlichen Gewölbe führten Stufen hinunter in den »Raum der Spurensuche«, eine Kombination aus Ausstellungsraum und Ort für Meditation. Um den eindrücklich beleuchteten neuen Ihlower Altar standen mehrere bogenförmige Hocker. Er setzte sich auf den dritten Hocker von rechts.

Es war allerdings keine spirituelle Erfahrung, die er hier suchte, sondern der Briefumschlag, der unter dem Hocker befestigt war. Mats steckte den Umschlag ein, ließ sich zu einem falsch ausgeführten Kreuzzeichen verleiten und verließ den unterirdischen Raum wieder.

Erst im Auto öffnete er den Umschlag. Er enthielt ein dickes Geldbündel. Mats zählte die Scheine und kam auf die vereinbarte Summe. So weit, so gut, und die Pistole hatte er auch nicht gebraucht. Diese Angelegenheit verlief viel einfacher, als er es sich vorgestellt hatte.

Mats startete gerade den Wagen, da fiel ihm im Innenspiegel eine Lichtreflexion auf. Er setzte sich auf und veränderte den Winkel des Spiegels, um zu sehen, was diesen Lichtblitz hervorgerufen hatte. Es konnte sich um etwas ganz Harmloses handeln, zum Beispiel um ein Fenster, das geöffnet worden war. Die Ursache konnte allerdings auch das Teleobjektiv einer Kamera sein, hinter der sich ein neugieriges Auge verbarg. Leider konnte er das von hier aus nicht sehen.

Mats versuchte, auf seinen Instinkt zu hören. Auf sein Bauchgefühl hatte er sich bisher immer verlassen können, auch wenn er es manchmal bewusst ignorierte, um das Schicksal herauszufordern. Aber bei dieser Sache stand zu viel auf dem Spiel, da war Vorsicht besser als Nachsicht.

* * *

Erika und Walter de Wall warteten bereits im Büro. Kira war sehr froh darüber, denn nun konnte sie das Gespräch von ihrem Arbeitsplatz aus mitverfolgen.

»Mein herzliches Beileid.« Baer schüttelte den Eheleuten die Hand.

Auch Kira drückte ihre Anteilnahme aus.

Erika de Walls Gesichtszüge waren vor Trauer wie versteinert. Sie trug einen schwarzen Seidenschal über ihrem grauen Kostüm. Ihr Mann war mit einem dunklen, modern geschnittenen Anzug bekleidet, an dessen Einstecktuch Farbe zu sehen war, ebenso an den Ziernähten seines Maßhemds. Er war sehr groß und hatte eine mächtige und einnehmende Ausstrahlung. Trotz seiner situationsbedingten Ernsthaftigkeit waren seine Lachfalten nicht zu übersehen. Er besaß den galanten Charme eines Verkäufers und war ebenso wie seine Frau an den Umgang mit Menschen gewöhnt.

Baer und Kira nahmen hinter ihren Schreibtischen Platz, und de Walls Eltern schienen etwas unsicher zu sein, wer genau ihr Ansprechpartner war.

Walter de Wall wandte sich an Baer. »Was genau ist passiert?«

»Bisher wissen wir nur, dass Wiebke Dienstagnacht in ihrem Auto erschossen und im Hafenbecken von Dornumersiel versenkt wurde.«

Der Unternehmer schluckte.

»Wir befinden uns noch ganz am Anfang der Ermittlungen, Herr de Wall. Bisher haben wir noch keine Spur gefunden, die in eine spezielle Richtung weist.«

Erika de Wall sprang auf. »Wiebke wurde erschossen! Das muss doch auf irgendwelche Gangster hinweisen!«

Herr de Wall legte seine Hand an das Bein seiner Frau. Sie setzte sich und tupfte sich die Tränen aus den Augen.

»Hatte Ihre Tochter denn etwas mit ›irgendwelchen Gangstern‹ zu tun?«, fragte Baer.

»Das kann ich mir nicht vorstellen«, antwortete Walter de Wall mit hörbarer Anspannung in der Stimme. »Wiebke war Musikerin. Sie hatte gerade ihren Durchbruch! Die ganze Sache ist mir unbegreiflich.«

»Vielleicht können Sie uns ja trotzdem dabei helfen, Licht in diese Angelegenheit zu bringen.«

Erika de Wall nickte tapfer.

»Haben Sie sich gut mit Ihrer Tochter verstanden?«

Walter de Wall zuckte mit den Schultern. »Normal, würde ich sagen.«

Seine Frau widersprach energisch. »Besser als normal. Wir haben Wiebke immer unterstützt. Sie hat sich schon als Kind für Musik interessiert und wir haben sie dabei gefördert. Sie wusste, dass sie sich immer auf uns verlassen kann. Wir haben ihr nur allzu gerne Aufträge von unserer Werbeagentur gegeben, damit sie in ihrer Karriere vorankommt.«

»Aber davon hatten wir auch etwas«, relativierte Walter de Wall. »Das waren keine Gefälligkeitsaufträge, sondern ihre Musik war ein echter Mehrwert für die Firma. Gerade jetzt, wo sie einen Nummer-eins-Hit gelandet hat. Natürlich habe ich das auch bei unseren Kunden erwähnt. Nur deshalb wurden wir gestern von einem internationalen Konzern nach München eingeladen, weil sie sich erhoffen, durch unsere Kontakte mit Maybrit Decker zusammenzuarbeiten. Es wäre der größte Auftrag gewesen, den unsere Werbeagentur je hatte, aber das ist nun Makulatur.«

»Wann haben Sie Wiebke das letzte Mal gesehen?«

»Genau vor einer Woche«, antwortete Walter de Wall. »In der Firma. Wir haben Ideen für eine Kampagne für die Score-Tankstellen gesammelt.«

Frau de Wall wandte sich ab und versuchte vergeblich, ihr Schluchzen zu verbergen.

»Hat Wiebke dabei irgendetwas erwähnt, was Sie im Nachhinein stutzig macht? Hatte sie irgendwelche Sorgen?«

Walter de Wall überlegte.

Seine Frau schüttelte den Kopf. »Wir haben an diesem Tag hauptsächlich über die Arbeit gesprochen. Wiebke hat Beruf und Privatleben strikt getrennt.«

»Sie hat auf mich nicht sonderlich besorgt gewirkt«, ergänzte Walter de Wall.

»Aber Sie haben sicherlich einen weiteren Arbeitstermin ausgemacht, oder?« Baer schaute von Walter zu Erika de Wall. »Hat Wiebke dabei etwas über ihre Pläne in dieser Woche gesagt?«

»Sie hatte zusammen mit anderen Komponisten eine Einladung von einer Plattenfirma«, antwortete Erika de Wall.

»Das war am Montag«, bestätigte Baer. »Wissen Sie, was Wiebke am Dienstag vorhatte?«

»Leider nicht.« Walter de Wall seufzte. »Wir wollten das nächste Treffen vom Terminplan der Score-Manager abhängig machen.«

Baer zog ein schmales Etui aus seiner Jacketttasche. Kira erkannte es aus der Besprechung wieder. »Wir haben in Wiebkes Wohnung diese teure Uhr gefunden. Ist das ein Geschenk von Ihnen?«

»Nein«, entgegnete Walter de Wall. »Ich habe diese Uhr noch niemals gesehen.«

»Wiebke trägt keine Armbanduhren«, fügte Erika de Wall hinzu.

Baer steckte die Uhr wieder ein. »Dann habe ich vorerst nur noch eine Frage. Können Sie uns noch irgendwelche Personen nennen, die für Ihre Tochter wichtig waren?«

Walter de Wall seufzte. »Da gibt es eigentlich nur eine Person. Der Mensch, mit dem sich Wiebke am besten verstanden hat, war ihr Jugendfreund Sunko Meinert. Er besitzt eine Autowerkstatt für Oldtimer bei Bensersiel.«

Kira stellte sich eine Landkarte von Ostfriesland vor und zog die Verbindungslinien. Wenn man von Norden nach Bensersiel fuhr, kam man auch an Dornumersiel vorbei.

»Danke sehr, dass Sie gekommen sind.« Baer reichte Wiebkes Eltern seine Visitenkarte. »Wir werden Sie über die Ermittlungen auf dem Laufenden halten. Falls Ihnen noch etwas einfällt, das mit Wiebkes Tod zu tun haben könnte, rufen Sie mich bitte an. Ganz egal, wie nebensächlich es Ihnen vorkommt. Oft sind gerade Kleinigkeiten wichtig.«

Walter de Wall nickte. Die Eheleute verabschiedeten sich und verließen das Büro.

»Warum grinsen Sie so?«, fragte Baer gereizt.

»Weil Sie von ›wir‹ gesprochen haben«, entgegnete Kira. »Sie haben gesagt: ›Wir haben in Wiebkes Wohnung diese teure Uhr gefunden‹ und: ›Wir werden Sie über die Ermittlungen auf dem Laufenden halten‹.«

»Bilden Sie sich darauf nichts ein. Damit meine ich die gesamte Kollegenschaft und nicht Sie persönlich.« Baer erhob sich und schnappte sich seine Jacke. »Ich werde jetzt zu der Oldtimer-Werkstatt von Wiebkes Jugendfreund fahren.«

Kira stand ebenfalls auf. »Ich komme mit.«

»Sie bleiben schön hier.«

»Aber …«

»Kein ›Aber‹. Ich bin Ihr Vorgesetzter, also halten Sie sich an meine Anweisungen.«

7. Möglichkeiten

Mats fuhr extra langsam, und tatsächlich tauchte kurze Zeit später ein Auto im Rückspiegel auf. Wenn er es richtig sehen konnte, handelte es sich um einen blauen VW Passat. Hatte er solch einen Wagen nicht kürzlich schon einmal gesehen?

Er musste nicht lange nachdenken. *Gestern auf dem Parkplatz von Fokkos Sportsbar.*

Mats beschleunigte wieder auf Normalgeschwindigkeit. Beim nächsten Querweg bog er links ab. Der Waldboden war uneben und die Federung des Wagens wurde stark gefordert. Der Unterboden schlug an einen Stein und die Zweige eines wuchernden Busches kratzten am Lack.

Nach ein paar Hundert Metern hielt Mats an und stieg aus. Er zückte seine Pistole und versteckte sich hinter einem breiten Baumstamm.

In einem Wald fühlte sich Alleinsein anders an. Die Luft war kühl und duftete nach Tannen. In der Ferne klopfte ein Specht. Vor ihm leuchtete eine grüne Wiese in der Sonne, die Waldgrenze bildete ein Schloot.

Der Specht verstummte und Mats hörte jetzt deutlich das Geräusch eines herannahenden Wagens. Er lugte hinter dem Stamm hervor und sah den blauen Passat. Er parkte unweit von dem Mercedes, und wie erwartet stieg der Fitnesstyp aus der Sportsbar aus.

Er blickte sich ratlos um und lauschte angespannt. Kein Ast brach und kein Tannenzapfen fiel zu Boden. Nur ein Schmetterling flatterte neugierig durch die Gegend.

Der Glatzkopf zog ein Messer, mit dem man einen Elefanten kastrieren könnte, und begann vorsichtig, die Gegend zu erkunden. Nach wenigen Schritten gelangte er in die Nähe von Mats' Versteck.

»Messer fallen lassen und Hände hoch!« Mats trat hinter dem Baum hervor und drückte dem anderen die Pistole an die Schläfe.

Der Übertölpelte grunzte wütend, aber folgte der Anweisung. Die kurzen T-Shirt-Ärmel entblößten das Hakenkreuztattoo auf dem muskulösen Oberarm. Auf den Rückseiten seiner Finger prangte das Wort »Hass« mit doppelter Siegrune.

»Jetzt langsam umdrehen.« Mats trat einen Schritt zurück.

Auf dem blanken Kahlkopf glänzten die Schweißperlen. Er schaute Mats in die Augen und sein Mund verzog sich zu einem Grinsen.

Er trat schneller zu, als Mats reagieren konnte. Seine Pistole flog in hohem Bogen gegen einen Baum. Mats wollte zuschlagen, doch die Faust des anderen traf ihn mit voller Wucht.

Diesmal grunzte der Glatzkopf vor Freude. Freude, die Mats' Zahnarzt nicht empfinden würde. Mats renkte sich den Kiefer wieder ein, wischte sich das Blut aus dem Gesicht und begab sich in Kampfstellung.

Der Türsteher winkte ihn herausfordernd zu sich. Mats allerdings nahm sich die Zeit, um eine Strategie zu entwickeln. Es kam bei einem Kampf nicht nur auf Körperkraft an. Wenn man wusste, an welchen Stellen der Körper schwach war, konnte man damit viel mehr anfangen.

Die Donnerfaust seines Gegners schnellte nach vorne, aber diesmal wich Mats aus. Auch der nächste Angriffsversuch ging ins Leere. Beim dritten Schlag bekam Mats seinen Arm zu fassen, aber der Muskelprotz schleuderte ihn herum, sodass Mats mit dem Rücken auf dem Boden landete.

Er fühlte jeden Knochen, aber gebrochen war hoffentlich noch nichts. *Ich darf ihn nicht unterschätzen*, dachte Mats unter Schmerzen.

Der andere lachte wie ein Troll mit Lolli. Wenn er sich überschätzte, konnte das nur zu Mats' Vorteil sein.

Blitzschnell trat Mats gegen die Kniescheiben seines Widersachers. Der Glatzkopf sackte zu Boden, während Mats aufsprang und ihm den Arm auf den Rücken drehte. Die Finger hielten seinem Druck nicht stand und brachen mit einem üblen Knacken.

»Verfluchter Scheißkerl«, heulte der Glatzkopf auf.

Mats schleuderte das Messer weg und hob seine Pistole auf.

»Wirst du mich erschießen?« Angst stand dem anderen plötzlich ins Gesicht geschrieben.

»Das könnte dir so passen.« Mats ging zur Beifahrerseite des blauen Passats und holte eine Kamera heraus. Er entfernte die Speicherkarte und legte das Gerät vor den Reifen des Mercedes. Bevor er in den Wagen stieg, richtete er die Hand warnend auf seinen Verfolger. »Wenn ich dich noch einmal sehe, brenne ich dir dein Hakenkreuztattoo mit einem Bügeleisen raus.«

* * *

Kira war frustriert. Es war gut möglich, dass sich Wiebke Dienstagnacht auf dem Weg von oder zu Sunko Meinert befunden hatte. Das würde Baer bei der Zeugenvernehmung erfahren, während sie hier sinnlos herumsaß.

Es war unfair, aber mit der Lage zu hadern, brachte sie auch nicht vorwärts. Stattdessen versuchte Kira, die Situation positiv zu sehen. Grundsätzlich fand sie es besser, wenn ein Chef distanziert war, als wenn er ihr andauernd Komplimente machte und zwanghaft ihre Nähe suchte.

Wie sollte sie ihre Arbeitszeit nutzen?

Sie könnte versuchen, Mats zu finden.

Nein, das ging um diese Uhrzeit noch nicht. Sie wollte sich ja in den Klubs erkundigen, ob man ihn dort irgendwo kannte, aber das konnte sie am effektivsten am Wochenende tun.

Kira blickte sich um. Jetzt war sie ganz alleine im Büro. Sie könnte die Zeit nutzen, um sich ihren Arbeitsplatz einzurichten. Aber lange würde das nicht dauern. Es störte sie gar nicht, wenn kein Bild an der Wand hing und es keine verstaubte Pflanze gab, die man vergessen konnte zu gießen. Die Arbeitsumgebung musste vor allem praktisch sein. Kugelschreiber, Büroklammern und Heftmaschine mussten stets griffbereit sein, außerdem brauchte der Drucker ausreichend Papier.

Sie stand auf, um das fehlende Material im Wandschrank zu suchen. Sie öffnete die Tür und hielt überrascht inne. Der Schrank enthielt zwar auch Büroutensilien, aber im obersten Fach saßen mehrere flauschige Teddybären, jeder etwa dreißig Zentimeter groß, mit einer Schleife um den Hals. Was hatte das wohl zu bedeuten?

Kira nahm sich alles, was sie brauchte, und ging zurück an ihren Platz. Der Anblick der Stoffbären hatte seltsamerweise ihre Stimmung gehoben und sie konnte wieder etwas klarer sehen.

Im Augenblick bestand ihr Ziel darin, sich im Job durchzusetzen. Sie musste sich gegenüber Baer beweisen und das würde nur funktionieren, wenn sie in ihrem aktuellen Fall entscheidende Fortschritte erzielte. Aber wie sollte sie das schaffen, wenn Baer die aussichtsreichsten Spuren verfolgte?

Ich darf nicht auf meine Beschränkungen sehen, sondern ich muss mich auf meine Möglichkeiten konzentrieren, dachte sie. Sie wusste nicht mehr, wo sie diesen Satz gelesen hatte, aber er hatte sich schon oft in ihrem Leben als gute Richtschnur erwiesen.

Was hatte sie denn für Möglichkeiten?

Kira schaute sich noch einmal Baers Protokolle an. Besonders interessierte sie sich für sein Gespräch mit Justin Tiedemann. Wiebke de Wall hatte ihn aus heiterem Himmel abserviert, damit hatte er ein Motiv, um sie zu ermorden. Er wäre nicht der Erste, der solch eine Ablehnung als tiefe Kränkung erlebte und seine Ex-Freundin lieber tötete, weil er sie keinem anderen gönnte. Ja, er hatte vor ihrer Wohnung musiziert und vorgegeben, nichts von Wiebkes Tod zu wissen, aber das konnte er auch alles vorgetäuscht haben.

Laut Bericht hatte Baer zumindest Tiedemanns Angaben überprüfen lassen. Der Freund, bei dem der Musiker am Wochenende übernachtet hatte, hatte außerdem angegeben, dass Tiedemann auch am Dienstag bei ihm in Köln übernachtet hatte. Wie viel war solch ein Alibi wert? Sollte Kira Wiebkes Ex-Freund nicht lieber persönlich befragen und sich einen eigenen Eindruck von ihm machen? Oder würde das Baer gegen sie aufbringen?

Tilmann Baer hatte während der Besprechung gesagt, was ihm am wichtigsten war: herauszufinden, wo sich Wiebke de Wall am Dienstag aufgehalten hatte.

Kira nahm einen Zettel und zeichnete darauf eine Tabelle mit sechs Spalten. Oben schrieb sie die Wochentage von Donnerstag bis Dienstag. Darunter notierte sie, was sie bisher über Wiebke de Wall herausgefunden hatten.

Vor einer Woche war die Komponistin in Emden in der Firma ihrer Eltern gewesen. Freitag und Samstag blieben leer. Am Sonntagnachmittag hatte Wiebke mit ihrem Freund Waffeln gegessen und Schluss gemacht. Im Anschluss war sie nach Bielefeld in das Hotel gefahren, das der Musikverlag für zwei Nächte gemietet hatte. Montag fand das Writing-Camp statt und am Dienstagvormittag war Wiebke zurückgefahren.

Ist sie am Dienstagnachmittag überhaupt zu Hause gewesen?, überlegte Kira. *Aber dann hätte sich auch ihr Gepäck im Auto befinden müssen.*

Sie unterzog den Druckknopf ihres Kugelschreibers einem Stresstest. Wenn sie die Übersicht so betrachtete, erschien die Lücke am Freitag und Samstag viel größer als die am Dienstag. Natürlich waren die Ereignisse am Dienstag entscheidend, aber vielleicht konnte man sich ihnen auch dadurch nähern, dass man herausfand, was Wiebke an den Tagen vorher gemacht hatte. Kira umkringelte das Treffen zwischen Wiebke und Justin Tiedemann. *Warum hat Wiebke mit ihm Schluss gemacht? Warum genau an diesem Tag?*

Das Papier gab nach und die Kommissarin stoppte den Tintenkreis. Ihre Gedanken drehten sich trotzdem weiter. *Es muss einen Auslöser für diese Entscheidung gegeben haben.*

Hatte es den am Freitag oder Samstag gegeben? Hatte Wiebke an einem dieser Tage vielleicht jemand anders kennengelernt? Kiras Puls beschleunigte sich. Wie konnte sie herausfinden, was Wiebke am Wochenende getan hatte?

Die Ermittlerin stand auf und suchte den Kollegen, der Wiebke de Walls Laptop untersucht hatte. »Wo ist der Computer jetzt?«, fragte sie ihn.

Er händigte ihr das Gerät aus und sie kehrte zurück ins Büro.

Während das Betriebssystem des Notebooks hochfuhr, bediente sich Kira an Baers Kaffeemaschine. Schon ein Schluck des Gebräus führte zu Festbeleuchtung im Oberstübchen.

Jensen schaute sich die Ordner auf dem Desktop an. Natürlich würde sie dort keine genaue Angabe finden, wo sich Wiebke am Wochenende aufgehalten hatte – aber sie konnte zumindest überprüfen, ob die Komponistin am Wochenende gearbeitet hatte.

In den Metadaten aller Dateien waren Datum und Uhrzeit ihrer Erstellung gespeichert. Kira führte eine Suche nach allen Dateien durch, die Wiebke in den letzten fünf Tagen erstellt hatte.

Für das Wochenende gab es kein Ergebnis, erst wieder am Montag. Dabei musste es sich um den Song handeln, den sie gemeinsam mit Tina Taube auf dem Writing-Camp komponiert hatte.

Auch am Dienstag hatte Wiebke keine neue Datei erstellt oder abgespeichert.

Kira nahm sich die kleinen Kopfhörer, die es zu ihrem neuen Handy dazugegeben hatte, und schloss sie an den Laptop an. Es war spannend, ein Lied zu hören, das die Komponistin erst wenigen Menschen vorgespielt hatte.

8. Geburtstagsgeschenk

Das Hinweisschild am Straßenrand war klein und unscheinbar. Umso überraschter war Baer, als er auf das Grundstück von Sunkos Oldtimer-Garage fuhr.

Es handelte sich um einen alten Bauernhof. Das Haupthaus wirkte baufällig, aber die Scheune war saniert. Die großen Tore standen offen. Anstelle von Heuballen und landwirtschaftlichen Fahrzeugen enthielt das Gebäude allerdings eine Autowerkstatt und auf Hochglanz polierte Klassiker. Baer erkannte einen cremeweißen Karmann Ghia und einen tannengrünen Jaguar E-Type mit seinen froschaugenartigen Scheinwerfern.

Baer betrat den Showroom und sein Herz schlug unweigerlich höher. Unter dem hohen Spitzdach mit seinen alten Holzbalken wirkte alles doppelt eindrücklich. Ein Fahrzeugtempel mitten in der Provinz.

Ein elektrischer Schraubendreher jaulte auf.

Baer konnte nur die Beine eines Mannes sehen, die unter einem alten Bugatti hervorragten. Dieses Auto war wirklich das, was man sich gemeinhin unter einem Oldtimer vorstellte, und Baer konnte vor seinem inneren Auge sehen, wie sich eine Hollywood-Diva darin zum Pilsumer Leuchtturm chauffieren ließ.

Die Beine bewegten sich spinnenartig nach vorne und der Mann, der auf einem Rollbrett lag, erschien.

»Moin.« Er trug einen blauen Overall, der schon mehrere Ölflecken und Lackspritzer hatte. Ein leichter Schweißgeruch ging von ihm aus. Das honigblonde Haar war an den Seiten ausrasiert und oben üppig gelockt. Sein Gesicht hatte etwas Schelmisches, auch wenn ihm eine gewisse Härte innewohnte. Oder entstand dieser Eindruck nur aufgrund der Narbe auf seiner Wange? Er wirkte erschöpft, aber trotzdem so, als ob er den besten Job auf der Welt hätte.

»Sind Sie Sunko Meinert?«

»Der bin ich.« Er richtete sich auf, legte den Akkuschrauber beiseite und wischte sich die Hände an einem Frottiertuch ab, das eigentlich keinen Schmutz mehr aufnehmen dürfte. Die Ringe unter seinen Augen zeugten von übermäßiger Arbeit und der Last eines Unternehmens.

»Sie haben sich hier etwas Großartiges aufgebaut.« Baer versteckte nicht, wie beeindruckt er war.

Der junge Mann lächelte stolz. »Ein abgewracktes Auto wieder zum Fahren zu bringen ist, wie einem alten Menschen neues Leben einzuhauchen. Jetzt können diese Schönheiten wieder im Sonnenschein glänzen. Für welchen Wagen interessieren Sie sich denn?«

Baer blickte schmachtend zu einem petrolfarbenen Sportwagen. »Ist das ein Porsche 356?«

Meinert nickte. »Von 1961. Ist aber schon verkauft.«

»Wie schade.«

»Ich kann Ihnen das gleiche Modell wieder besorgen. Allerdings kann ich es erst in ein paar Monaten aufbauen.«

»Lassen Sie mal.« Baer löste sich von dem Traumauto. »Noch habe ich keine Zeit für solch ein Hobby.«

Der Mechaniker schaute ihn fragend an.

»Hauptkommissar Tilmann Baer, Kriminalpolizei Aurich.«

Meinerts Neugier wich Misstrauen. »Was gibt's?«, fragte er vorsichtig.

»Haben Sie heute schon die Zeitung gelesen?«

»Wenn ich irgendwann mal ein paar Aktien besitzen sollte, dann werde ich mich auch wieder für Nachrichten interessieren.«

»Wiebke de Wall wurde ermordet.«

Meinert stand wie versteinert da, nur die Kiefermuskeln zuckten. »Was ist passiert?«

»Sie wurde Dienstagnacht erschossen.«

»Erschossen?« Er ging zum Kühlschrank, holte sich ein Bier heraus und trank die Flasche in einem Zug aus.

Meinerts Verhalten wirkte seltsam auf Baer. Er bewahrte die Fassung wie jemand, der an schlechte Nachrichten gewöhnt war. »Haben Sie eine Idee, wer das getan haben könnte?«, fragte der Ermittler.

»Mein Kopf ist leer. Das alles kommt mir total unwirklich vor.«

»Haben Sie Wiebke am Dienstag gesehen?«

»Nein.«

»Wollte sie herkommen?«

»Davon hat sie mir nichts gesagt.«

»Was haben Sie an dem Abend gemacht?«

»Gearbeitet. Hier.«

»Kann das jemand bezeugen?«

Sunko Meinert schüttelte frustriert den Kopf.

»Wann hatten Sie das letzte Mal Kontakt zu Wiebke?«

»Am Freitag. Sie kam zum Frühstück vorbei und ist um zehn Uhr wieder abgedüst. Sie hat mir allerdings nicht gesagt, was sie vorhatte.«

»Worüber haben Sie denn gesprochen?«

»Wiebke hat mir nur von dem Writing-Camp erzählt. Sie war nervös, weil sie jetzt so einen Erfolg hatte. Sie wollte deswegen von den Kollegen nicht anders behandelt werden.«

»Das war alles?«

Sunko Meinert zuckte mit den Schultern. »Wir quatschen generell nicht viel, wenn wir uns sehen. Das ist keine Zusammenkunft von überdrehten Sektdrosseln, manchmal haben wir einfach nur vor der Playstation abgehangen.«

»Wiebkes Vater hat Sie als ›Jugendfreund‹ bezeichnet. Würden Sie Ihre Beziehung ebenso beschreiben? Was hat Wiebke Ihnen bedeutet?«

»Was Wiebke mir bedeutet hat, wollen Sie wissen?« Die Bitterkeit in seiner Stimme konnte man fast schmecken.

Sunko Meinert ging zu einem abgedeckten Auto und zog die Plane weg. Zum Vorschein kam ein feuerrotes Mercedes Cabriolet. Sogar die Sitze waren aus rotem Leder. Der Lack glänzte, die Chromteile blitzten, und mit seinem großen Stern auf der breiten Kühlerfront sah es aus, als würde es sich über seine eigene Schönheit amüsieren.

»Ein Mercedes 190 SL«, sagte Meinert. »Es sollte ein Geschenk für Wiebke sein. Sie hätte in zwei Wochen Geburtstag gehabt.«

»Ein sehr teures Geschenk.«

»Wiebke hatte es sich verdient. Sie hat mich immer unterstützt. Und die Werkstatt läuft gerade sehr gut. Meine Arbeit hat sich rumgesprochen und ich konnte neue Kunden gewinnen.«

»Waren Sie befreundet oder ein Paar?«

»Wir waren tatsächlich immer nur Freunde. Jeder hatte seine eigenen Partner. Vielleicht trifft die Bezeichnung Bruder und Schwester am ehesten zu. Ich kannte Wiebke, seit wir zwölf waren. Zusammen waren wir stärker als alleine. Ohne sie hätte ich niemals diese Werkstatt aufgemacht und ich habe sie ermutigt, Musikerin zu werden.«

Das klang nach etwas Besonderem. »Hat Wiebke mit Ihnen über ihre Partner gesprochen?«

»Normalerweise nicht. Aber sie hat einen Justin erwähnt – das bedeutet, dass sie ihn wirklich mochte.«

Baer hob verwundert die Augenbrauen. »Sie hat am Sonntag mit ihm Schluss gemacht.«

Sunko Meinerts Erstaunen währte nicht lange. »Am Montag war Wiebke auf einem Writing-Camp, nicht wahr?«

Baer nickte.

»Es würde ihr ähnlichsehen, wenn sie ihm deshalb den Laufpass gegeben hat. Quasi als Vorbereitung.«

»Ich verstehe immer noch nicht.«

»Wiebke konnte sehr hart zu sich selbst sein. Sie hat mir mal gesagt, sie würde ihre Kreativität aus dem Schmerz schöpfen. Aus der Traurigkeit entstehen die besten Songs.«

Das war auch eine Herangehensweise. Hätte Justin Tiedemann Wiebke also tatsächlich wieder zurückgewinnen können?

Baer zeigte Meinert die goldene Armbanduhr. »Hat sie dieses Schmuckstück von Ihnen?«

»Nein«, antwortete Sunko. »Wiebke trägt keine Armbanduhren.« Er fasste sich an die Stirn. »Wäre es vielleicht möglich, dieses Gespräch zu einem späteren Zeitpunkt weiterzuführen? Im Augenblick fühle ich mich nicht gut.«

»Dafür habe ich volles Verständnis.« Baer gab ihm seine Visitenkarte. »Sie haben bereits die wesentlichen Fragen beantwortet. Melden Sie sich bei mir, falls Ihnen noch irgendetwas einfällt.«

***

Es war nicht bei diesem einen Lied geblieben. Kira hatte sich noch mehrere Songs von Wiebke de Wall angehört.

Einer, den Wiebke vor zwei Wochen geschrieben hatte, gefiel ihr besonders gut: »Skipper meines Lebens«.

Das Lied hatte eine eingängige Melodie. Und Wiebkes Stimme klang sehr schön. Trotzdem stellte sich Kira vor, Maybrit Decker würde es singen. Vom Inhalt her würde es sehr gut zum »Ahoi«-Album passen. Hatte Wiebke den Song vielleicht gezielt für Maybrit geschrieben?

Dieser Laptop fühlte sich wie ein Schatz an, er enthielt die ganze Arbeit von Wiebke de Wall, ihr komplettes Leben. Wie traurig, dass diese begabte Künstlerin nun nichts mehr schaffen konnte.

Kira spielte den Song ein weiteres Mal ab.

Wochenende – Segeltörn … Früh aufstehen, um nicht
im Päckchen zu liegen … Straßenschuhe in die Kiste,
das normale Leben bleibt draußen … Das Tor zum
Meer öffnet sich genauso wie mein Herz … Das rote
Krönchen richten und volle Fahrt voraus … Ich bin
der Skipper meines Lebens.

Kira stoppte die Wiedergabe.

Sie zog den Kopfhörer aus dem Ohr, so als ob dadurch ihr Gehirn besser durchlüftet würde. Kurze Zeit später steckte sie die Stöpsel zurück und hörte sich erneut den Anfang des Liedes an.

Nach den ersten Zeilen schloss sie die Musikdatei wieder und hielt inne. Die ersten beiden Worte hatten sich in ihrem Kopf festgeklammert.

Wochenende – Segeltörn.

Was, wenn es sich dabei nicht nur um ein Lied handelte, sondern um eine reale Erfahrung aus Wiebkes Leben? Was, wenn Wiebke das regelmäßig gemacht hatte – auch an diesem

Samstag? Kiras Verstand sagte ihr, dass dieser Gedanke weit hergeholt war, trotzdem verspürte sie ein aufgeregtes Kribbeln.

Früh aufstehen, um nicht im Päckchen zu liegen …
Straßenschuhe in die Kiste, das normale Leben bleibt
draußen.

Kira verglich diese Zeilen mit ihrer eigenen Segelerfahrung. Die beschränkte sich zwar auf einen einwöchigen Törn im Mittelmeer, trotzdem hatte sie dabei zwei, drei grundsätzliche Sachen gelernt. Regel Nummer eins war, dass man auf einer Jacht keine Straßenschuhe tragen durfte, weil das Bootsmaterial zu empfindlich war und man einen festen Halt brauchte. Deshalb gab es am Steg häufig Kisten, in denen man die Schuhe tauschen konnte. Außerdem hatte sie sich gemerkt, was ein »Päckchen« war. Wenn man sehr spät in einem Hafen eintraf und kein Liegeplatz mehr frei war, verband man sich mit den äußersten Booten. Das war weniger komfortabel, denn man musste erst über die anderen Boote steigen, um an Land zu gehen.

Eine Landratte hätte diese Details wahrscheinlich nicht in einem Liedtext erwähnt. Vertonte Wiebke hier wirklich ihre eigenen Erfahrungen oder hatte sie für ihre Texte einfach nur gut recherchiert?

Die Bürotür öffnete sich und Tilmann Baer kam herein. Im ersten Moment war der Hauptkommissar erschrockener als sie selbst. »Oh«, sagte er. »Sie habe ich vollkommen vergessen.« Einen Moment lang schien er zu überlegen, ob er wieder gehen sollte, aber dann blieb er.

»Wie war es bei Sunko Meinert?«, fragte Kira.

»Interessant«, entgegnete Baer schmallippig. Er ging zu seinem Schrank und holte eine Tupperschale, Haferflocken und H-Milch heraus.

»War Wiebke am Dienstag noch bei ihm gewesen?«

»Lesen Sie mein Protokoll.« Baer beobachtete mit Leidenschaft, wie sich die Milch zwischen den Haferflocken verteilte.

»Möchten Sie gar nicht wissen, was ich die ganze Zeit gemacht habe?«, fragte Kira daraufhin.

Keine Reaktion war auch eine Antwort. Baer hielt sich mit seinem Löffel bereit, als würde er auf den perfekten Zeitpunkt warten, in dem die Haferflocken eingeweicht waren.

»Was hat es eigentlich mit den Teddybären im Schrank auf sich?«, fragte Kira.

Baer blickte genervt zu ihr. »Mein Name prädestiniert mich dazu, mich für die Deutsche Teddy-Stiftung einzusetzen. Wenn man Kindern in Notlagen einen Teddy gibt, kann dadurch eine Traumatisierung verhindert werden.«

Er hatte das besonders lustlos vorgetragen, trotzdem begriff Kira die Grundidee. Solch ein Engagement hätte sie ihm gar nicht zugetraut.

Baer widmete sich wieder seinen Haferflocken. Kira hatte auch nichts gegen einen kleinen Snack einzuwenden, also holte sie eine Packung Karottensticks aus ihrer Tasche.

Sie waren nicht wirklich lecker. Bei der zweiten Minirübe merkte Kira allerdings, dass ihr Chef bei jedem leisen Knacken zusammenzuckte. Auf einmal schmeckten die Karotten richtig gut.

»Müssen Sie diese Dinger unbedingt hier knabbern?«, sagte Baer genervt. »Der Kollege vor Ihnen ist zum Mittagessen immer in die Kantine gegangen. Das war eine Stunde garantierte Ruhe.«

»Es ist doch nur eine Zwischenmahlzeit.«

»Können Sie dann nicht irgendwas essen, das weniger Geräusche verursacht? Sie sind doch kein Hase.«

Kira seufzte. »Ich habe nicht vor, Ihnen das Leben zu erschweren, Herr Baer, sondern ich will Sie bei Ihrer Arbeit unterstützen. Also geben Sie mir bitte eine Aufgabe.«

»Wie Sie wollen. Folgende Aufgabe pflegte uns mein Lateinlehrer zu stellen: *Ein* Bauarbeiter benötigt für das Ausheben einer Grube zwei Stunden. Wie lange brauchen *zwei* Arbeiter?«

»Eine Stunde?«

»Falsch. Sie brauchen vier Stunden, und zwar weil sie miteinander quatschen und Bier trinken. Einen Kriminalfall löst man nicht durch viele Mitarbeiter, sondern mit Verstand und Geduld.«

Kira schluckte. Sie hatte ihm eigentlich von Wiebke de Walls Segellied erzählen wollen, aber ließ es nun bleiben. Sie kopierte die Musikdatei von »Skipper meines Lebens« auf einen USB-Stick und schloss den Laptop. Wenn Baer nicht mit ihr zusammenarbeiten wollte, war das sein Pech.

9. Segeltörn?

»*Wochenende – Segeltörn.*« Kira wollte ihrer Idee nachgehen, auch wenn sie weit hergeholt war. Mal sehen, wie lange sie sich daran festhalten konnte, bevor sich dieser Ansatz in Luft auflöste.

Sie holte sich Wiebkes Wohnungsschlüssel und fuhr nach Norden. In der Wohnung der Ermordeten konnte sie am ehesten überprüfen, ob sie regelmäßig gesegelt war, denn wie für jede Freizeitbeschäftigung brauchte man dafür spezielle Kleidung.

Kira schloss die Tür auf. Trotz der gekippten Fenster lag immer noch Zigarettengeruch in der Luft.

Sie schaute zuerst ins Schuhregal. Hier stapelten sich allerdings nur Absatzschuhe. Außerdem brauchte man beim Segeln eine wetterfeste Windjacke und am Haken hing nur ein normaler Friesennerz.

Kira ging ins Schlafzimmer. Im Schrank fand sie, wonach sie suchte. Bequeme Schuhe mit rutschfester Sohle und eine winddichte Segeljacke mit hohem Kragen, beides von Markenfirmen, die schon am Logo erkennen ließen, wofür sie gedacht waren. Sie durchwühlte die Taschen der Jacke und fand neben einer Dose Halsbonbons auch eine Quittung.

Die Rechnung stammte vom Restaurant Riffkieker auf Norderney. Sie war am Samstag um 14.18 Uhr ausgestellt worden.

»Volltreffer«, raunte Kira aufgeregt und ging die Liste durch.

Zwei Steaks, vier Pils, ein Espresso und ein Tiramisu. Also war Wiebke mit einer anderen Person dort gewesen, wahrscheinlich mit dem Besitzer des Segelboots.

Kiras Gedanken rasten und sie zog unterschiedliche Verknüpfungen. Handelte es sich bei dieser Person um einen Mann? Hatte Wiebke ein Verhältnis mit ihm gehabt? Hatte sie deshalb mit Justin Tiedemann Schluss gemacht? Hatte Wiebke die Segelschuhe und die Jacke von dem Jachtbesitzer bekommen? Baer interessierte sich doch so sehr dafür, woher Wiebke ihre teure Armbanduhr hatte – sie könnte ebenfalls ein Geschenk von ihrem unbekannten Liebhaber sein!

Kira schaute auf ihre eigene Uhr. Es war noch genug Zeit, um nach Norderney zu fahren und dort weitere Erkundigungen einzuholen.

* * *

Ein Glöckchen klingelte, als Tilmann Baer das Juweliergeschäft am Rand der Auricher Innenstadt betrat. Auch wenn in diesem Laden viele Einrichtungsgegenstände erneuert worden waren, so besaß er dennoch den Charme einer Zeit, in der Flugreisen ein Luxus waren und Stewardessen noch Handschuhe trugen. Es war kein Geschäft, in das man sich durch Zufall verirrte. Wer hier reinging, hatte entweder einen schönen Anlass, für den er ein besonderes Geschenk suchte, oder gehörte zur oberen Gehaltsklasse. Am liebevoll gestalteten Schaufenster blieben allerdings viele stehen, um sich über die Preise für einen

Schweizer Chronografen oder einen lupenreinen Einkaräter zu wundern.

»Herzlich willkommen.« Das warme Lächeln der schlanken Dame unterstrich, wie ernst sie diese Begrüßung meinte. Sie war in einem Alter, in dem man die Jahre nicht mehr zählt, aber besaß ein Strahlen, das den Schmuck, den sie selbst trug, noch mal veredelte. Ein Schild an der Bluse der Verkäuferin verriet ihren Namen: Frau Wezepa-Hobel.

»Moin«, erwiderte Baer. Ungewollt kehrte die Erinnerung an den Tag zurück, als er das letzte Mal hier gewesen war. Melanie war bei ihm gewesen. Sie hatten sich ihre Eheringe ausgesucht und der Inhaber hatte ihnen ein äußerst faires Angebot dafür gemacht.

»Kann ich Ihnen irgendwie behilflich sein?«, fragte die Verkäuferin. »Suchen Sie etwas Bestimmtes?«

»Ich bin von der Kriminalpolizei Aurich.« Baer zeigte ihr seinen Dienstausweis. »Im Rahmen einer Mordermittlung sind wir auf diese Uhr gestoßen, die in Ihrem Laden verkauft worden ist.« Er holte das Kästchen mit dem Logo von Garlef Reitmeyer hervor. »Es wäre wundervoll, wenn wir herausfinden könnten, an wen Sie diese Damenuhr verkauft haben.«

Wezepa-Hobel klappte das Etui auf und besah sich die Uhr. »Sie ist noch ungetragen. Den Bon dazu haben Sie nicht?«

Baer schüttelte den Kopf.

»Dann wird es schwierig werden.« Sie gab ihm das Schmuckkästchen zurück.

»Sie verkaufen gewiss nicht häufig so eine Uhr«, bohrte Baer weiter. »Es würde uns schon weiterhelfen, wenn Sie den Tag herausfinden könnten, an dem sie verkauft wurde.«

»Ich werde sehen, was sich machen lässt«, versprach Wezepa-Hobel. Sie nahm einen Notizblock und notierte die Modellbezeichnung der Uhr. »Und ich werde auch mit Herrn Reitmeyer sprechen. Er bedient alle unsere Stammkunden persönlich. Wenn er diese Uhr verkauft hat, kann er sich gewiss daran erinnern.«

Baer horchte auf. »Jetzt ist Herr Reitmeyer nicht da?«

Wezepa-Hobel verneinte. »Tut mir leid, aber er ist heute in unserer neuen Filiale in Hamburg. Sie wird in zwei Wochen eröffnet.«

Die Hoffnung des Ermittlers sank wieder. »Und vorher kommt er nicht zurück?«

»Doch, doch. Am Samstag wollte er hier sein.«

Baer war erleichtert. »Dann werde ich am Samstag wiederkommen.«

* * *

Zum Fähranleger in Norddeich war es nicht weit. Kira stellte ihren Wagen auf dem weitläufigen Parkplatz der Reederei ab.

Gerade legte eine Fähre an und die Passagiere strömten ins Terminal. Kira beschleunigte ihre Schritte, um noch auf dieses Fahrgastschiff zu gelangen.

Erst auf dem Meer wurde sie ruhiger. Kira stand auf dem Autodeck und schaute über das sprudelnde Kielwasser. Zwei Möwen schwebten am Himmel und kreischten sich Mut zu. Die Luft duftete nach Salz und Kira atmete tief ein.

Genau deshalb hatte sie zurück nach Ostfriesland gewollt. Sie liebte die Küste und die Nordsee, das durfte ihr niemand stehlen. Hier war ihre Heimat und sie hatte die Hoffnung, etwas mehr mit sich selbst ins Reine kommen zu können. Deshalb musste sie sich auf jeden Fall bei der Arbeit durchsetzen.

Auf der Insel zeigte Kira den Mitarbeitern ihren Dienstausweis. Polizisten im Einsatz mussten keine Kurtaxe entrichten.

Sie ging zuerst zum Sportboothafen nordöstlich vom Fährterminal. Auf dem eintönigen rot gepflasterten Weg wünschte sie sich, sie hätte ihr neues Fahrrad dabeigehabt. In dem ruhigen Becken der Steganlage war gewiss Platz für mehr als zweihundert Boote. Kira genoss den Anblick der unterschiedlich großen Jachten. Segeln war eine eigene Welt, zu der sie leider viel zu wenig Zugang gehabt hatte.

Inwieweit war Wiebke de Wall Teil dieser Welt gewesen? Hatte sie tatsächlich einen wohlhabenden Liebhaber gehabt, der sie regelmäßig auf seiner Jacht mitgenommen hatte? Kira ließ ihrer Fantasie freien Lauf. Was als Affäre begonnen hatte, war mit der Zeit für Wiebke ernst geworden. So ernst, dass sie sich sogar von ihrem Freund getrennt hatte. Ihr Liebhaber hatte jedoch Familie, und weil Wiebke ihm damit drohte, seiner Frau von der Beziehung zu erzählen, hatte der Liebhaber sie ermordet. Kira war sich bewusst, dass dieser Theorie Hand und Fuß fehlten, aber dafür war sie ja hier. Es würde auf jeden Fall wichtig sein, den Menschen zu finden, mit dem Wiebke hier gewesen war – wenn es vielleicht am Ende gar kein Verdächtiger war, dann hoffentlich wenigstens ein Zeuge.

Kira ging zum Hafenwart und ließ sich die Liste derjenigen zeigen, die am Samstag ihre Liegeplatzgebühr entrichtet hatten. Es hatten viel mehr Boote angelegt, als sie erwartet hatte. Außerdem war neben dem Schiffsnamen nur die Anzahl der Personen verzeichnet. Und selbst wenn es Namen gegeben hätte, wäre Wiebke de Wall nicht dabei gewesen, denn ihr gehörte das Schiff ja nicht. Kira hoffte, dass sie im Restaurant Riffkieker mehr erfahren würde.

Der Januskopf lag zwei Kilometer entfernt, für die sie ein Taxi nahm. Das Lokal befand sich in einem hellen Pavillon mit Aussicht auf die Nordsee und einer großen Terrasse. Im Augenblick war der Betrieb überschaubar.

Kira ging direkt zu dem bärtigen Mann hinter dem Zapfhahn. »Moin.«

»He.« So lautete die Begrüßung auf der Insel.

Die Kommissarin stellte sich vor und zeigte ihm die Quittung. »Hier steht, dass die Gäste von ›Marie‹ bedient wurden. Wo kann ich sie finden?«

Der Barkeeper winkte der Bedienung. »Kannst du mal kommen, Marie?«

Kira setzte sich mit der jungen Frau an einen der freien Tische. »Können Sie sich vielleicht an diese Bestellung erinnern?«

Marie betrachtete die Auflistung durch ihre überdimensionierte Brille. »Das dürfte für zwei Personen gewesen sein. Aber so etwas haben viele bestellt.«

Kira zeigte ihr ein Foto von Wiebke de Wall.

»Hm.« Marie fuhr sich über ihr Kinn. »Ich glaube, ich kann mich an sie erinnern.«

»Und auch an ihre Begleitung?«

»Sie war mit einem Mann da.«

»Wie sah er aus? War er alt oder jung?«

Marie überlegte. »Das kann ich wirklich nicht sagen. Am Samstag war hier viel los, und da die Dame bezahlt hat, war ich nur auf sie konzentriert.«

»Danke.« Wirklich weiter brachte das Kira auch nicht – außer dass sie nun die Bestätigung hatte, dass Wiebke mit einem Mann unterwegs gewesen war. Wahrscheinlich hätte Marie mehr auf die beiden geachtet, wenn sie gewusst hätte, dass Wiebke einen Nummer-eins-Hit geschrieben hatte. Aber es stand eben immer nur die Sängerin im Rampenlicht und niemals die Komponistin.

Marie ging wieder ihrer Arbeit nach und Kira bestellte bei dem Barkeeper ein kleines Pils.

Was sollte sie als Nächstes tun? Sie konnte später noch mal in der Seglerkneipe im Sportboothafen nachfragen. Wie lange war Wiebke wohl auf der Insel geblieben? Nur zum Mittagessen oder hatte sie hier auch übernachtet?

Dann könnte Kira noch die Hotels abklappern und die Belegungsbögen einsehen.

Aber würde das wirklich etwas bringen? Das Problem war, dass sie nur Wiebke kannte, aber nicht die Person, mit der sie unterwegs gewesen war.

Kira musste sich eingestehen, dass dieser Ausflug ihr viel weniger gebracht hatte als erhofft.

* * *

Mats saß auf einem alten zerschlissenen Ledersofa und steckte die Speicherkarte, die er erbeutet hatte, in einen Tablet-PC. Vorerst wollte er noch nicht zu seinem eigenen Häuschen zurückkehren, denn das erschien ihm nicht sicher genug.

Auf der Speicherkarte befanden sich drei Ordner, die mit den Daten der letzten drei Tage bezeichnet waren. Mats öffnete das Verzeichnis von gestern und ließ sich die Fotos anzeigen.

Das erste Bild zeigte ihn, wie er morgens aus seiner Wohnung kam und sich ans Gemächt fasste. Danach wurde sein ganzer Tag dokumentiert. Selbst in Fokkos Sportsbar hatte der Glatzkopf unbemerkt Fotos geschossen. Am Ende gab es eine Nachtaufnahme davon, wie er mit dem Mercedes in seine Doppelgarage fuhr und neben dem alten Audi Avant parkte.

Mats schaute sich auch den Inhalt der anderen Ordner an. Er war enttäuscht. Nicht nur weil er auf den meisten Bildern alles andere als gut aussah, denn seine blauen Augen kamen darauf überhaupt nicht zur Geltung. Aber er hatte gehofft, vielleicht noch anderes Material auf der Karte zu finden, das ihm mehr über seinen Verfolger verraten würde. Eigentlich waren ihm die Zusammenhänge klar, doch je mehr man in der Hand hatte, desto besser.

Jetzt musste er sich nur noch mit seinem Geschäftspartner besprechen, wie man damit umgehen sollte.

10. Ohrwurm

Am Freitag wachte Kira mit der Melodie von »Skipper meines Lebens« im Ohr auf.

Ihr Rücken schmerzte, das Sofa war keine Dauerlösung, wenn sie Wert auf eine gute Nachtruhe legte. Sie schlurfte in die Küche und stellte die Kaffeemaschine an.

Gestern war sie so lange wie möglich auf Norderney geblieben. Die Rückfahrt zum Revier hatte sich wie eine Niederlage angefühlt. Als sie den Dienstwagen im Revier abgegeben hatte, war sie froh gewesen, dass alle anderen schon zu Hause waren. Erst auf dem Fahrrad hatte sie wieder etwas Mut geschöpft.

Der Fund der Restaurantquittung war ein Ermittlungserfolg, den sie erzielt hatte. Aber würde das ausreichen, um sich bei Tilmann Baer Respekt zu verschaffen? Gestern hatte sie sich dieser Illusion hingegeben, heute bezweifelte sie es.

Sie steckte den USB-Stick in ihre Musikanlage und spielte »Skipper meines Lebens« ab. Über die Zimmerlautsprecher klang ihr Ohrwurm bedeutend besser.

Kira beschmierte eine Scheibe Toastbrot mit Marmelade. Bei der zweiten war das Lied zu Ende. Während sie in das knusprige Glück biss, hallte eine Textzeile in ihr nach. *»Das rote Krönchen richten und volle Fahrt voraus.«*

Warum ausgerechnet das »rote« Krönchen?

Könnte es sein, dass Wiebke hier die Erfahrungen mit einem bestimmten Boot eingearbeitet hatte? Bezog sich dieses Wortspiel etwa auf ein konkretes Merkmal des Segelschiffs?

Kira spürte Aufregung in sich aufsteigen. Wenn sie die Jacht identifizieren konnte, konnte sie auch den Besitzer ausfindig machen! Sie startete das Lied erneut und setzte sich mit einem Notizblock neben die Musikanlage. Hoffentlich gab es im Text noch mehr Stellen, die auf etwas Konkretes hinwiesen.

Wochenende – Segeltörn … Das Tor zum Meer
öffnet sich genauso wie mein Herz … Ich greife
nach den Sternen im Sonnenlicht … Ein prickelndes
Segelvergnügen … Ich bin der Skipper meines
Lebens.

»*Ich greife nach den Sternen im Sonnenlicht.*« Die Liedzeile klang schön. Steckte in diesem Gegensatz mehr als Poesie? Wenn ja, was konnte damit im realen Leben gemeint sein?

Kira riss den Zettel ab und zerknüllte ihn. Das Ganze war eine dumme Idee gewesen. Sie wollte sich einfach an irgendwas klammern, so unglaublich es auch war.

»*Das rote Krönchen richten und volle Fahrt voraus.*« Würde diese Information ausreichen? Könnte sie anhand dessen ein Segelboot identifizieren? Aber sie musste ja nicht nur wissen, auf welches Merkmal am Boot sie achten musste, sondern auch, in welchem Jachthafen das Schiff lag. Oder gab es dazu vielleicht einen Hinweis im Text?

Kira hob den Zettel wieder vom Boden auf und strich die Falten glatt.

»*Das Tor zum Meer öffnet sich.*« Könnte man diese Zeile vielleicht wörtlich nehmen?

Kira öffnete ihren Laptop und schaute sich die unterschiedlichen Marinas an. In Bensersiel lag der Jachthafen direkt gegenüber von der Fähre nach Langeoog. Auch in Dornumersiel war die Fahrtrinne direkt zu erreichen. Genauso in Norden. In Greetsiel allerdings musste man eine Schleuse passieren, um aus dem Leyhörner Sieltief in die Nordsee zu gelangen. *Eine Schleuse ist ein »Tor zum Meer«*, dachte Kira.

Sie überprüfte die restlichen Häfen. Auch in Harlesiel gab es eine Schleuse. Der Fähranleger nach Wangerooge befand sich außen, aber die Sportboote lagen im Binnenhafen.

Kiras Puls beschleunigte sich. Wo sollte sie zuerst hinfahren? Nach Greetsiel oder nach Harlesiel?

Sie konnte sich an der Entfernung zu Wiebkes Wohnort orientieren oder an der Entfernung zum Fundort der Leiche. Was war logischer?

Kira entschied sich für die zweite Möglichkeit. *Vielleicht war Wiebke ja am Dienstagabend noch bei ihrem Liebhaber und hat auf dem Rückweg in Dornumersiel angehalten.*

* * *

Baer genoss es, wieder alleine im Büro zu sein und seine gewohnte Morgenroutine durchzuführen. Hoffentlich würde Jensen noch lange wegbleiben und ihre Karottensticks zu Hause lassen.

Der Hauptkommissar füllte seine Jubiläumstasse mit Kaffee und setzte sich an den Schreibtisch. Heute hatte er sich neben der »Ostfriesen-Zeitung« auch eine »Bild« mitgebracht. Beide Blätter berichteten über den Fall der toten Schlagerkomponistin. Während die erste Zeitung allerdings weniger als er selbst wusste, hatte das Boulevardblatt Dinge zu berichten, zu denen man nur im LSD-Rausch Zugang hatte. Der Reporter brachte den Mord mit der Berliner Gangster-Rap-Szene in Verbindung, speziell mit einem Künstler namens Bitk€un, der seine Karriere mit deutschen Coverversionen von 2 Live Crew gestartet hatte.

Am Ende des Artikels hatte Baer immer noch nicht begriffen, worin die Verbindung zu Wiebke bestehen sollte, außer dass sie mit einer Pistole erschossen worden war.

Die Tür öffnete sich, aber glücklicherweise war es nur der Dienststellenleiter. Seine Frise glänzte frisch geölt und sein Aftershave gab der torkelnden Eintagsfliege auf dem Fensterbrett den Rest.

Baer wusste, was das zu bedeuten hatte. »Wirklich, eine Pressekonferenz? Es gibt doch noch gar nichts zu erzählen.«

»Trotzdem haben die Leute Fragen.« Gravenhorst hielt die »Bild-Zeitung« hoch. »Und das hier ist eine Geschichte, die wir dementieren müssen. Oder habt ihr eine Spur zu diesem Bitk€un gefunden?« Er schmiss das Käseblatt in den Papierkorb und widmete sich der Kaffeemaschine.

»Leider hat sich noch nichts Neues ergeben.« Baer kaute ihm die wesentlichen Sätze vor. Als Amateurpolitiker war er geübt darin, sie auf zehn Minuten zu verlängern. »Wir stehen noch ganz am Anfang der Untersuchungen. Wir ermitteln in alle Richtungen.«

»Wo ist Frau Jensen?«, wollte Gravenhorst wissen.

»Du meinst den Transferfehler?«, fragte Baer.

»Gestern hat sie doch wieder ganz vernünftig auf mich gewirkt«, entgegnete Gravenhorst.

Baer zuckte mit den Schultern. »Heute ist sie hier noch nicht aufgetaucht.«

»Aber ich habe gesehen, dass sie sich bereits für einen Dienstwagen eingetragen hat.«

»Wahrscheinlich ist sie immer noch mit Ausparken beschäftigt.«

Gravenhorst grummelte in seine Kaffeetasse. »Ich weiß, dass du kein Fan von Pressekonferenzen bist, Tilmann. Aber ich hatte gehofft, dass mich wenigstens Frau Jensen begleiten könnte. Sag ihr das, wenn sie kommt. Und sag ihr auch, dass sie mich von sich aus über ihre Schritte unterrichten soll, denn ich habe keine Lust, ihr andauernd hinterherzutelefonieren.«

***

Um zwanzig nach acht fuhr Kira auf das Gelände des Sportboothafens Harlesiel.

Der Binnenhafen wirkte fast wie ein See, auch wenn man am anderen Ende über den Fluss Harle bis in den Museumshafen von Carolinensiel fahren konnte. Das Schöpfwerk mit der Schleuse war ein großer, imposanter Bau aus den Fünfzigerjahren.

Der Jachtklub dagegen war sehr klein. Er bestand nur aus einem Vereinsheim und einer überdachten Ecke mit Kühlschränken zur Selbstbedienung. An einem Schwarzen Brett hingen ein paar Infos, unter anderem die Telefonnummer vom Hafenmeister.

Trotz des herrlichen Wetters war Kira fast alleine, am Wochenende dürfte hier mehr Betrieb herrschen.

Es gab mehrere Steganlagen. Kira betrat zuerst die größte, an der die meisten Segelboote lagen.

Ein Fahrgastschiff in der Form eines kleinen Raddampfers tuckerte auf das Schöpfwerk zu und die Fahrtwellen plätscherten gemütlich an die Sportbootrümpfe.

Worauf sollte sie achten? *Auf ein rotes Krönchen.* Aber an welcher Stelle einer Jacht sollte es sich befinden?

Bei den Schiffen an diesen Liegeplätzen fand Kira nichts.

Was, wenn der Besitzer schon wieder auf der Nordsee unterwegs war und sich die unbekannte Jacht heute gar nicht im Hafen befand? Bei Harlesiel musste es sich auch gar nicht um den Heimathafen des Eigners handeln, er konnte hier auch als Gast gelegen haben, als Wiebke mit ihm in See gestochen war.

Doch Kira wollte nicht aufgeben. Sie würde alle Boote in dieser Marina überprüfen, auch diejenigen am gegenüberliegenden Ufer.

* * *

Baer überprüfte sein E-Mail-Postfach und stellte erfreut fest, dass sie Wiebke de Walls Anrufliste bekommen hatten. Er ging zum zuständigen Kollegen, um sich den Ausdruck anzusehen.

Der Großteil der Kommunikation erfolgte heutzutage ja leider über Messengerdienste, auf die die Polizei nur schwer Zugriff bekam. Auch die Anrufliste der toten Komponistin war nicht allzu lang. Hoffentlich konnten diese Daten sie trotzdem weiterbringen.

Baer verglich die Liste mit den Telefonnummern, die sie bereits kannten. Mit einem Kugelschreiber markierte er die entsprechenden Zeilen. »Dieser Anschluss gehört der Werbeagentur de Wall, dieser ist von Sunko Meinert, und das ist Wiebkes Freundin Tina Taube.« Am Ende blieb nur noch eine Handynummer übrig.

»Von dort aus wurde Wiebke am Dienstagvormittag angerufen«, sagte der Kollege. »Das Gespräch dauerte sechseinhalb Minuten.«

Baer zeigte dem Kollegen seine Aufregung nicht. »Finden Sie heraus, wem diese Handynummer gehört.«

* * *

Um zum nächsten Steg zu kommen, musste Kira einen schmalen Wasserlauf überqueren.

Auf einem Boot werkelte ein Mann in blauem Jeanshemd und orangefarbener Weste herum. Kira wollte ihn nicht gegen sich aufbringen und sah sich zunächst die anderen Schiffe an.

Am Ende des Steges lag eine kleine, aber luxuriöse Segeljacht. Sie sah nagelneu aus, alle Metallteile blitzten in der Sonne, viele Decksaufbauten waren aus hellem Holz und es gab zwei große Steuerräder. Am Bug des Designerstücks prangte der Name *Paloma*.

Das Segel war nicht ausgefahren, aber der Ansatz war sichtbar. Kira wollte ihren Augen nicht trauen – auf dem Segel befand sich ein rotes Krönchen.

Sie ging dichter heran, um das Symbol genauer zu betrachten. Darin war ein Name zu erkennen. »Elvstromsails«, entzifferte Kira.

»Eine großartige Jacht, nicht wahr?«

Kira drehte sich um.

Es war der Mann von dem anderen Segelboot. Das silbergraue Haar ließ sein Alter erahnen, doch seine Gesichtszüge waren jugendlich. »Eine Bavaria Cruiser 34. Gerade mal zehn Meter lang, aber hat mehr, als man braucht. Das Großschottsystem ist ein Traum. Ich durfte mal mitfahren und am Steuerrad stehen – großartig.«

»Wie sehen die Segel aus, wenn sie gehisst sind?«, wollte Kira wissen.

»Das Großsegel ist weiß, aber auf der Fock sind goldene Sterne abgebildet. Sie sind das Markensymbol vom Besitzer. Klaas Steenhuis ist Sektfabrikant.«

Kira grinste. Das erklärte die Liedzeilen »*Ich greife nach den Sternen im Sonnenlicht*« und »*prickelndes Segelvergnügen*«. »Wo kann ich Herrn Steenhuis finden?«

Nun wurde der Mann misstrauisch. Ihm war anzusehen, dass er sich fragte, ob er nicht schon zu viel gesagt hatte.

»Ich bin von der Kriminalpolizei und würde Herrn Steenhuis gerne als Zeugen befragen.« Kira zeigte dem Mann ihren Dienstausweis.

Das beruhigte ihn. »Herr Steenhuis wohnt in dem Pfahlhaus dort hinten.«

11. Prickelndes Vergnügen

Kira fuhr die schmale Uferstraße entlang. Im Wasser standen mehrere Pfahlhäuser, bei einigen handelte es sich um Feriendomizile mit so reizvollen Namen wie »Perle im Jachthafen« oder »Seeperle«. Ein Haus besaß einen Briefkasten in Form einer großen Sektflasche, hier war sie wahrscheinlich richtig. Sie parkte neben einem geisterweißen Maserati Cabriolet.

Die Holzfassade des doppelstöckigen Pfahlhauses war im gleichen Farbton gestrichen wie das Auto, auf dem Spitzdach lagen graue Ziegel. Zur Eingangstür gelangte man über einen Steg. Kira klingelte und nur wenig später wurde die Tür geöffnet.

Der Mann war vielleicht Mitte vierzig, schlank und hatte dunkles Haar. Er trug ein hochgekrempeltes Hemd und eine edle Jeans. Er wirkte kräftig, aber nicht so wie diese eitlen Fitnessbesessenen, sondern eher wie jemand, der regelmäßig Tennis oder Golf spielte. Das Attraktivste an ihm war jedoch seine Gelassenheit. Er konnte es sich leisten, das Leben zu genießen.

»Was für eine schöne Überraschung.« Er lächelte lausbübisch. »Ich habe mir gerade gewünscht, dass mir eine hübsche Dame Gesellschaft leistet.«

Die Kommissarin blieb sachlich. »Sie sind Klaas Steenhuis? Mein Name ist Kira Jensen, Kriminalpolizei Aurich.«

Steenhuis schien sein Glück nicht fassen zu können. »Und dann noch ein interessanter Beruf! Kommen Sie herein, wir unterhalten uns auf der Terrasse weiter.« Er trat galant beiseite. »Möchten Sie Kaffee oder lieber Tee?«

»Ostfriesentee bitte.«

Die Terrasse war riesig und bot einen traumhaften Ausblick. Kira setzte sich in einen rot-weiß gestreiften Strandkorb und ließ sich die Sonne auf die Nase scheinen. Ihr Körper wollte sich entspannen, doch ihr Kopf wusste, dass jetzt Aufmerksamkeit gefragt war. Klaas Steenhuis könnte ein eiskalter Mörder sein und sie durfte jetzt nicht aufgrund ihres schnellen Ermittlungserfolgs leichtsinnig werden.

Eigentlich sollte sie hier gar nicht alleine sitzen. Es war immer besser, einen wichtigen Zeugen zu zweit zu vernehmen, dann konnte man sich ergänzen in seinen Fragen und Beobachtungen. Auch wenn Tilmann Baer kein Interesse an einer Zusammenarbeit zeigte, so durfte sie nicht aus Trotz Dummheiten begehen, sondern musste professionell handeln. Kira stand auf und setzte sich an den reich gedeckten Tisch.

Dieses Frühstück sollte für eine Person gedacht sein? Es war zwar kein Buffet, aber kam nahe heran an das, was man als Sonntagsbrunch für seine Freunde auftischte.

»Bedienen Sie sich.« Steenhuis kam mit einem Tablett auf die Terrasse. Neben der Teekanne standen Kluntjes und Sahne, außerdem hatte er frischen Orangensaft für sie gepresst.

Kira nahm sich etwas Lachs und ein Croissant, das sie mit Blaubeermarmelade bestrich. Mit ein paar Kalorien im Magen würde sie sich hoffentlich besser konzentrieren können.

»Kira«, raunte er, ohne den Blick von ihr abzuwenden. »Ein schöner Name – aber ostfriesisch ist er nicht.«

»Mein Vater war Ostfriese, meine Mutter ist in Berlin geboren. Als Kind war sie in den Ferien einmal mit der Prinzessin Kira von Preussen-Stiftung auf der Burg Hohenzollern und wollte ihrer späteren Tochter unbedingt den Namen einer Prinzessin geben. Sie hat sich schon immer ihre eigene Traumwelt geschaffen.« Warum redete sie denn plötzlich über persönliche Dinge? Kira ärgerte sich darüber, dass sie ihre Nervosität nicht verbergen konnte.

Steenhuis schien ihre Unsicherheit noch intensiver zu genießen als seinen Orangensaft. »Möchten Sie vielleicht den Sekt des Hauses probieren?«

»Ich bin im Dienst«, entgegnete Kira entschieden. »Es geht um Wiebke de Wall.«

Klaas Steenhuis strahlte schwärmerisch. »Die wundervolle Wiebke. Was ist mit ihr?«

»Sie ist tot.«

Für einen Moment verdunkelte sich Steenhuis' Gesicht. »Was ist passiert?«

»Jemand hat sie erschossen.«

»Wie bitte? Das meinen Sie nicht ernst, oder?«

»Sehe ich aus, als würde ich Witze machen?«

Steenhuis verstand das offenbar als Aufforderung, sie noch eingehender zu betrachten. »Sie sehen aus wie Aphrodite im Schlabberpulli.«

»Hatten Sie ein Verhältnis mit Wiebke?«, fragte Kira. »Ich meine, sexueller Natur?«

Steenhuis grinste. »Wir hatten immer viel Spaß. Wiebke war eine sehr angenehme Begleitung mit einem guten Gefühl fürs Segeln. Sie hat sich nicht nur im Bikini rumgerekelt, sondern konnte auch das Steuer übernehmen. Auf Dauer ist es unerträglich, wenn jemand nur was in den Brüsten hat und nicht im Kopf.«

»Trotzdem scheinen Sie sie nicht sonderlich zu vermissen.«

»Bitte halten Sie mich nicht für herzlos. Wiebke war ein toller Mensch und ich war sehr gerne mit ihr zusammen. Man hat nicht alle Tage etwas mit einer Musikerin zu tun, die einen

Nummer-eins-Hit geschrieben hat. Wir haben viel gelacht und sie war trinkfester als die meisten Segler. Aber ich bin kein Typ, der sofort an Hochzeit denkt, wenn er eine hübsche Frau sieht. Ich liebe es, eine große Auswahl zu haben. Bei der Arbeit muss ich schon genug Entscheidungen treffen.«

»Hat Wiebke das gewusst?«

»Davon ging ich aus.«

»Und wenn sie sich mehr gewünscht hat?«

Steenhuis sah Kira amüsiert an. »Glauben Sie, dann wäre ich so geknickt, dass ich sie umbringen würde? Ich bin zwar kein Jurist, aber ich glaube, es gibt auch legale Möglichkeiten, sich von jemandem zu trennen.«

Kira war enttäuscht. »Und es gibt keine Ehefrau, die eifersüchtig werden kann?«

»Ich bin glücklicher Junggeselle, Frau Kommissarin. Wie wär's? Hätten Sie nicht Lust auf einen kleinen Segeltrip? Meine Jacht liegt da vorne. Ich habe sie nach meinem Lieblingscocktail benannt. Tequila und Grapefruitsaft. Ich mixe Ihnen einen, wenn wir vor einer Seehundbank liegen.«

Kira ließ sich nicht auf sein Flirten ein. »Wir haben in Wiebkes Wohnung eine teure Armbanduhr gefunden. Ist sie ein Geschenk von Ihnen?«

Steenhuis schüttelte den Kopf. »Wiebke hat niemals eine Armbanduhr getragen. Ich habe sie mit anständiger Segelkleidung ausgerüstet, weil sie die brauchte. Und natürlich habe ich sie zu allem eingeladen, wenn wir unterwegs waren.«

»Außer am Samstag«, erwiderte Kira.

»Das stimmt. Wir waren auf Norderney. Wiebke hat darauf bestanden, das Mittagessen zu bezahlen. Sie hat gesagt, jetzt würde sie selbst genug Geld verdienen. Ich fand das ziemlich süß.« Steenhuis steckte sich eine Erdbeere in den Mund.

»Wo waren Sie am Dienstagabend?«, fragte Kira.

»Hier.« Der Unternehmer deutete mit dem Kopf zum Strandkorb. »Es war ein milder Abend und ich habe mir das Verpackungskonzept für einen argentinischen Gin angesehen, den wir in unser Programm aufnehmen wollen.«

»Waren Sie allein?«

Steenhuis seufzte. »Ich hätte den Abend sehr gerne mit Wiebke verbracht. Aber sie hatte keine Zeit.«

Kira sah ihn fragend an.

»Ich habe Wiebke am Dienstagvormittag angerufen«, erklärte Steenhuis. »Sie befand sich gerade auf dem Rückweg von einem Komponistentreffen. Ich habe gefragt, ob sie mir davon nicht auf der Jacht erzählen wollte, aber sie hat gesagt, sie hätte bereits was anderes vor.«

»Was hatte sie vor?«, fragte Kira und versuchte, ihre plötzliche Aufregung zu verbergen.

»Was sie am Abend geplant hatte, weiß ich nicht. Wiebke hat mir nur erzählt, mit wem sie zum Mittagessen verabredet war.« Er aß eine weitere Erdbeere.

»Und?« Musste sie diesem Schnösel denn alles aus der Nase ziehen?

Steenhuis lächelte verspielt. »Wie lange müssen Sie denn heute noch arbeiten? Ich würde sehr gerne mit Ihnen ausgehen.«

Kira konnte es nicht fassen. »Ich verabrede mich nicht mit Kollegen und erst recht nicht mit Tatverdächtigen.«

Er rümpfte die Nase. »Dann hoffe ich sehr, dass Sie den Mörder bald finden und ich entlastet werde.«

»Dazu muss ich aber wissen, mit wem sich Wiebke am Dienstag getroffen hat.«

»Also werden Sie mit mir ausgehen?«, fragte Steenhuis freudestrahlend.

»Wiebke, Mittagessen! Es geht hier um einen Mord, verdammt noch mal.«

Schmollend gab er nach. »Na gut. Wiebke war mit dieser Schlagersängerin Maybrit Decker verabredet.«

Kira schluckte.

»Ich habe Wiebke gebeten, Maybrit auf einen Segeltörn einzuladen, aber sie hat abgelehnt. Man dürfe Berufs- und Privatleben nicht miteinander vermischen, hat sie gesagt.« Steenhuis blickte die Kommissarin an, als ob er eine nobelpreisreife Idee hätte. »Wenn ich die Notrufnummer wähle, weil ich mich einsam fühle, können die mich dann zu Ihnen durchstellen?«

Noch bevor Kira antworten konnte, wurden sie durch die Türklingel aufgeschreckt.

»Wer kann das denn sein?«, fragte der Sektfabrikant neugierig. »Etwa die brünette Paketbotin?«

* * *

Ein netter Ort, dachte Tilmann Baer, als er vor dem Eingang des Pfahlhauses stand. *In so einem Haus würde ich gerne meinen Ruhestand verbringen. Und anstelle des Maserati steht dort dann der petrolfarbene Porsche aus Sunkos Oldtimer-Garage.*

Die Haustür öffnete sich. »Moin.« In der Stimme des Mannes schwang Enttäuschung mit.

»Sind Sie Klaas Steenhuis?«

»Jupp.«

Baer zeigte ihm seinen Dienstausweis. »Kriminalpolizei Aurich. Darf ich hereinkommen?«

»Natürlich. Ihre zauberhafte Kollegin ist auch schon da. Gesellen Sie sich zu uns.«

Baer konnte nicht glauben, was er da hörte. »Wen meinen Sie mit ›zauberhafter Kollegin‹?«

»Kriminalkommissarin Kira Jensen. Blond, schlank, hübscher als Sie.« Steenhuis ging hinein und Baer blieb nichts anderes übrig, als ihm zu folgen.

Die Terrasse über dem Wasser war noch traumhafter als der Rest des Hauses und am Frühstückstisch saß tatsächlich seine neue Kollegin.

Kira Jensen grinste breit. »Nehmen Sie sich ein Stück Hefezopf«, forderte sie ihn auf.

Steenhuis setzte sich neben sie. »Wir haben uns sehr angenehm unterhalten, Herr Baer. Es ist wirklich kaum zu glauben, dass Wiebke ermordet worden ist – und dann auch noch durch eine Schusswaffe.«

Baer blickte ratlos vom Unternehmer zu seiner Kollegin. Diese Konstellation hatte ihn völlig aus dem Konzept gebracht. »Haben Sie Herrn Steenhuis auch nach der Uhr gefragt?«, fragte er Jensen.

»Hat sie«, antwortete Steenhuis gelangweilt. »Sie sind doch wohl nicht extra hergekommen, um mir dieselben Fragen zu stellen?«

Baer wandte sich erneut an seine Kollegin. »Was haben Sie ihn denn sonst noch gefragt?«

Jensen schien diesen Moment zu genießen. »Ich habe keine Lust, darüber zu reden. Lesen Sie mein Protokoll.«

* * *

Kira ging gemeinsam mit Tilmann Baer zu ihrem Auto zurück.

Baer war seine Anspannung anzumerken. »Ich würde lügen, wenn ich behaupten würde, ich wäre nicht beeindruckt«, sagte er. »Also, was ist das Ergebnis Ihrer Befragung? Ist Klaas Steenhuis tatverdächtig?«

Kira verneinte. »Er hat kein Motiv.«

»Und die Uhr?«

»Stammt nicht von ihm.«

»Hatte er irgendetwas zu sagen, das uns weiterbringt? Oder habe ich nur ein gutes Frühstück verpasst?«

Kira freute sich diebisch darüber, dass er »uns« gesagt hatte. Trotzdem zögerte sie. Sollte sie ihm wirklich sagen, was sie herausgefunden hatte? Doch sie hörte in ihrem Kopf ihre eigenen Worte widerhallen. »*Es geht hier um einen Mord, verdammt noch mal.*« Sie wollte nichts anderes, als diesen Fall möglichst schnell aufzuklären, und dabei waren Spielchen fehl am Platz. »Ich weiß jetzt, mit wem Wiebke am Dienstag zu Mittag gegessen hat.«

Baer blieb stehen und schaute sie fragend an.

Ein kleines Spielchen erlaubte sie sich doch. »Ich werde es Ihnen nur sagen, wenn ich bei der Befragung dabei sein darf. Das habe ich mir verdient.«

Baer schien das Für und Wider abzuwägen. Doch anders als bei Steenhuis wirkte die Erpressungsmethode diesmal. »In Ordnung. Den nächsten Zeugen befragen wir gemeinsam.«

12. Die Wette

Sie hatten um fünfzehn Uhr einen Termin bei Maybrit Decker. Die Oldenburger Schlagerprinzessin wollte sie in ihrer Villa unweit der Innenstadt empfangen. Bis dahin versuchte Kira, ihrem Vorgesetzten möglichst aus dem Weg zu gehen. Sie schrieb ihr Protokoll im Konferenzraum und zur Mittagszeit verschwand sie in die Kantine, damit Baer in Ruhe seine Haferflocken knuspern konnte. Die Essensauswahl in dem wenig einladenden Raum, den offenbar mal ein Praktikant dekoriert hatte, war sehr beschränkt, aber heute schmeckte Kira alles. Sie unterhielt sich auch mit Gravenhorst, der aufgrund der erfolgreichen Pressekonferenz gute Laune hatte. Sie versprach ihm, beim nächsten Mal dabei zu sein.

Von Aurich nach Oldenburg brauchte man etwa eine Stunde. Es wäre nicht in Einklang mit der internen Umweltrichtlinie zu bringen gewesen, wenn die Ermittler in getrennten Autos gefahren wären, also nahmen sie Baers Wagen. Beim Gedanken an die gemeinsame Fahrt fühlte Kira keinerlei Begeisterung und hoffte auf ein unterhaltsames Radioprogramm.

Als Hauptkommissar konnte Baer sein Privatauto als Dienstwagen nutzen. Dabei handelte es sich um einen schwarzen, garagengepflegten VW Tiguan der ersten Generation, dessen Innenraum nach Leder duftete.

Leider blieb das Radio zunächst ausgeschaltet.

Sie fuhren über die Bundesstraße durch eine Landschaft, die von Feldern, Wallhecken und Wassergräben geprägt war.

Baer schien das Schweigen nichts auszumachen, aber Kira wurde von Minute zu Minute nervöser. Im Büro bildeten die Schreibtische eine Art Schutzschild, aber hier im Auto saß der andere in Reichweite.

»Maybrit Decker kann Wiebke nicht ermordet haben«, sagte Kira schließlich. »Sie hat am Dienstagabend ein Konzert in Aurich gegeben.«

»Stimmt«, bestätigte Baer. »Das können Sie und zweitausend weitere Verrückte bestätigen. Ein besseres Alibi gibt es kaum.«

»Werden Sie Maybrit auch nach der Uhr fragen?«

Baer warf Kira einen abschätzigen Blick zu. »Ich beginne, es zu bereuen, dass ich Sie mitgenommen habe. Mir war entfallen, dass es sich bei dieser Sängerin um Ihr Idol handelt. Schwärmerei hat bei einer Ermittlung allerdings nichts verloren. Man folgt den Spuren und nicht den Hormonen.«

Kira schwieg und starrte stur geradeaus. Nach einer Weile wagte sie es, erneut die Stimme zu erheben. »Sie haben mich noch gar nicht gefragt, wie ich Klaas Steenhuis gefunden habe. Interessiert Sie das denn überhaupt nicht?«

Baer zuckte mit den Schultern. »Es ist ja nicht so, dass ich nicht auch auf ihn gekommen bin«, brummte er.

»Das stimmt schon«, sagte Kira. »Aber ich hätte ihn auch gefunden, wenn er Wiebke am Dienstag nicht angerufen hätte.«

»Ich gebe ja zu, Sie sind nicht gänzlich unfähig. Unter Blondinen gelten Sie wahrscheinlich als hochbegabt. Trotzdem ändert Ihr Glücksgriff nichts an meiner grundsätzlichen Haltung. Teamarbeit ist kontraproduktiv. Bisher habe ich alle Fälle alleine gelöst.«

Kira ärgerte es gewaltig, wie abfällig Tilmann Baer über Blondinen sprach und wie maßlos überzeugt er von sich selbst war. Sie gab sich alle Mühe, aber er zeigte kein Quäntchen Entgegenkommen. Sollte es so weitergehen, würde sie es irgendwann aufgeben. »Wie wäre es mit einer Wette?«

»Wie bitte?«

Kira hatte selbst noch nicht über die Konsequenzen ihres Vorschlags nachgedacht, trotzdem redete sie weiter. »Ich wette, dass ich den Mörder von Wiebke de Wall vor Ihnen finde.«

Baer lachte auf, hielt aber inne, als er begriff, dass sie es ernst meinte.

Kiras Stimme war fest. »Wenn Sie den Täter vor mir überführen, werde ich meinen Schreibtisch freiwillig räumen und mich in eine andere Dienststelle versetzen lassen. Aber wenn ich Wiebkes Mörder zuerst schnappe, arbeiten wir in Zukunft zusammen.«

Baer massierte sich die Bartstoppeln. »Es wäre schon von Vorteil, wenn sich einer meiner Assistenten versetzen ließe, ohne mir die Schuld dafür zuzuschieben«, überlegte er laut. »Außerdem wäre solch ein Arrangement kein Nachteil für die Bearbeitung dieses Falles. Im Gegenteil, solch ein Wettbewerb könnte sogar zum schnelleren Ergreifen des Täters führen.«

»Also sind Sie einverstanden?«

Baer lächelte süffisant und streckte ihr die Hand hin. »Einverstanden. Die Wette gilt.«

Den Rest der Autofahrt über beglückte Baer sie mit Klassikradio und Kira versuchte, nicht mehr daran zu denken, welcher Anfall von Wahnsinn sie dazu getrieben hatte, sich auf so einen Kuhhandel einzulassen.

* * *

Maybrit Decker residierte in einer weißen Jugendstilvilla.

»Sie scheint ja ordentlich zu verdienen«, stellte Baer fest.

Kira nickte. »Maybrit hat schon vor ›Ahoi‹ einige erfolgreiche Alben herausgebracht. Ihr aktueller Hit toppt natürlich alles.«

»Und trotzdem lebt sie immer noch in der Heimat. So soll es sein.« Baer deutete auf den hohen Zaun und die Kameras auf dem Grundstück. »Modernste Sicherheitstechnik. So schnell verirrt sich kein durchgeknallter Fan auf dieses Anwesen.«

Kira läutete.

Fast zeitgleich rauschte es aus der Gegensprechanlage. »Bitte?«

»Tilmann Baer und Kira Jensen von der Kriminalpolizei Aurich. Wir haben einen Termin.«

Die Gartenpforte öffnete sich automatisch.

Maybrit Decker stand bereits in der Tür. Zwei Riesenpudel rannten aus dem Haus, sprangen aufgeregt um die Polizisten herum und ließen sich am Kopf kraulen. Die Schlagersängerin wirkte weniger fröhlich als vielmehr besorgt. »Kommen Sie bitte rein. Draußen ist die Belagerung durch Paparazzi gerade sehr hoch, darauf reagiere ich allergisch.«

Auch drinnen bewiesen die Hunde noch Bewegungsdrang. Auf der Treppe ruhte eine schneeweiße Edelkatze und sah dem Treiben gelangweilt zu.

Es war ein seltsames Gefühl, einer Person gegenüberzustehen, die man sonst nur aus dem Fernsehen oder von Magazintitelblättern kannte. So wirkte der Schlagerstar fast wie eine normale Frau. Nur die Oberweite sah etwas übertrieben aus, damit hatte sogar ihre Bluse ein Problem.

Kira hängte ihre Jacke an den Garderobenständer neben einen Herrenblazer. Sie wusste nicht warum, aber sie empfand ein leichtes Schwindelgefühl. Wahrscheinlich herrschte hier einfach nur schlechte Luft.

Das Haus war klassisch eingerichtet. Allerdings hingen in den üppigen goldenen Bilderrahmen keine Ölgemälde, sondern großformatige Fotos von den Bühnenauftritten der Sängerin. Außerdem gab es eine Reihe von Marmorbüsten, auf denen das glamouröse Brustgeschirr der Künstlerin ausgestellt war.

»Ihre Büstenhalter sind sehr fantasievoll«, bemerkte Baer.

»Genau das sollen sie sein«, antwortete Maybrit. »Sie haben die *Fantasy Bras* von Victoria's Secret zum Vorbild.«

»Muss man das kennen?«, fragte Baer.

»Es handelt sich um ein besonderes Einzelstück«, erklärte Kira ihm. »Die Präsentation des *Fantasy Bra* ist das Highlight der jährlichen Fashion Show der Marke. Er wird von ausgewählten Künstlern und Goldschmieden entworfen und hat einen Wert von mehreren Millionen Dollar.«

»Diese hier sind natürlich nicht so viel wert«, sagte Maybrit. »Sie kommen ohne Gold und Edelsteine aus. Es geht mir einzig um die Bühnenwirkung.« Sie deutete auf eine Tür. »Gehen wir doch in mein Arbeitszimmer.«

Es gab zwar auch einen alten englischen Schreibtisch, aber ansonsten handelte es sich eher um einen Ausstellungsraum als um ein Büro. Es gab mehrere Glasvitrinen mit Preisen und Fotos, auf denen Maybrit Decker mit anderen Prominenten zu sehen war. An den Wänden hingen Silberne und Goldene Schallplatten und die Plätze für die Auszeichnungen von »Ankerschmerz« waren bereits reserviert.

Sie setzten sich auf eine antike Polstergarnitur in der Ecke. Auf dem Holztisch standen mehrere Flaschen Wasser und daneben lag eine »Bild-Zeitung«.

»Ich kann immer noch nicht fassen, dass Wiebke tot ist«, sagte Maybrit. »Sie war noch so jung, ihre Karriere ging gerade erst los. Haben Sie schon eine Spur, wer so etwas getan haben könnte?«

»Ich will ehrlich zu Ihnen sein«, antwortete Baer gelassen. »Ich glaube Ihnen Ihre Anteilnahme nicht. Wenn es Ihnen wirklich um Wiebke gehen würde, hätten Sie sich von selbst bei uns gemeldet. Sie haben nur ein Interesse daran, diese Angelegenheit so schnell und diskret wie möglich hinter sich zu bringen.«

Kira war sich nicht sicher, ob es die beste Taktik war, die Zeugin so vor den Kopf zu stoßen, aber Maybrit schien das nichts auszumachen.

»Sie haben recht. Für mich läuft gerade alles hervorragend und das darf ich nicht aufs Spiel setzen.« Die Sängerin nickte zu der Zeitung. »Normalerweise sagt man, jede Nachricht wäre eine gute Nachricht. Eine Verbindung zur Polizei ist allerdings niemals gut. Ich möchte auf keinen Fall in irgendeinen Gerüchtestrudel mit aggressiven Gangster-Rappern gezogen werden.«

»Dann wollen wir mal hoffen, dass wir nicht wiederkommen müssen.« Baer zückte sein Merkheft und einen Stift. »Wir haben erfahren, dass Sie am Dienstag noch mit Wiebke zu Mittag gegessen haben. Schildern Sie uns bitte genau, wie das abgelaufen ist.«

Maybrit nahm sich eine Flasche Wasser, drehte den Schraubverschluss auf und trank einen Schluck. »Ich wollte mich eigentlich schon am Montag mit Wiebke treffen, aber da konnte sie nicht. Sie kam um kurz vor zwölf, das Essen haben wir uns von meinem Lieblingsitaliener liefern lassen. Wir haben bis um zwei geredet, danach musste ich mich auf mein Konzert in Aurich vorbereiten.«

»Worüber haben Sie gesprochen?«

»Ich wollte für mein neues Album eng mit ihr zusammenarbeiten. Schon bei ›Ankerschmerz‹ waren wir auf einer Wellenlänge. Ich hatte sogar vor, mit einem ihrer Songs am Eurovision Song Contest teilzunehmen.«

»Und wie hat Wiebke reagiert?«

»Sehr positiv. Wir hätten beide davon profitiert, es wäre eine echte Win-win-Situation gewesen. Und dann geschieht diese Katastrophe!«

Baer musterte die Sängerin kritisch. »Hat Wiebke gesagt, was sie danach vorhatte?«

»Nein, wir haben wirklich nur über Geschäftliches gesprochen.«

Baer gab ihr noch einmal die Gelegenheit, über diese Antwort nachzudenken, aber sie blieb dabei. Schließlich kramte er das Schmucketui heraus. »Haben Sie diese Armbanduhr schon einmal gesehen?«

Maybrit begutachtete das Schmuckstück. »Nicht schlecht«, sagte sie. »Aber nein, ich kenne diese Uhr nicht.«

»Sie ist also kein Geschenk von Ihnen?«

Maybrit lachte auf. »So weit waren wir noch nicht, dass ich ihr etwas so Wertvolles schenken würde.«

»Danke.« Baer stand auf. »Dann wollen wir Ihre Zeit nicht weiter beanspruchen.«

Wie bitte?, dachte Kira. *Das war's? Bekomme ich denn keine Möglichkeit, Fragen zu stellen?*

»Eine Sache habe ich doch noch.« Baer drehte sich zögerlich um.

»Ja?«, fragte Maybrit.

»Würden Sie mir vielleicht ein Autogramm geben?«

* * *

Im Salon der Villa Maybrit Deckers saß ein Mann mit kurz geschnittenem, dunklem Haar und strahlend blauen Augen und trank eine Tasse Kaffee. Mats hörte, wie sich die Tür des Arbeitszimmers öffnete und Maybrit die Polizisten hinausbegleitete. Er stand auf und stellte sich ans Fenster.

Beinahe fiel ihm die Kaffeetasse aus der Hand, als er Kira erkannte. Diese Frau war eine Kriminalkommissarin, das war also ihr neuer Job gewesen? Ein selbstgefälliges Lächeln breitete sich auf seinem Gesicht aus.

Hatte das irgendeine Bedeutung für heute Abend? Konnten sie die Sache dennoch wie geplant durchführen?

Eigentlich gab es keinen Grund, die Pferde scheu zu machen. Er hatte das erste Auto von einer Polizistin gestohlen, na und? Mats leerte seine Kaffeetasse und ging hinüber in Maybrits Arbeitszimmer.

Die Schlagersängerin stand an der Globusbar mit einem Glas Whiskey in der Hand.

»Endlich sind die Bullen weg«, sagte Mats. »Ich habe auch noch andere Dinge vor.«

Maybrit reagierte nicht auf ihn.

»Mit der blonden Kommissarin hatte ich übrigens auch schon zu tun. Sehr süß.« Er grinste. »Ihre Hupen sind nicht so prall wie deine, aber liegen trotzdem gut in der Hand.«

»Wo waren wir stehen geblieben?«, fragte Maybrit genervt.

»Ich hatte dir erklärt, warum es eine ganz schlechte Idee gewesen ist, den muskelbepackten Glatzkopf auf mich anzusetzen. Die Hohlbirne heult gerade ihrer Kamera nach. Ich bezweifle, dass das Gerät dagegen versichert ist, von einem Fahrzeug überrollt zu werden.«

»Botschaft verstanden.« Resigniert ging Maybrit zu einer ihrer Vitrinen und rollte sie beiseite. Dahinter kam die Tür eines Wandtresors zum Vorschein. Die Sängerin tippte die Zahlenkombination ein, öffnete die Tür und holte einen Briefumschlag heraus, den sie Mats überreichte.

»Danke.«

»Willst du nicht nachzählen?«

»Nicht nötig.« Er lächelte hämisch. »Ich vertraue dir vollkommen.«

* * *

Die Ermittler fuhren zurück nach Aurich. Kira konnte es nicht unterlassen, Baer aufzuziehen.

»Was hatten Sie vor der Vernehmung noch zu mir gesagt?«, fragte sie grinsend. »›Schwärmerei hat bei einer Ermittlung nichts verloren. Man folgt den Spuren und nicht den Hormonen.‹ Und trotzdem bitten Sie Maybrit am Ende um ein Autogramm.«

»Das Autogramm ist nicht für mich«, grummelte Baer.

»Ach ja? Für wen ist es dann?«

»Das ist doch unwichtig.«

»Wenn Sie es mir nicht verraten, muss ich davon ausgehen, dass es für Sie ist. Sie sind also ein heimlicher Fan. Wahrscheinlich ist Ihre Wohnung voll mit Plakaten von ihr. Es wird Sie freuen zu hören, dass man munkelt, Maybrit würde bald ein Fotoshooting für den Playboy machen.«

»Unsinn. Das Autogramm ist für einen Freund.«

»Als ob Sie Freunde hätten.«

Baer kaute auf seiner Unterlippe. »Es ist für Ralf.«

»Ralf Gravenhorst? Der Chef ist ein Fan von Maybrit Decker?«

»Seine Frau und er. Als er erfahren hat, dass wir einen Termin bei der Sängerin haben, kam er ganz aufgeregt zu mir. Er hat sich auch Konzertkarten für nächsten Dienstag gekauft.«

»Schön.« Die Erinnerung an ihren eigenen Konzertbesuch drückte Kiras Stimmung.

»Was ist los?« Jetzt grinste Baer. »Denken Sie etwa an unsere Wette?«

Der Kloß in Kiras Hals wurde noch einmal dicker und sie widmete sich wieder der Landschaftsbeobachtung.

13. Der Fleck

Baer überließ es Kira, das Protokoll von ihrem Besuch bei Maybrit Decker zu verfassen. Gravenhorst schaute schon vor Fertigstellung des Dokuments bei ihnen vorbei, angeblich, um sich eine Tasse Wunderkaffee zu holen.

Baer überreichte ihm die Autogrammkarte der Sängerin.

»Das wäre doch nicht nötig gewesen«, wiegelte Gravenhorst ab. Seine leuchtenden Augen sagten das Gegenteil. »Und?« Die Frage war an sie beide gerichtet. »Wie ist Maybrit so?«

Der Hauptkommissar zuckte mit den Schultern. »Sie ist netter, als ich sie mir vorgestellt habe.«

»Soso«, raunte Kira. »Sie haben sie sich also vorgestellt.«

Baer schaute zu ihr. »Man bereitet sich auf solch ein Treffen eben vor.«

Kira wandte ihren Blick nicht vom Computerbildschirm ab. »Und wenn man vor einer Person steht, schaut man ihr auch ab und zu ins Gesicht und nicht nur …«

Baer wollte etwas erwidern, doch der Dienststellenleiter fiel ihm ins Wort. »Hat die Vernehmung denn etwas Neues ergeben?«

»Leider nicht«, antwortete Kira. »Bisher drängt sich keiner der Zeugen als Verdächtiger auf.«

»Also haben wir immer noch keine Spur?«

»Doch«, behauptete Baer. »Der Schlüssel zu diesem Fall liegt in dieser Uhr.« Er hielt das blaue Schmucketui in die Höhe. »Morgen ist Herr Reitmeyer wieder in seinem Juweliergeschäft und kann mir hoffentlich mitteilen, an wen er das Schmuckstück verkauft hat.«

»Sehr gut.« Gravenhorst wandte sich zum Gehen. Bei der Tür drehte er sich noch einmal um. »Schön, dass die Zusammenarbeit zwischen Ihnen beiden jetzt besser funktioniert.«

»Und?«, fragte Baer herausfordernd, als Gravenhorst gegangen war. »Was ist Ihr Ansatz, um diesen Fall zu lösen?«

»Das werden Sie noch sehen«, entgegnete Kira mit mehr Selbstbewusstsein, als sie verspürte.

Sie beendete das Protokoll und ging zum Nachdenken in die Kantine.

Zunächst rief sie sich noch einmal das Treffen mit Maybrit Decker in Erinnerung. Welche Frage hätte sie der Sängerin noch gestellt, wenn sie Gelegenheit dazu gehabt hätte? Kira hatte schon diverse Zeitschriftenartikel und Interviews mit dem Schlagerstar gelesen – konnten diese ein anderes Licht auf sie werfen? Inwieweit konnte man solchen Berichten denn vertrauen?

Es bedeutete eigentlich nur eins: Maybrit Decker war Medienprofi und den Umgang mit der Öffentlichkeit gewohnt. Sie konnte Informationen gezielt streuen und Geheimnisse für sich behalten. Hatte sie das auch bei der Vernehmung getan?

Allerdings blieb es eine Tatsache, dass sie am Dienstag ein Konzert gegeben hatte. Außerdem erlitt Maybrit einen großen wirtschaftlichen Verlust dadurch, dass Wiebke tot war, denn nun konnte sie nicht mehr mit ihr zusammenarbeiten. Kira beschloss deshalb, sich nicht weiter mit der Schlagerprinzessin zu beschäftigen.

Baer setzte seine Hoffnung auf die Uhr. Woher hatte Wiebke dieses Schmuckstück? Hatte es noch eine wohlhabende Person im Leben der Komponistin gegeben? Wenn Baer bereits morgen vom Juwelier erfahren würde, wer die Uhr gekauft hatte, dann hatte Kira nicht viel Zeit, um vorher auf die Spur des Unbekannten zu kommen.

Kann es mir wieder durch eines von Wiebkes Liedern gelingen?, dachte Kira. Klaas Steenhuis hatte sie auf diese Weise gefunden, aber könnte sie so einen Coup ein zweites Mal landen?

Kira aß sich mit einem Stück ausgetrocknetem Kuchen Mut an.

Sie wollte nicht, dass Baer mitbekam, was sie da machte, also kopierte sie sich im Konferenzraum die kompletten Musikdateien auf einen Speicherstick, um zu Hause damit zu arbeiten. Kira verabschiedete sich, gab den Dienstwagen zurück und ging zu ihrem Fahrrad. Auf dem Heimweg wollte sie sich noch eine neue Matratze besorgen, denn um gut arbeiten zu können, brauchte man auch einen guten Schlaf.

* * *

Die Rückfahrt aus Hamburg war besser verlaufen als erwartet. Garlef Reitmeyer hatte damit gerechnet, mindestens einmal im Stau zu stehen, doch es hatte nur auf der Gegenfahrbahn Stillstand gegeben. Somit hatte er noch Zeit, um in seinem Geschäft in Aurich vorbeizuschauen und einige Unterlagen herauszusuchen. Die Eröffnung der Hamburger Filiale verlief zwar nach Plan, aber es ergaben sich auch immer wieder neue Probleme und er war froh, dass er schon einige Erfahrungen gesammelt hatte, um daran nicht zu verzweifeln. Es gab immer eine Lösung – für alles, auch wenn es auf den ersten Blick nicht so aussah.

Der Juwelier überprüfte sein Erscheinungsbild im Innenspiegel seines Autos. Er kämmte sein silbergraues Haar und trug etwas Eau de Toilette auf, um den Geruch der Reise zu vertreiben. Reitmeyer lächelte zufrieden. Sein Lächeln verlor er niemals, egal wie erschöpft er war.

Als er ausstieg und zu seinem Laden schlenderte, musste er an seinen Vater denken, der das Geschäft einst aufgebaut hatte. Als er in seinem Alter war, hatte er sich zur Ruhe gesetzt, die er leider nicht lange hatte genießen können. Sollte er es nicht besser machen und auch aufhören? Doch leider hatte er kein Kind, das den Laden weiterführen konnte. Außerdem machte ihm die Arbeit noch viel zu viel Spaß und er wüsste gar nicht, was er sonst mit sich anfangen sollte.

Reitmeyer blieb vor dem Schaufenster stehen und betrachtete die Auslage. Die funkelnden Steine hatten schon als Kind eine besondere Faszination auf ihn ausgeübt. Es begeisterte ihn ungemein, in Hamburg einen natürlichen, lupenreinen Dreikaräter anbieten zu können. Sein Vater würde unglaublich stolz sein, wenn er sehen würde, dass sie nun auch in der Elbmetropole vertreten waren. Die Hansestadt hatte der alte Herr fast genauso geliebt wie seinen Geburtsort in Ostfriesland.

Hinter dem Schaufenster lächelte ihn Frau Wezepa-Hobel an. War sie etwa immer noch im Laden? Die Verkäuferin hatte ihre Ausbildung bereits bei seinem Vater gemacht. Sie war der größte Edelstein in diesem Laden und der Grund, warum sich Garlef Reitmeyer hier immer zu Hause fühlen würde.

Wezepa-Hobel schloss ihm die schwere Panzerglastür noch einmal auf. Gewöhnliche Scharniere konnten so etwas nicht halten, das hatten die Handwerker in Hamburg auch erst feststellen müssen.

»Moin, Garlef«, begrüßte ihn Wezepa-Hobel.

Der Juwelier schloss die Tür wieder ab. »Ist irgendetwas vorgefallen während meiner Abwesenheit?«, fragte er. »Gab es irgendeine besondere Bestellung?«

»Nein«, versicherte Wezepa-Hobel. »Es ist alles ganz normal verlaufen.«

»Sehr schön.«

»Ach, was ist das denn!« Wezepa-Hobel schaute entsetzt auf den Teppich vor der Eingangstür, auf dem ein Kaugummi klebte. »So etwas gibt es doch gar nicht. Dass mir das noch nicht aufgefallen ist! Es tut mir sehr leid, Garlef.« Die Verkäuferin kniete sich hin, um den Schandfleck zu entfernen.

»Ach, lassen Sie das doch«, wiegelte Reitmeyer ab. »Sie ruinieren ja Ihr hübsches Kleid!«

»Nein, so einen Schmutzfleck darf es hier nicht geben.« Wezepa-Hobel nahm ihr Taschentuch zu Hilfe.

»Aber das können doch die Putzleute morgen früh beseitigen. Die haben Eisspray, damit geht so etwas leicht ab.«

Wezepa-Hobel hörte nicht auf ihn, sondern kratzte weiter auf dem Boden herum. »Ach, warten Sie«, sagte sie und hielt kurz inne. »Ein Kriminalhauptkommissar war hier. Er hatte eine TAG-Heuer-Damenuhr mit Brillantlünette dabei und wollte wissen, an wen wir diese Uhr verkauft haben. Ich habe ihm gesagt, dass Sie sich vielleicht daran erinnern würden. Der Herr wollte morgen im Laufe des Tages wiederkommen.«

»Hm, eine TAG Heuer, sagen Sie? Mit Edelsteinlünette? Daran kann ich mich tatsächlich erinnern. Das war doch …« Garlef Reitmeyer wurde durch das überlaute Röhren eines Motors aufgeschreckt. »Weg von der Tür!« Der Juwelier stürzte zu seiner Angestellten und schubste sie beiseite.

Im selben Moment explodierte die Eingangstür und Reitmeyer wurde von einem Auto getroffen.

* * *

Tilmann Baer wollte gerade Feierabend machen, als ihn das plötzliche Gewusel im Revier in Alarmbereitschaft versetzte.

»Was ist passiert?«, fragte er.

»Ein Blitz-Überfall«, meldete ein Kollege. »Jemand hat das Juweliergeschäft Reitmeyer ausgeraubt. Offenbar gibt es einen Toten.«

Baer hastete zu seinem Auto und raste mit den anderen Einsatzkräften zum Tatort.

Als er dort ankam, waren Schutzpolizisten gerade erst dabei, alles abzusperren und die Umstehenden zurückzudrängen. Baer blendete das Chaos aus und fokussierte sich nur auf den Krankenwagen, dessen Blaulicht geräuschlos in der Dämmerung leuchtete.

Die Kollegen ließen ihn passieren und der Hauptkommissar lief zur Rollbahre, auf der ein älterer Herr lag.

»Wir konnten leider nichts mehr für ihn tun«, sagte der Notarzt, so als würde ihn irgendeine Schuld treffen. »Herr Reitmeyer ist tot.«

Baer ballte die zitternde Hand zu einer Faust. Er dachte in diesem Moment keine Millisekunde an den Mordfall Wiebke de Wall. Die Rücksichtslosigkeit, mit der man hier vorgegangen war, trieb ihm die Zornesröte ins Gesicht. Bei einem Diebstahl sollte kein Mensch ums Leben kommen!

Jemand schluchzte bitterlich und Baer erkannte die Verkäuferin, mit der er gestern gesprochen hatte. Die arme Frau war völlig fertig mit den Nerven.

»Frau Wezepa-Hobel?«, fragte er.

Sie wandte ihren Blick nicht von der Bahre ab. »Garlef hat mir das Leben gerettet! Wenn er mich nicht beiseitegestoßen hätte, wäre ich jetzt tot.«

»Was ist passiert?«

»Ich habe versucht, den Kaugummifleck vom Teppich zu entfernen. Er war äußerst hartnäckig, aber es war mir so peinlich, dass Garlef das sehen musste. Dann war es plötzlich unglaublich laut und Garlef hat mich zur Seite geschubst. Ein Auto war mitten in unserem Geschäft! Ein Mann mit einer Skimaske auf dem Kopf ist ausgestiegen und hat den ganzen Schmuck in eine Sporttasche gepackt. Ich wollte ihn daran hindern, aber konnte mich nicht bewegen, und auf meine Zurufe hat er nicht reagiert. Schließlich hat draußen jemand ungeduldig gehupt und der Dieb ist mit der Sporttasche geflüchtet.«

»Danke.« Baer versuchte, der Verkäuferin ein wenig Trost zu spenden, aber ihre Hand war eiskalt und ihr Blick apathisch. Baer winkte dem Notarzt, damit er sich um sie kümmerte.

Die Tür des Juweliergeschäfts war vollständig zerstört, überall lagen die Splitter des Sicherheitsglases. Und dann stand da dieses Auto mitten im Laden. Der Anblick erschien ihm irreal.

Baer entdeckte Jan Haselbach unter den Kollegen und ging zu ihm. »Gibt es schon Zeugenaussagen?«

Haselbach nickte: »Die ganze Sache hat etwa eine Minute gedauert. Der erste Täter ist mit seinem Wagen durch die Glastür gerast und hat sich so viel Schmuck geschnappt, wie er konnte. Draußen ist sein Kumpan mit einem zweiten Auto vorgefahren, in dem beide geflüchtet sind.«

»Sie waren also zu zweit«, bemerkte Baer.

»Beim Fluchtauto handelt es sich offenbar um einen dunkelgrauen Mercedes«, berichtete Haselbach weiter. »Und das andere Fahrzeug siehst du ja selbst.«

Baer nickte. »Ein alter Audi Avant. Sogar die Nummernschilder sind noch dran. Finden Sie bitte möglichst schnell heraus, wem dieser Wagen gehört.«

* * *

Die neue Matratze war viel schwerer, als Kira erwartet hatte. Die Hauptkriterien waren gewesen, dass man sie sofort mitnehmen konnte und dass sie zusammengerollt war. So konnte sie zwischen Fahrradlenker und Gepäckträger liegen. Geradeaus funktionierte diese Transportmethode gut, nur wenn man das Rad um die Ecke schieben wollte, gab es Probleme.

Nun hatte es Kira nicht mehr weit. Da vorne war schon ihre Wohnung und sie würde die Matratze nur noch die Treppenstufen hochschleppen müssen.

Warum steht denn da ein Polizeiauto vor der Tür?, dachte Kira. *Ist irgendwas passiert?* Sie sah außerdem den schwarzen VW SUV, in dem sie heute nach Oldenburg gefahren war. Tilmann Baer stand vor ihrer Haustür auf dem Gehsteig. Er sah nicht sonderlich fröhlich aus, aber das war ja nichts Neues.

»Moin«, sagte Kira freundlich. »Haben Sie mich etwa schon vermisst?«

»Drehen Sie sich bitte um, Frau Jensen.«

»Wie bitte?«

»Umdrehen!«

Kira gehorchte, auch wenn sie immer noch keine Ahnung hatte, was hier los war. Plötzlich spürte sie den kalten Stahl von Handschellen an ihren Armen.

»Hiermit nehme ich Sie fest wegen des Verdachts auf fahrlässige Tötung und Juwelendiebstahl.«

14. Arrest

Kira verstand die Welt noch weniger als sonst. Sie saß im Vernehmungszimmer des eigenen Reviers, aber auf der falschen Seite des Tisches. Auf der richtigen saß Tilmann Baer und schaute sie unbarmherzig an.

»Also, Frau Jensen«, fragte der Mann, mit dem sie sich eigentlich ein Büro teilte, »wo waren Sie heute zwischen 19.00 Uhr und 19.30 Uhr?«

»Beim Matratzendiscounter. Sie wissen schon, dieser hässliche Laden, der seine Schaufenster mit Werbung zukleistert. Der Besuch hat länger gedauert als gedacht, weil mir der Verkäufer unbedingt den Unterschied zwischen Kaltschaum-, Komfortschaum-, Gelschaum- und Latexmatratzen erklären wollte, nur um mir schließlich eine Bonnellfederkernmatratze anzubieten, die gerade von 1 299 Euro auf 799 Euro reduziert war.«

»Und der Verkäufer kann das bestätigen?«

»Ich glaube, dieser Verkäufer kann sehr wenig, aber dafür wird seine Gedächtnisleistung wohl ausreichen.«

»Sie waren mit dem Fahrrad unterwegs?«, fragte Baer.

»Sie haben doch gesehen, wie ich die Matratze transportiert habe.«

»Und wo ist Ihr Auto?«

Kira antwortete nicht.

»Sie fahren einen älteren Audi Avant, nicht wahr?«

»Das stimmt. Aber warum – bitte sagen Sie mir endlich, was los ist!«

Baer öffnete die Mappe, die vor ihm lag, und schob sie zu ihr. Darin waren Ausdrucke von Fotos. Als Kira ihr altes Auto im Juweliergeschäft erkannte, rutschte ihr das Herz in die Hose.

»Wieso fahren Sie mit dem Fahrrad zum Matratzenladen, wenn Sie einen Kombi besitzen?«, wollte der Hauptkommissar wissen. »Haben Sie das Auto jemandem geliehen?«

Kiras Rücken versteifte sich. »Der Wagen wurde gestohlen.«

»Ach ja? Das Auto ist immer noch auf Sie gemeldet! Warum haben Sie den Diebstahl nicht angezeigt?«

Kira meinte, ihren eigenen Herzschlag hören zu können.

»Nun reden Sie schon! Ein Mann ist bei diesem Blitz-Überfall gestorben! Alles, was Sie uns über den Verbleib dieses Autos mitteilen können, kann uns helfen, die Täter zu finden.«

Nein! Kira wollte auf keinen Fall über die Ereignisse von Dienstagnacht sprechen. Das ging niemanden etwas an. Doch gleichzeitig wusste sie, dass das falsch war. Wenn sie jetzt die Wahrheit für sich behielt, würde sie auch Mats beschützen, und das war das Letzte, was sie tun wollte.

»Verflixt noch mal, das kann doch nicht so schwer sein!«, fluchte Baer.

Kira rang nach Worten. Gab es nicht irgendeine Möglichkeit, von Mats zu erzählen, ohne sich selbst bloßzustellen? Tränen stiegen in ihr hoch und das hasste sie.

»Wer hatte Zugriff auf Ihr Auto? Allmählich verliere ich die Geduld, Frau Jensen!«

Würde es ihr vielleicht leichter fallen, darüber zu reden, wenn jemand anders ihr gegenübersitzen würde als ausgerechnet Baer? Sie schaute ihm in die Augen und plötzlich wurde ihr etwas klar: Wenn sie jemals mit ihm zusammenarbeiten wollte, dann musste sie ihm vertrauen. Sie konnte nur darauf hoffen, dass er ihr Vertrauen auch verdiente.

»Wer …«

»Mats«, antwortete Kira. »So hat er sich mir zumindest vorgestellt. Wahrscheinlich ist das gar nicht sein richtiger Name.«

»Wo hat er sich Ihnen vorgestellt?«

»Ich habe ihn im Restaurant gegenüber von der Sparkassen-Arena kennengelernt. Am Dienstagabend.«

Baer versuchte, diese Information zeitlich einzuordnen. »Da waren Sie doch bei Maybrit Deckers Konzert.«

Kira nickte. »Ich habe danach noch eine Cola getrunken. Mats hat mich an der Bar angesprochen. Ich fand ihn attraktiv, trotzdem wollte ich alleine nach Hause fahren, am nächsten Tag ging schließlich meine neue Arbeit los. Aber …« Kira konnte nicht weitersprechen.

»Aber?«, bohrte Baer nach. Als Kira immer noch schwieg, stellte er seine eigene Theorie auf. »Sie haben sich trotzdem auf ihn eingelassen, weil Sie ihm einfach nicht widerstehen konnten.«

»Er hat mir K.-o.-Tropfen verabreicht und mich vergewaltigt.« Kira blickte ihrem Gegenüber voller Zorn in die Augen. »Ich habe erst am nächsten Morgen festgestellt, dass er mein Auto gestohlen hat.« Kira rechnete damit, dass Baer sie auslachen würde, aber das tat er nicht. Er machte ihr auch keine Vorwürfe oder sah sie mitleidig an, so als ob das alles nur eine Ausgeburt ihrer regen Fantasie wäre. Sein Gesichtsausdruck blieb genauso ernst und undurchdringlich wie zuvor.

»Deshalb sind Sie am Mittwoch also zu spät zur Arbeit gekommen.« Baer zog sein Merkheft hervor und entsicherte den Druckknopfkugelschreiber. »Wie sieht dieser Mats aus?«

»Kurzes, dunkles Haar, blaue Augen. Ich kann zusammen mit dem Zeichner ein Phantombild erstellen.«

»Das ist eine gute Idee. Was hat Mats noch über sich erzählt? Hat er erwähnt, wo er wohnt oder was er beruflich macht?«

Kira dachte an das kurze Gespräch zurück. »Er hat etwas sehr Seltsames gesagt. Er hat angedeutet, dass er durch seinen Beruf Dinge über Maybrit Decker wisse, die sonst niemand weiß.«

Baer hob die Augenbrauen. »Glauben Sie, dass das stimmt? Oder wollte er Sie nur beeindrucken?«

Wahrscheinlich trifft das Zweite zu, dachte Kira.

»Wenn Ihnen nichts weiter einfällt, werde ich jetzt die Phantombildzeichnerin anfordern. Je mehr Zeit vergeht, desto schwächer wird die Erinnerung.« Der Hauptkommissar stand auf. Er schien noch etwas sagen zu wollen, aber behielt es zunächst für sich.

An der Tür besann er sich anders. »Wenn man Hilfe braucht, sollte man sich nicht dafür schämen, darum zu bitten. Das ist das, was wir von den Leuten da draußen erwarten, und deshalb müssen wir das auch selbst tun. Jeder einzelne Ihrer Kollegen ist Polizist geworden, weil er Verbrechen bekämpfen will. Niemand wird schlecht über Sie reden oder sich das Maul zerreißen. Geheimnistuerei verschlimmert immer alles.« In seinen Augen war keine Anklage zu sehen, sondern Wut. »Wenn Sie Ihr Auto sofort als gestohlen gemeldet hätten, hätten wir es vielleicht schon gefunden. Dann wäre es nicht zu diesem Überfall gekommen und Garlef Reitmeyer würde noch leben.«

* * *

Garlef Reitmeyer. Erst als Kira alleine im Vernehmungsraum saß, wurde ihr die Tragweite der Situation bewusst.

Es war schlimm genug, dass ein Mensch gestorben war, aber dieser Mann war ausgerechnet derjenige, der ihnen im Mordfall von Wiebke de Wall hätte helfen können. Durch ihr egoistisches Verhalten war nicht nur ein Toter zu beklagen, sondern sie hatte auch die eigenen Ermittlungen torpediert. Würde dadurch Wiebkes Mörder seiner gerechten Strafe entkommen?

Nach einer Weile öffnete Jan Haselbach die Tür und begleitete sie zu einem Raum, der zur Kriminaltechnik gehörte.

Die Phantombildzeichnerin war gerade dabei, den Computer hochzufahren. Die aschblonde Frau war etwa Mitte vierzig und einen Kopf größer und einen Bauch breiter als Kira. Sie hatte sich hübsch zurechtgemacht mit Blumenbluse und Abend-Make-up, aber das war ganz sicher nicht für diesen Termin gedacht gewesen. Obwohl sie Kira breit anlächelte, wirkte sie unzufrieden.

»So«, sagte sie, als würde sie eine Kindergartengruppe begrüßen. »Dann wollen wir mal.«

»Tut mir leid, dass Sie Ihren Abend unterbrechen mussten«, gab Kira zurück.

»Das muss es nicht«, erwiderte die Kollegin mit einem bitteren Unterton. »Eine goldene Hochzeit ist schließlich nicht so wichtig. Mit meiner Schwester aus Freiburg kann ich mich auch über Videochat unterhalten. Und das Spanferkel kann ich mir auch bestellen, wenn ich wieder alleine ins Restaurant gehe.«

»Vielleicht dauert es ja nicht so lange.« Kira setzte sich neben sie vor den Bildschirm.

Die Phantombildzeichnerin startete das Programm. »Ich werde Ihnen jetzt einige Startbilder zeigen, und Sie entscheiden sich für das, welches dem Verdächtigen am ähnlichsten sieht«, erklärte sie. »Im Anschluss beschäftigen wir uns mit den Details.«

Kira wählte ein Startbild aus und beschrieb nach und nach Mats' Augenabstand, die Dichte seiner Augenbrauen, die Form der Lippen, seine Wangen und Ohren. Sie wollte unbedingt ein möglichst genaues Bild von dem Verbrecher erzeugen und verfeinerte die Merkmale immer weiter, auch als die Kollegin längst schon zufrieden war. Am Ende war sie selbst überrascht, wie realitätsnah die Zeichnung war, besser hätten es die Maler im Montmartre auch nicht hinbekommen.

»Vielen Dank.« Kira schaute auf die Wanduhr und stellte fest, dass fast zwei Stunden vergangen waren. »Ich werde mit Ihnen Spanferkel essen gehen«, versprach sie, »natürlich sind Sie eingeladen.«

Die Kollegin packte ihre Sachen und verabschiedete sich.

Kira gähnte, der Tag war lang gewesen. »Ich werde jetzt auch gehen«, sagte sie zu Haselbach. Ihr Fahrrad stand mit der neuen Matratze im Keller, also würde sie wohl wieder nach Hause laufen.

»Das ist leider nicht möglich, Frau Jensen.« Der junge Polizist räusperte sich. »Der Hauptkommissar hat gesagt, er müsse Ihre Angaben erst noch überprüfen.«

»Wie bitte? Was soll das denn heißen?«

Es war Haselbach anzusehen, wie unangenehm ihm die Situation war. »Es bedeutet, dass Sie diese Nacht in der Arrestzelle verbringen müssen.«

* * *

Kira wusste, wie solch eine Arrestzelle aussah. Wände und Boden gefliest, eine Matratze und eine Edelstahltoilette, das war's. Wenn man Glück hatte, gab es vielleicht noch ein schmales, blindes Fenster.

»Geben Sie mir bitte Ihre persönlichen Gegenstände«, forderte Haselbach sie auf.

»Meine Handtasche haben Sie doch schon.«

»Leeren Sie die Hosentaschen aus.«

Darin befanden sich nur ein Taschentuch und der USB-Stick mit Wiebke de Walls Musikdateien.

»Bitte ziehen Sie die Schuhe aus.«

»Glauben Sie etwa, dass ich die Kacheln dreckig mache?«

»Es ist üblich, die Schuhe vor die Zelle zu stellen, damit wir nicht vergessen, dass sich jemand darin befindet.«

»Ist das wirklich schon mal vorgekommen?«

»Bei uns zum Glück noch nicht. Aber in Österreich wurde jemand über mehrere Tage lang vergessen.«

Kira gab Haselbach ihre Schuhe.

Die Zelle war höchstens fünfzehn Quadratmeter groß, aber dafür gab es ein Fenster. Hatte die Matratze etwa Bissspuren?

»Der rote Knopf ist die Gegensprechanlage«, erklärte Haselbach. »Und hier haben Sie noch eine Decke.«

Der Stoff war so kratzig wie Sandpapier. »Haben Sie ein Buch oder eine Zeitschrift da?«, fragte Kira.

»Tut mir leid, aber ich kann Ihnen keine Sonderbehandlung zukommen lassen.«

Sie nickte resigniert.

»Aber Sie dürfen sich noch ein Abendessen aussuchen. Habe Sie einen bevorzugten Lieferdienst?«

»Eine Pizza wäre toll. Pilze, Schinken und schwarze Oliven.«

»Klingt lecker, so eine werde ich mir auch bestellen.« Haselbach schloss die Gittertür und drehte den Schlüssel zweimal um.

Als er weg war, trat plötzlich eine geisterhafte Stille ein und Kira war wieder mit ihren Gefühlen alleine – zum einen mit ihren Selbstvorwürfen und inneren Anklagen, weil Garlef Reitmeyer tot war. Und zum anderen schämte sie sich. Es war ihr zutiefst peinlich, in dieser Arrestzelle zu sitzen.

Wahrscheinlich bezweckte Baer genau das. Nun würde das hier die Geschichte sein, die man sich über sie erzählen würde: Sie war die Kommissarin, die bei ihrer ersten Mordermittlung selbst festgenommen wurde. Wenn man es so formulierte, klang es sogar interessant. Aber wie würde sich das auf ihren Lebenslauf auswirken?

Kira breitete die kratzige Decke auf der Matratze aus und setzte sich darauf. Seltsamerweise fühlte es sich gar nicht so schlecht an, hier zu sein. Auch wenn es totenstill war, kam es ihr nicht so vor, als ob sie alleine wäre. Sie schaute auf den roten Knopf für die Sprechanlage. Draußen saß jemand, der bald die gleiche Pizza essen würde wie sie selbst.

Vielleicht war es in ihrem jetzigen Zustand sogar besser, nicht zu Hause zu sein. Hier konnte sie nicht auf dumme Ideen kommen. Sie konnte sich zwar in Selbstvorwürfen suhlen, aber sie hatte keinen Zugang zu Alkohol und konnte auch nicht die Nacht über fernsehen. Das Einzige, was man hier tun konnte, war schlafen. *Hoffentlich.*

Kira dachte an den Speicherstick. Wenn sie jetzt wenigstens schon mal Wiebke de Walls Lieder hören könnte!

Außer »Skipper meines Lebens« kannte sie eigentlich nur »Ankerschmerz« richtig gut. Sie summte das Lied, erst zaghaft und leise und schließlich immer lauter.

Ich will vorwärts, aber komm nicht los, der
Ankerschmerz ist viel zu groß. Spreng die Ketten und
stich in See! Solange der Kurs stimmt, ist alles okay.

Was genau hatte die Komponistin eigentlich mit diesem Text gemeint? Was bedeutete das Wort »Ankerschmerz«, und was war diese Kette, die sie durchtrennen wollte?

15. Wiebkes Welt

Am Samstag erwachte Kira durch das metallische Schließgeräusch der Stahltür. Die Kommissarin hatte so angespannt geschlafen, dass sie sofort wusste, wo sie sich befand.

»Guten Morgen«, sagte Haselbach mit unverschämter Fröhlichkeit. Er balancierte ein Tablett mit Kaffeekanne und Brötchenkorb. Das Frühstück machte den Eindruck, als ob er ihr doch eine Sonderbehandlung zugebilligt hätte.

»Schön, dass ich nicht vergessen wurde.« Kira versuchte zu lächeln, aber ihre Gesichtsmuskeln brauchten erst Koffein.

»Wenn Sie fertig gegessen haben, können Sie nach Hause gehen«, sagte Haselbach.

»Das könnte Baer so passen«, murmelte Kira. Auch schlechter Schlaf besaß die Gabe, Dinge neu zu ordnen und ins richtige Licht zu rücken. Gestern hatte sie sich schuldig gefühlt, so als ob sie für den Tod des Juweliers verantwortlich gewesen wäre. Aber während sie das Vollkornbrötchen mit einem Plastikmesser aufschnitt, wurde ihr klar, dass sie den Überfall mit einer Anzeige nur schwer hätte verhindern können. *Mats' erste Frage war die nach meinem Auto gewesen*, erinnerte sie sich. *Er hatte diesen Überfall bereits geplant gehabt und einem Profi kommt die Staatsmacht viel schwerer in die Quere als einem Gelegenheitsdieb.*

Natürlich meldete ihr Herz wie immer Zweifel an, doch Kira konnte sie inzwischen ignorieren. Stur nach vorne zu gehen war der einzige Weg, um zu überleben. Man musste so lange weitergehen, bis man nicht mehr konnte, und meistens kam man weiter als gedacht.

Kira verließ die Zelle und holte sich ihre Sachen bei Haselbach ab. Sie ging ins nächstgelegene Badezimmer und schaute in den Spiegel. Würden die Notfallutensilien aus der Handtasche ausreichen, um nicht als Obdachlose durchzugehen? Sie wünschte sich eine Dusche und eine ordentliche Bürste oder am besten gleich ein neues Gesicht.

Auf dem Weg zum Büro begegnete ihr Gravenhorst. »Guten Morgen, Frau Jensen.« Er schaute sie etwas irritiert an. »Sagen Sie, habe ich das richtig verstanden? Sie haben heute in der Arrestzelle übernachtet?«

»Ich möchte das Revier eben gründlich kennenlernen.«

Der Dienststellenleiter räusperte sich peinlich berührt. »Entschuldigen Sie das bitte. Tilmann besitzt eine ganz eigene Art von Humor.«

»Es wird ja hoffentlich nicht wieder vorkommen.«

Im Büro war Tilmann Baer sichtlich überrascht, dass sie zur Arbeit erschien.

»Moin«, sagte sie, so als ob nichts geschehen wäre, und bediente sich an seiner Kaffeemaschine.

»Das Phantombild von Mats ist sehr detailliert«, bemerkte Baer. »Das wird uns helfen.« Er sortierte die Papiere auf seinem Schreibtisch und reichte Kira ein Blatt. »Hier ist das Protokoll von Ihrer Vernehmung. Schauen Sie nach, ob Sie mit allem einverstanden sind oder ob ich noch etwas hinzufügen sollte.«

Kira überflog die schriftliche Aufzeichnung ihrer Vernehmung. Als sie zu den Ereignissen am Dienstagabend kam, stutzte sie. Im Protokoll stand nichts von K.-o.-Tropfen, sondern einfach nur, dass ihr Auto in der Nacht zum Mittwoch gestohlen worden war und sie davon ausging, dass der Täter Mats war, weil er großes Interesse an dem Auto gezeigt hatte.

Sie gab Baer das Dokument zurück. »Danke.«

Baer steckte das Protokoll wieder in die Akte und nahm stattdessen eine Kopie vom Phantombild in die Hand. »Dann werde ich mich jetzt auf den Weg machen, diesen Kerl zu finden.«

»Was ist mit dem Mord an Wiebke de Wall?«, fragte Kira.

»Durch den Tod von Garlef Reitmeyer ist meine Ermittlungstaktik erst mal am Ende. Beim Juwelendiebstahl hingegen sind die Spuren noch warm.« Er zog sein Jackett über. »Aber Sie haben ja gewettet, Sie würden Wiebkes Mörder ohne die Uhr finden können. Ich bin gespannt auf Ihre Ergebnisse.«

Baer verließ das Büro und Kira setzte sich an ihren Schreibtisch. *Habe ich das gerade richtig verstanden?*, dachte sie. *Hat er mich etwa dazu ermutigt, weiter an dem Mordfall zu arbeiten?*

Sie steckte den USB-Stick in ihren Computer und übertrug Wiebkes Musikdateien. Zusätzlich kopierte sie die Lieder auf ihr Smartphone. Welches Stück sollte sie sich als Erstes anhören? Gestern Abend hatte sie an die Zeilen von »Ankerschmerz« gedacht. War dieses Lied auch deshalb so ein Hit geworden, weil es darin um ein authentisches Gefühl der Komponistin ging? Wiebke berichtete von einem schwierigen Aufbruch, weil es einen Anker gab, der sie zurückhielt. Was meinte sie damit?

Um das zu verstehen, sollte sie am besten von diesem Lied ausgehen und sich zeitlich rückwärts bewegen. Kira steckte sich die Kopfhörer in die Ohren und spielte den Song ab, den Wiebke vor ihrem großen Hit geschrieben hatte.

* * *

Tilmann Baer parkte vor einem Einfamilienhaus in Emden. Das Haus war hübsch, aber der Vorgarten benötigte professionelle Hilfe.

Der Hauptkommissar läutete und es dauerte nicht lange, bis sich die Tür öffnete.

»Kommen Sie doch herein.« Der Mann hatte dunkles Haar und trug einen lockeren nutellabraunen Pullover über einer beigen Bundfaltenhose.

»Vielen Dank, dass Sie so kurzfristig Zeit für mich haben, Herr Jüllich.« Baer folgte ihm ins Esszimmer, wo eine Frau mit mittellangem Haar und flamingofarbenem Poloshirt am Frühstückstisch saß.

»Das ist meine Freundin Britta Handke«, stellte der Mann sie vor. »Sie war am Donnerstag ebenfalls dabei.«

Baer schüttelte ihre Hand und setzte sich. »Ich will Sie nicht lange stören, deshalb fasse ich mich kurz.« Er blickte Jüllich an. »Sie haben Donnerstagnacht einen anthrazitfarbenen Mercedes als gestohlen gemeldet?«

»Wurde er etwa gefunden?« Jüllich klang besorgt. »In welchem Zustand befindet er sich?«

»Wir gehen davon aus, dass der Wagen als Fluchtauto bei einem Juwelendiebstahl verwendet wurde.«

Der Mann hielt sich an seiner Kaffeetasse fest. »Was soll das bedeuten?«

»Es bedeutet, dass Sie uns dabei helfen können, einen skrupellosen Verbrecher zu fassen. Aus dem Protokoll geht hervor, dass Ihr Auto auf dem Parkplatz von Fokkos Sportsbar gestohlen wurde. Ist das korrekt?«

»Ja«, bestätigte Jüllich. »Britta und ich haben dort den ganzen Abend verbracht. Wir kennen uns aus dem Studium. Sie ist in den Norden gefahren, um Urlaub zu machen, und es war schön, sie wiederzusehen und …«

»Ihr Privatleben interessiert mich nicht«, unterbrach ihn Baer. »Sie haben angegeben, in der Bar von einem Betrunkenen angerempelt worden zu sein. Ist das korrekt?«

Jüllich nickte. Seine Freundin spendete ihm seelische Unterstützung, indem sie seine Hand nahm. »Der Kerl hat mich nur kurz berührt, aber es ist der einzige Moment, wo man mir den Autoschlüssel abgenommen haben kann. Auch wenn ich immer noch nicht begreife, wie er das geschafft hat.«

»Es ist erstaunlich, zu was geübte Finger fähig sind. Der Verdächtige ist so geschickt, dass er auch in einer vollen Bar unbemerkt K.-o.-Tropfen in ein Glas geben kann.« Baer zog das Phantombild aus der Tasche.

»Genau das ist der Typ«, rief Jüllich erstaunt.

Auch Handke bestätigte das. »Er hat die ganze Zeit über an der Bar gesessen«, sagte sie.

* * *

Kira hatte bereits mehrere Seiten ihres Notizblocks vollgekritzelt. Nun riss sie eine leere Seite heraus und versuchte, ihre Beobachtungen zusammenzufassen.

Diesmal konzentrierte sie sich nicht nur auf ein Lied, sondern betrachtete mehrere Texte. Sie hatte schnell gemerkt, dass sie zwischen zwei Arten von Songs unterscheiden musste. Zum einen gab es Auftragsarbeiten, zum anderen Lieder, die Wiebke von sich aus geschrieben hatte.

In den Auftragsarbeiten gab es die für Schlager typischen Themen. Es gab den leidenschaftlichen Verführer und den attraktiven verheirateten Mann, mit dem man eine Affäre beginnen wollte. Das spiegelte keine echten Erfahrungen wider, sondern Träume.

Während die Auftragsarbeiten sehr aufwendig produziert waren, handelte es sich bei den eigenen Kompositionen um einen ganz anderen Stil. Häufig waren da nur eine Gitarre und Wiebkes raue Stimme zu hören. Es gab keine einprägsamen Melodien oder Refrains, oft wirkten die Aufnahmen improvisiert, so als würde die Komponistin einfach drauflossingen. Vor allem diese Texte waren der Schlüssel zu Wiebkes Welt.

Kira beschloss, sich zunächst den Themen dieser Lieder zu nähern.

Der Song »Wellenbrecher« hatte einen positiven, kraftvollen Rhythmus.

Ich kämpfe um mein Glück, gehe volles Risiko … Es
gibt keine Hindernisse … Ich setze alles auf Glück
und hoffe auf das Beste.

Im Lied »Gegenwind« hingegen meldeten sich Zweifel.

Mein Gegenwind kommt von innen … Ich habe zwei
Gesichter. Eins will ich lieben und das andere nicht
mehr hassen … Ich lerne keine Fähigkeiten, sondern
nur Tricks … Es gibt nur noch Lügen und ich habe
die Wahrheit vergessen.

Bemerkenswert war auch der Text von »Falsche Freunde«.

Ich brauchte einen Zufluchtsort, aber nun bin ich
auf eine neue Art gefangen … Vom Regen in die
Traufe. Mit einem Check fängt man Mäuse … Aus
Zuneigung wird Abhängigkeit. Alte Freunde werden
zu falschen Freunden.

Außerdem gab es noch »Nachtleben«.

Ich gehe einen Weg, den ich nicht gehen will … Ich
bin nicht stark genug zum Kämpfen, also muss ich
tricksen. Ich bin eine Diebin, eine Betrügerin, ich
spiele falsch … Du denkst, du hast mich durchschaut,
aber am Ende stehst du mit leeren Händen da.

Kira war überrascht von diesen Aussagen. Hatte Wiebke diese Dinge wörtlich gemeint oder in einem übertragenen Sinne? Wenn sie wirklich eine Diebin und eine Betrügerin war – wen hatte sie betrogen und was hatte sie gestohlen?

Auf jeden Fall zeichneten die Lieder das Bild einer Persönlichkeit, die innerlich zerrissen war. »Trick« oder »tricksen« kam mehrfach vor. Aber auch das »Kämpfen«.

»*Aus Zuneigung wird Abhängigkeit.*« Kira meinte, ein bisschen mehr zu verstehen, was Wiebke de Wall mit dem Wort »Ankerschmerz« gemeint hatte. Einen Anker warf man in einem Hafen aus, in dem man sich sicher fühlte und bleiben wollte. Aber solch eine Sicherheit konnte sich als trügerisch erweisen, und sobald man weiterfahren wollte, stellte man fest, dass die Bindung an diesen Ort zu groß geworden war. Erst durch eine schmerzhafte Trennung konnte man in ein unbelastetes Leben aufbrechen.

Das Lied »Ankerschmerz« war also so etwas wie eine Antwort auf einen Prozess, der vorher stattgefunden hatte. Und der Song »Skipper meines Lebens« stand bereits für eine ganz neue, positive Schaffensphase, in der Wiebke voller Zuversicht war, ihr Glück in den eigenen Händen zu halten.

Wie konnte man diesen Lebensabschnitt nennen, den sie gerade betrachtete? Kira schrieb das Wort »Kämpferphase« oben auf den Zettel. Vielleicht fiel ihr ja später noch etwas Passenderes ein.

Sie klopfte gleichmäßig mit dem Kugelschreiber auf die Tischplatte, so als wären ihre Gedanken Galeerensklaven, die sie antreiben musste. All ihre Betrachtungen ergaben nur dann einen Sinn, wenn sie es schaffen würde, den Texten konkrete Informationen zu entlocken.

Der monotone Kugelschreiberrhythmus verstummte und Kira kreiste den Ausdruck »falsche Freunde« ein. Wen hatte Wiebke damit gemeint?

Die Kommissarin verspürte den Wunsch, Wiebke persönlich kennenzulernen und sich mit ihr zu unterhalten, aber das ging ja nicht mehr. Wie konnte sie trotzdem mehr über sie herausfinden? Dieser Sunko Meinert mit seiner Oldtimer-Garage war Wiebkes Jugendfreund gewesen. Kira könnte ihm die Texte zeigen.

Und wenn er ein »falscher Freund« ist?, dachte sie. *Dann werde ich von ihm keine vertrauenswürdige Antwort bekommen.*

Sunko Meinert war allerdings nur eine Person, aber Wiebke hatte den Plural gebraucht, es gab also mehrere falsche Freunde.

Kira grübelte angestrengt. Sie wollte sich gerade nicht auf die Aussagen aus zweiter Hand verlassen, sondern war überzeugt davon, mit Wiebkes Liedtexten direkte Informationen zu besitzen – es galt nur herauszufinden, wie sie sie lesen musste.

Kira rief sich in Erinnerung, wie sie Klaas Steenhuis gefunden hatte. Das hatte sie geschafft, indem sie mit dem Jachthafen in Harlesiel einen konkreten Ort identifiziert hatte. Konnte so etwas noch einmal gelingen?

Die Ermittlerin betrachtete erneut ihre Notizen. Welche geografischen Informationen gab es in den Texten?

Wiebke hatte eine sehr bildhafte Sprache benutzt, das machte ihre Songs persönlich und individuell. Welche Bilder entsprachen der Wirklichkeit?

In dem Lied »Nachtleben« sang Wiebke von einem »Zufluchtsort«. Hatte sie diesen Ort auch noch woanders erwähnt?

Freiheit kann man auch in einer kleinen Hütte finden.

Bingo! Der Zufluchtsort war eine kleine Hütte.

Wir sitzen auf dem alten Sofa und trinken Bier – ich
fühl mich sicher bei dir.

In dieser Hütte stand ein altes Sofa. Und vielleicht ein Kühlschrank, falls das Bier schmecken sollte. Aber das traf wahrscheinlich auf die meisten Hütten zu. Kira hörte sich weitere Lieder an und hoffte auf spezifische Informationen.

Die Mauern sind alt und es regnet durchs Dach,
trotzdem bin ich hier zu Hause … Ich schaue aus dem
Fenster und sehe auf den alten Hafen.

Das war es! Von dieser Hütte aus konnte man auf einen Hafen sehen. War damit etwa wieder Harlesiel gemeint?

Es ging um einen »alten« Hafen. Kira erinnerte sich an das Schöpfwerk, das aus den Fünfzigerjahren stammte. Sicher gab es noch ältere Häfen an der Küste.

Die Kommissarin öffnete die Internetsuchmaschine und schaute sich die Informationen zu den einzelnen Häfen an. Harlesiel war tatsächlich sehr jung, der Hafen wurde erst 1960 in Betrieb genommen. Einer der ältesten ostfriesischen Häfen war dagegen Dornumersiel. Die Geschichte dieses Sielorts reichte zurück ins 15. Jahrhundert, und der Hafen wurde 1653 angelegt. Greetsiel war allerdings noch älter. Hier lagen bereits 1388 Hamburger Schiffe im Hafen und mussten Zoll zahlen.

Im Hafenbecken von Dornumersiel war Wiebkes Leiche versenkt worden. War die Komponistin etwa deshalb am Dienstagabend dort gewesen, weil sie ihren Zufluchtsort besucht hatte? Oder hatte ihr Mörder sie dorthin gebracht, weil dieser Ort eine besondere Bedeutung besaß?

Auf jeden Fall sollte sie dort zuerst nach der Hütte suchen.

16. Alter Hafen

Auf dem Parkplatz von Fokkos Sportsbar stand der Transporter eines Getränkelieferdienstes. Neben dem Haus sah Baer eine große geöffnete Stahlplatte im gepflasterten Boden, neben der sich Bierfässer unterschiedlicher Brauereien stapelten. Dumpfe, rumpelnde Geräusche kamen aus dem Keller und ein stämmiger Mann mit Schürze und Hipsterbart erschien in der Öffnung. Er war so groß, dass er dort unten nur gebückt gehen konnte und sich wahrscheinlich andauernd den Kopf stieß.

»Sind Sie Fokko?«, fragte Baer.

Der Mann brummte missmutig. »Ich komme raus, ich mag es nicht, wenn jemand auf mich herabsieht. Schon gar nicht ein Bulle.«

»Woher wissen Sie …«

»Schon beim kleinsten Geruch von Blauschimmel beginnt meine Haut zu jucken.« Fokko kletterte die Getränkerampe hoch.

Solch eine Polizeiallergie entwickelte man nur, wenn man einschlägige Erfahrungen mit der Staatsmacht besaß.

Der Wirt klatschte sich den Staub von den Händen. »Also, was wollen Sie von mir?«

»Donnerstagnacht wurde vor Ihrer Kneipe ein Mercedes gestohlen.« Baer zeigte Fokko das Phantombild. »Wir verdächtigen diesen Mann.«

Fokkos Hirn arbeitete. Es wirkte fast so, als ob er eine Videokassette aus einem inneren Regal zöge und in einen alten VHS-Rekorder steckte. »Der Bursche hat den ganzen Abend über an der Bar geklebt und nur zwei Gin Tonic gekippt. Bei dem Alkoholgehalt kann selbst eine Achtjährige noch Barbie und Ken auseinanderhalten, aber der Kerl ist beim Aufstehen getorkelt, als hätte er eine Flasche Tequila intus. Er hat den Benz-Halter angestoßen, als dieser zum Klo wollte. Gut möglich, dass dabei der Autoschlüssel den Besitzer gewechselt hat.«

»Haben Sie den Mann vorher schon mal gesehen?«

Fokko schüttelte den Kopf. »Er war zum ersten Mal da. Und wer meine Gäste bestiehlt, bekommt Hausverbot.«

»Das wird der geringste Teil seiner Strafe sein.« Trotzdem deutete Baer diese Aussage als gutes Zeichen. Wenn Fokko sich über Mats ärgerte, würde er auch keine Informationen über ihn zurückhalten. »Hat der Dieb mit Ihnen gesprochen?«

»Er hat nur seine Bestellung aufgegeben. Und mit jemand anderem hat er auch nicht geredet. Da war eine Braut, die hätte sich auf der Stelle von ihm begatten lassen, aber er war nicht interessiert. Er hat das Billardspiel verfolgt und das Match am Dartautomaten.«

Menschen mit krimineller Vergangenheit hatten oft einen Blick für Details. »Sie sind ein guter Beobachter. Können Sie sich an irgendwas erinnern, das uns dabei helfen könnte, ihn zu finden?«

Fokko schien die innere Videokassette zurückzuspulen und erneut abzuspielen. Schließlich schüttelte er den Kopf. »Er hat mir keinen Anlass gegeben, mich weiter für ihn zu interessieren. Das Trinkgeld hat gestimmt, und bis das Pärchen mit dem

Mercedes den Autodiebstahl bemerkt hat, habe ich mir keine Gedanken über ihn gemacht.«

Baer verzog den Mund. »Er ist mit dem Mercedes weggefahren. Aber wie ist er hergekommen? Stand hier noch ein anderes Auto auf dem Parkplatz?«

»Daran kann ich mich nicht erinnern. Aber wenn er den Diebstahl geplant hat, ist er bestimmt zu Fuß gekommen.«

Das stimmte wahrscheinlich. Trotzdem wollte der Hauptkommissar nicht wahrhaben, dass die Spur hier zu Ende war. Hatte Fokko tatsächlich nichts gesehen, was ihn weiterbringen konnte?

Baer schaute den Gastwirt respektvoll an. »Wenn Sie ihn finden müssten – wie würden Sie ihn suchen?«

Diese Betrachtungsweise brachte Fokko tatsächlich dazu, noch einmal nachzugrübeln. Augenscheinlich reizte ihn diese Aufgabe. »Wenn ich nur an diesen Kerl denke, dann gibt es keine Chance. Aber wenn ich mir die gesamte Situation vor Augen führe, dann gibt es vielleicht doch eine Möglichkeit.« Er liebkoste seinen sorgsam getrimmten Bart. »An dem Abend hat sich nämlich noch ein seltsamer Vogel an meine Tränke verirrt. Der saß ganz hinten in der Ecke, hat Kaffee geschlürft und ein Fitnessmagazin gelesen. Er hätte der Coverboy sein können, seine Glatze war bereits auf Hochglanz poliert. Das einzige Hindernis wären seine Tattoos gewesen.«

»Alte Rechtschreibung?«, riet Baer. »Oder Schleichwerbung für Eiweißriegel?«

»Alte Rechtschreibung trifft es schon ganz gut. 1933, wenn Sie verstehen, was ich meine.«

Baer nickte. »Und was hat dieser Mann mit dem Verdächtigen zu tun?«

»Er ist kurze Zeit nach ihm gekommen und sofort nach ihm gegangen. Das Einzige, was er außer dem Magazin bei sich hatte, war eine Kameratasche.«

Baer hob überrascht die Augenbrauen. »Sie glauben, dieser Mann hat unseren Verdächtigen beobachtet?«

»Warum nicht? Leute, nach denen die Polizei fahndet, haben oft auch andere Feinde.«

Das war nicht von der Hand zu weisen. »Wenn der Muskelprotz zur rechtsextremen Szene gehört, könnte er bei uns aktenkundig sein«, überlegte Baer. »Wären Sie bereit, sich die Sedcards unserer Schützlinge anzusehen?«

»Das geht leider erst, wenn alle Bierfässer verräumt sind.« Fokko grinste gehässig. »Eine Hand wäscht die andere.«

* * *

Kira saß bei einer Tasse Tee im Restaurant Hafensänger und schaute über das Hafengelände von Dornumersiel. Von hier oben hatte man einen großartigen Überblick über alles. Die Kommissarin sah auf die parkenden Autos und die Kutter. Auf der anderen Seite des Beckens befanden sich ein alter Kran und zwei große Backsteingebäude vom Fischgroßhändler, der den Kutterkapitänen die Ladung abkaufte. Außerdem war dort auch der Jachthafen Accumersiel. Nirgendwo gab es eine Hütte, von der aus man auf den Hafen sehen konnte.

Auch nicht hinter dem Deich, der den Strand vom Hafen trennte. Hier waren nur ein Spielplatz und das Haupthaus vom Campingplatz.

Kira trank ihren Tee aus und winkte der Bedienung. Wenn sie sich noch die anderen Häfen anschauen wollte, sollte sie hier möglichst wenig Zeit vergeuden.

* * *

Tilmann Baer saß mit Fokko an einem Computerarbeitsplatz in der Polizeiinspektion Aurich und öffnete eine Datei. Das

Antlitz eines hutzeligen, grimmig dreinblickenden Wutbürgers erschien auf dem Bildschirm.

»Mit den Pfeiltasten gelangt man zum nächsten Foto«, erklärte Baer.

Der dürre Krieger erschien in fleckigem Feinrippunterhemd und abgetragener Jogginghose. Die meisten seiner Tätowierungen waren nun sichtbar. Baer erkannte die Abkürzung für »Sieg Heil«, aber auch das Wappen eines Fußballvereins sowie ein Eiscremehörnchen.

»Ich stelle mir dieses Männchen gerade auf dem Cover eines Fitnessmagazins vor«, sagte Fokko.

»Wie lange halten Sie es in diesem Gebäude aus?«, fragte Baer. »Ich meine, wegen Ihrer Blauschimmelallergie.«

»Eine Tasse Kaffee und ein Stück Kuchen mindern die Symptome«, entgegnete Fokko und machte sich an die Arbeit.

* * *

Die Sonne strahlte hell über Greetsiel und ließ den pittoresken Ort fast unwirklich erscheinen. Ein roter Krabbenkutter fuhr langsam in den malerischen Hafen ein, in dem schon mehrere Fischerboote lagen. Die Restaurants am Markt waren voll mit Touristen und spielende Kinder wuselten herum, deren Eltern Waffeltüten mit Eiscreme in der Hand hielten.

Kira schlenderte am Kai entlang und genoss den Meeresduft, der noch in den Fischernetzen hing. Dieser Ort und all die anderen Häfen, die sie sich gerade im Schnelldurchgang angesehen hatte, bekräftigten sie noch mehr in ihrem Wunsch, dauerhaft in Ostfriesland bleiben zu wollen. Dafür musste sie jetzt Ergebnisse bringen, aber die ließen sich nicht einfach aus dem Hut zaubern.

Nirgendwo gab es so eine Hütte, wie sie Wiebke in ihren Liedern beschrieben hatte. Hier in Greetsiel wurde wieder deutlich, warum das so war. Alle Häuser mit Blick auf den Hafen waren bewohnt oder enthielten Gastronomie, denn das war einfach die begehrteste Lage in diesen Orten. Außerdem waren die Hafengelände immer eingedeicht. Von einer Hütte aus, die irgendwo dahinter stand, konnte man den Hafen auf keinen Fall sehen.

Oder war die Hütte inzwischen abgerissen worden? Diese Variante schien Kira äußerst unwahrscheinlich. Wiebke de Wall war vierundzwanzig Jahre alt gewesen, an der grundlegenden Struktur dieses Ortes hatte sich allerdings seit zwanzig Jahren nichts verändert, das machte ja gerade seinen Reiz aus.

Offenbar ließen sich die Angaben in Wiebkes Liedern doch nicht einfach so in die Wirklichkeit übertragen.

Kira sah oben am Deich ein Café, vor dem man gut draußen sitzen konnte. Es trug den schönen Namen »Rettungsschuppen«. Die Kommissarin setzte sich und bestellte ein Kännchen Ostfriesentee. Sie legte ihr Notizbuch auf den Tisch und steckte sich die Kopfhörerstöpsel in die Ohren. Sie brauchte noch mehr Hinweise auf Wiebkes Zufluchtsort und dazu musste sie weitere Lieder anhören.

* * *

Trotz der Ostfriesentorte, die es heute glücklicherweise in der Polizeikantine gab, mutierte Fokkos Einsatzbereitschaft schnell zu Langeweile. Fast automatisch drückte sein Zeigefinger die Pfeil-nach-rechts-Taste. Er erwartete offenbar gar kein positives Ergebnis mehr, sondern hoffte bloß darauf, möglichst bald in seine Sportsbar zurückkehren zu können.

Plötzlich hielt er jedoch inne und sein Zeigefinger wanderte zur Pfeil-nach-links-Taste. Das Bild auf dem Monitor wechselte von einer verhärmten Frau, die sich scheinbar die Seele aus dem Leib geraucht hatte, zu einem muskulösen Typen, dessen

Glatzkopf gar nicht mehr auf das Foto passte, sondern abgeschnitten war wie ein Frühstücksei. Die braungrauen Augen des Mannes wirkten wach, aber hart wie Marmor.

»Das ist er«, sagte Fokko.

»Sind Sie sich sicher?« Baer schaute den Wirt genau an, aber in seinem Gesicht gab es kein Anzeichen von Zweifel.

»Hundertprozentig. Wenn eine Hand, auf die das Wort ›Hass‹ mit Doppelrune tätowiert ist, den obligatorischen Karamellkeks zum Kaffee auswickelt, ist das ein Bild, das sich einprägt.«

Baer notierte sich den Namen und die letzte Meldeadresse. »Maximilian Kramer aus Leer.«

* * *

Kira schaltete die Musik-Wiedergabe-App auf ihrem Smartphone aus und zog sich die Stöpsel aus den Ohren. Eine Pause würde ihr guttun. Sie nippte an ihrer Teetasse und stellte fest, dass der Inhalt längst kalt geworden war.

Die Sonne hatte sich hinter einer dicken Wolkenwand versteckt und Kira schloss den Reißverschluss ihrer Jacke. Inzwischen waren mehrere Tische unbesetzt.

Die Polizistin steckte sich ein Kluntje in den Mund und schaute sich ihre Notizen an. Sie hatte noch einmal auf außergewöhnliche Formulierungen geachtet, die in irgendeiner Form auf einen Ort hinwiesen. Viel hatte sie dabei allerdings nicht gefunden.

Ein Löwe, den man nur von oben sieht. Ich habe
mich verirrt und finde keinen Ausweg. Aus manchen
Fehlern lernt man nie.

Das ergab doch keinen Sinn, oder doch? Löwen gab es normalerweise in einem Zoo, aber soweit sie wusste, existierte kein Zoo in Ostfriesland. Außerdem konnte man im Zoo einen Löwen auch von vorne sehen und nicht nur von oben.

Trotzdem wollte Kira auf Nummer sicher gehen, denn sie hatte viel zu wenig Hinweise. Sie suchte im Internet nach einem Zoo in Ostfriesland und ihr wurden »Birgits Tiergarten« und der »Haustierpark Werdum« angezeigt. Einen Löwen würde sie an beiden Orten nicht finden.

Wenig enthusiastisch schaute sie sich den nächsten Textschnipsel mit einer besonderen Formulierung an.

Meine Träume fliegen am Himmel wie Luftschiffe.
Zeit zählt nicht mehr, am Ende wächst immer
Gras drüber.

Warum hatte sie sich das denn notiert? Der einzige Anhaltspunkt in dieser Liedzeile war das Wort »Gras«, aber wahrscheinlich hatte sie sich einfach über das Bild in dem Lied gefreut. Träume als Luftschiffe – das war eine schöne Vorstellung.

Nun blieb nur noch eine Notiz übrig.

Ich sitze einsam auf dem Bahnsteig, meine Beine
baumeln über den Gleisen. Ich warte auf den Zug ins
Glück. Hoffentlich hat er nur Verspätung! Nein, er
kommt nie.

Hatte Wiebke beim Schreiben dieses Textes einen konkreten Bahnhof vor Augen gehabt oder handelte es sich dabei um eine allgemeine Erfahrung?

Es gab die Bahnstrecke zwischen Norddeich Mole und Emden, von dort ging es weiter nach Leer. An welchem Bahnhof hatte Wiebke da gesessen? Sie war in Emden aufgewachsen, also dürfte sie den Bahnhof dort am besten kennen.

Allerdings kannte man am Heimatbahnhof die Abfahrtszeiten der Züge und saß deshalb selten auf dem Bahnsteig. Außerdem war es auf dem Bahnsteig in Emden gewiss selten einsam und die Bahnangestellten würden es niemals zulassen, mit den Beinen über den Gleisen zu baumeln. Kira vergegenwärtigte sich ihre eigenen Erfahrungen mit der Bahn. Damit verband sie nichts Gutes, sondern vor allem Stress. In ihrem Lied klang Wiebke jedoch entspannt. Sie sang wie eine Person, die alle Zeit der Welt hatte und über das Leben sinnierte.

Die Kommissarin öffnete den Online-Kartendienst, um zu sehen, welche Bahnlinien es noch in Ostfriesland gab. Logischerweise waren alle Gleise miteinander verbunden, also ging Kira von Norddeich Mole aus und folgte der grauen Linie nach Süden.

Bereits über dem Bahnhof Norden traf sie auf eine Abzweigung. Die Gleise führten an einem Schloot entlang nach Westen. Kira vergrößerte die Ansicht und neben der Bahnlinie erschien eine Schrift. »Haltepunkt Lütetsburg – Küstenbahn Ostfriesland«. Im Schlosspark Lütetsburg war sie als Schülerin gewesen, aber von der Küstenbahn hatte sie noch nie etwas gehört.

Sie gab den Begriff in die Suchmaschine ein. Es handelte sich um eine alte Bahnlinie, die einst von Norden nach Jever führte und 1983 stillgelegt worden war. Das Teilstück zwischen Norden und Dornum wurde allerdings als Museumseisenbahn weitergeführt und während der Sommersaison einmal in der Woche befahren.

Kira klickte auf den »Haltepunkt Lütetsburg« und sah sich das Foto an. Es handelte sich um einen einzelnen Bahnsteig, der romantisch am Waldrand gelegen war. Hier konnte man sehr gut einsam sitzen und die Beine über den Gleisen baumeln lassen.

Aber war das nicht etwas weit hergeholt? Selbst wenn Wiebke de Wall sich ausgerechnet an diesem Ort aufgehalten hatte, wie konnte Kira das in ihren Ermittlungen weiterbringen? Sie suchte schließlich nach einer Hütte, von der aus man auf einen alten Hafen sehen konnte.

Kira klickte wieder auf die Kartenansicht und schaltete auf den Satellitenmodus um. Sie sah den Wald über dem Bahnsteig und die Landstraße darunter und dann – Kira traute ihren Augen nicht. Da war ein Löwe!

Er war ganz deutlich zu sehen, auf einem grünen Feld war der Umriss eines Löwen! Das sah total merkwürdig aus. »*Ein Löwe, den man nur von oben sieht.*«

Jensen gab die Worte »Löwe« und »Lütetsburg« in die Suchmaschine ein und fand tatsächlich ein Ergebnis. Es handelte sich um ein aufwendig angelegtes Maislabyrinth! »*Ich habe mich verirrt und finde keinen Ausweg. Aus manchen Fehlern lernt man nie.*«

Kira konnte es selbst kaum glauben. Es begeisterte sie, in den Liedtexten erneut einen Hinweis auf einen Ort gefunden zu haben, an dem sich Wiebke wahrscheinlich öfter aufgehalten hatte. Alleine deshalb sollte sie sich dort einmal umsehen.

17. Kekskuchen

Der Garten vor dem Häuschen in Leer war liebevoll gepflegt. In einer Ecke stand eine Gruppe von Gartenzwergen mit Harke, Spaten und Schubkarre, weitere Zwerge knieten in einem Beet und pflanzten Blumen. Außerdem gab es einen Imker und sogar einen ganz modernen Zwerg mit Laubsauger. Es machte fast den Eindruck, als ob diese tönernen Gesellen sich um alles kümmerten, wahrscheinlich nachts, wenn sie lebendig würden.

Hoffentlich hatte Maximilian Kramer keine falsche Meldeadresse angegeben und Baer würde ihn wirklich hier antreffen. Neben dem Klingelknopf stand zumindest schon mal der richtige Nachname. Der Hauptkommissar läutete.

Nichts geschah, nur ein Eichhörnchen turnte zwischen den Gartenzwergen herum.

In der Garage stand ein blauer VW Passat. Tilmann Baer notierte sich das Kennzeichen. Er drückte die Klingel ein zweites Mal.

Diesmal schien es ihm, als ob sich in dem Haus etwas bewegte.

Wenig später öffnete sich die Tür. Eine alte Dame stützte sich mit der linken Hand auf eine Vierfuß-Gehhilfe und mit der rechten hielt sie sich an der Klinke fest. »Guten Tag«, rief sie mit vibrierender Stimme. »Was kann ich für Sie tun?«

»Ich bin von der Kriminalpolizei«, antwortete Baer. »Darf ich reinkommen?«

Frau Kramer lächelte einladend.

Der Ermittler ging zu ihr. »Mein Name ist Tilmann Baer«, stellte er sich vor.

»Tilmann«, wiederholte die Frau. »Nenn mich doch bitte Gertrud.«

Baer war es trotzdem unangenehm, sie zu duzen. »Sie müssen vorsichtiger sein, Frau Kramer. Heutzutage gibt es viele Betrüger.« Er begutachtete ihren Türrahmen. »Sie sollten sich zumindest eine Türkette anschaffen.«

»Ach was«, wiegelte Gertrud ab. »Mir passiert nix. Wenn mir jemand was Böses will, bekommt er was von Max auf die Fresse.«

Gewisse Beziehungen stellten natürlich auch einen effektiven Einbruchsschutz dar. Baer folgte Gertrud Kramer ins heimelige Wohnzimmer. Durch das Fenster konnte man auf eine Wiese mit einer alten Linde sehen. Hinter dem Haus wohnten die traditionelleren Gartenzwerge, die Grimms Märchen nachstellten und sich um Schwäne kümmerten.

»Der Kamin ist dort drüben.« Gertrud machte es sich in ihrem Sessel bequem. »Wo hast du denn dein Kehrgerät?«

»Ich bin kein Schornsteinfeger«, antwortete Baer irritiert. »Ich bin von der Kriminalpolizei.«

»Aber der Kamin müsste mal gemacht werden.« Gertrud klang über die Maßen enttäuscht.

»Ich bin mir sicher, dass Max sich um den Schornstein kümmern kann«, sagte Baer.

Bei der Erwähnung dieses Namens strahlte Gertruds Gesicht wieder auf, so als hätte es einen Dimmer.

»Maximilian Kramer ist Ihr Enkelkind?«, vergewisserte sich Baer.

Gertrud nickte stolz.

»Ist er hier? Ich würde mich gerne mit ihm unterhalten.«

Jetzt wurde Gertrud misstrauisch. »Du siehst nicht aus wie einer seiner Freunde.«

»Ich bin von der Kriminalpolizei«, wiederholte Baer. »Maximilian ist Zeuge bei einem Autodiebstahl.«

»Diebstahl?« Gertrud wurde biestig. »Auf Max lasse ich nichts kommen!«

»Ich will Max nicht festnehmen, sondern nur mit ihm sprechen, Frau Kramer.«

Die alte Frau beruhigte sich wieder.

Baer dachte fieberhaft darüber nach, wie er seine Frage nach Max' Aufenthaltsort anders formulieren konnte. Gleichzeitig horchte er in die Stille, ob es Anzeichen für eine weitere Person im Haus gab. Er hörte nur das gleichmäßige Ticken der Kuckucksuhr.

»Möchtest du ein Stück kalten Hund?«

»Gerne«, antwortete Baer. »Den hat meine Mutter früher auch öfter gemacht.«

Gertrud strahlte. »Du findest ihn im Kühlschrank. Und bring den Kräuterbitter mit.«

Baer ging zum Kühlschrank und holte einen Porzellanteller heraus. Unter der Frischhaltefolie befand sich der dunkelbraune Kekskuchen – in Form eines Hakenkreuzes. Er nahm nur die grüne Schnapsflasche mit ins Wohnzimmer, goss sich selbst auch ein Gläschen ein und setzte sich in den zweiten Sessel. »Erzählen Sie mir von Max.«

»Max ist ein guter Junge. Er kümmert sich ganz lieb um mich. Kauft für mich ein und kocht mir Essen. Und er hört keine Negermusik wie die anderen Jugendlichen.«

»Was arbeitet er?«

»Er hilft gelegentlich bei einem Wachdienstunternehmen aus. Ab und zu bekommt er auch mal einen privaten Auftrag.

Aber das ist geheim, davon erzählt er nicht mal mir.« Sie lächelte, so als ob sie das besonders stolz machen würde.

»Und wie verbringt er seine Freizeit?«

»Normalerweise geht er gerne ins Fitnessstudio. Jetzt hat er sich die Finger gebrochen und muss sich schonen.«

Baer horchte auf. »Wobei hat er sich die Finger gebrochen?«

»Ich weiß nicht. Aber nun kann er niemandem mehr den Mittelfinger zeigen, das macht er doch so gerne.«

»Hat er noch andere Hobbys? Gibt es eine Freundin?«

»Eine Freundin hat der Junge leider nicht. Aber er fotografiert gerne. Unglücklicherweise ist seine Kamera gerade kaputtgegangen. Außerdem ist Max sehr engagiert. Finden Sie es nicht auch gut, wenn sich junge Leute für etwas einsetzen? Max ist so leidenschaftlich bei seinen Protesten gegen das Flüchtlingsheim. Seine Plakate sind sehr hübsch, sie wecken bei mir wunderbare Erinnerungen.«

Aus dem Flur drang ein leises Geräusch. War das nicht die Haustür gewesen? Baer sprang auf.

»Gießt du mir noch einen Schnaps ein?«, bat Gertrud.

Baer rannte in den Flur und riss die Tür auf. Das Gartentor stand offen. Max Kramer saß im Passat und startete den Motor. »Warten Sie!«, rief Baer.

»Mich kriegst du nie, Bulle!« Kramer fuhr los.

Baer sprang zu ihm, aber gegen Pferdestärken konnte er nichts ausrichten. Der Wagen raste mit quietschenden Reifen davon.

* * *

Kira fuhr die Landstraße nördlich von Lütetsburg entlang und bog bei der alten Bahnstation ab. Sie parkte am Waldrand und ging zum Bahnsteig.

Es gab nur ein Gleis. Zwischen den grauen Pflastersteinen wucherte bereits das Gras, zum Wald hin begrenzte ein schwarzes Metallgeländer den erhöhten Wartebereich. Eine Sitzgelegenheit existierte nicht. Auf einem großen Metallschild stand in Frakturschrift der Name der Haltestelle, darunter war der Fahrplan angebracht.

Kira setzte sich auf den Bahnsteig und ließ die Beine über den Gleisen baumeln. Die Sonne schien wieder hell und Kira blinzelte ins Licht. »*Ich warte auf den Zug ins Glück.*« In ihrem Kopf hörte sie das Lied, aus dem diese Zeile stammte. Von der Melodie und der Stimmung her passte es hervorragend an diesen Ort.

Wahrscheinlich lag es daran, dass sie sich heute so viel mit diesen Liedern beschäftigt hatte, aber Kira fühlte in diesem Augenblick eine starke Verbindung zu Wiebke de Wall. Sie konnte sich genau vorstellen, wie die Schlagerkomponistin neben ihr saß. Niemand würde ein Wort sagen, jede wäre in ihren eigenen Gedanken versunken. Kira war der Überzeugung, dass sie gut miteinander klargekommen wären.

In der Ferne klapperte ein Specht. Ein Schmetterling flatterte vor Kira in der Luft. Sie schaute erst nach links über die schnurgeraden Bahngleise und dann nach rechts.

Es war ein schöner Ort, um kurz zu verweilen, aber auf Dauer war die Sitzfläche zu hart und zu kühl. Dieser Haltepunkt war nur eine Zwischenstation gewesen. Nicht nur für die Eisenbahn, sondern auch für Wiebke de Wall.

Wie war sie hierhergekommen? Mit dem Fahrrad? Mit einem Motorroller? Viel entscheidender war allerdings die Frage nach ihrem Ziel. Wo war Wiebke von hier aus hingefahren? Etwa zu ihrem Zufluchtsort?

Vielleicht wäre es doch am besten, Sunko Meinert zu befragen, überlegte Kira. Wiebkes Jugendfreund konnte ihr gewiss mehr darüber erzählen, wie sie damals unterwegs gewesen war und was dieser Ort für sie bedeutet hatte.

Kira atmete noch einmal tief die Sommerluft ein und erhob sich. Sie wollte gerade die Stufen vom Bahnsteig hinuntergehen, da fiel ihr Blick auf einen runden Aufkleber, der am Metallgeländer klebte. Darauf war ein türkis-roter Zeppelin abgebildet mit der Aufschrift »Freizeitpark Zeppelin«. Warum kam ihr das so merkwürdig vor?

Die Kommissarin nahm ihr Smartphone und gab den Titel in ihre Suchmaschine ein. Es handelte sich dabei um eine Bowlingbahn ganz in der Nähe.

* * *

Baer drückte auf das Gaspedal, musste aber sofort wieder bremsen. Leer war zwar keine Großstadt, aber der Verkehr nervte trotzdem.

Die ungewollte Pause nutzte der Polizist, um die Zentrale anzufunken. »Fahndung nach einem dunkelblauen Passat mit dem Kennzeichen …«, Baer kramte nach dem Notizzettel und gab die Nummer durch. »Der flüchtige Zeuge ist zuletzt in Leer gesichtet worden.« Der Hauptkommissar stellte sich die Stadt mit ihrer Umgebung vor, auch wenn er sich hier nur grob auskannte. »Der gesuchte Wagen fährt von der Innenstadt in nördliche Richtung, wahrscheinlich will er zur Autobahn.«

»Verstanden«, rauschte es aus dem Funkgerät zurück und der Kollege wiederholte die Informationen.

Baer glaubte wirklich, dass Maximilian Kramer auf dem Weg zur A31 war, und wenn er ihn noch erwischen wollte, dann musste er schnell sein. Hastig zog er das mobile Blaulicht aus dem Handschuhfach und befestigte es am Wagendach. Kramer hatte sich mit dem Falschen angelegt.

Er fuhr auf der Gegenfahrbahn an dem temporären Stau vorbei und überfuhr die rote Ampel. Nun hatte er mehr Platz, um die Motorleistung seines SUV besser zu nutzen. Auf der Bundesstraße wurde der Verkehr wieder dichter, aber die anderen Fahrzeuge machten ihm Platz, als sie die Sirene hörten.

Kurze Zeit später sichtete Baer tatsächlich einen blauen Passat.

* * *

Kira fuhr auf den großzügigen Parkplatz vom Freizeitpark Zeppelin in Hage. Das Bowlingcenter war ein ganz normales Gebäude aus roten Klinkern, nur über der Eingangstür hing ein großes hellblaues Leuchtschild in der Form eines Zeppelins. Am Haus deutete nichts darauf hin, dass geöffnet war, allerdings standen auf dem Parkplatz noch zwei weitere Autos.

Kira drückte den Griff der Eingangstür und sie schwang zurück. Innen befand sich ein dunkler Schankraum im bürgerlichen Stil, der einen muffigen Charme ausstrahlte. Es duftete nach Putzmittel und Bier und man hörte das donnernde Grollen von rollenden Bowlingkugeln.

Die Ermittlerin folgte den Geräuschen und gelangte in einen Bereich voll bunter Lichter und Fröhlichkeit. Ein Spieler hatte gerade einen Strike geworfen und die Anzeige über den Pins gratulierte ihm. Die übrige Gesellschaft saß um den futuristisch designten Bahncomputer herum wie die Brückenbesatzung vom Raumschiff Enterprise. Eine Kellnerin brachte ein Tablett mit Getränken und nun jubelten alle.

»Kann ich Ihnen weiterhelfen?«

Die Stimme kam von links. Kira ging zu einer Theke aus dunklem Holz. Dahinter standen Regale mit bunten Bowlingschuhen, und anders als in den meisten Schuhgeschäften waren alle Größen vorrätig. Der Galoschenkönig war groß und schlank und hatte eine schneeweiße Friesenkrause.

Er musterte Kira kritisch von oben bis unten. »Vierzigeinhalb, würde ich sagen.« Er drehte sich um und zog ein Paar Schuhe aus dem Regal. »Sie sind ganz neu. Bestes Känguruleder.«

»Ich bin nicht hier, um Bowling zu spielen«, antwortete Kira. »Ich würde nur gerne wissen, was es mit dem Namen dieser Bowlingbahn auf sich hat. Warum hat sie ausgerechnet einen Zeppelin als Logo?«

Der Mann guckte sie an, als würde sie ihn veralbern wollen. »Sie wissen aber schon, dass Sie sich in Hage befinden?«

Kira nickte. »Das Ortsschild habe ich gesehen.«

Der Meister der Fußbekleidung stellte die Sportschuhe zurück. »Versetzen Sie sich über einhundert Jahre zurück«, sagte er. »Wir schreiben das Jahr 1915. Es ist der Erste Weltkrieg und das Deutsche Kaiserreich kämpft auch gegen Großbritannien. Damals standen Flugzeuge noch am Anfang ihrer Entwicklung und es war die Zeit der Luftschiffe. Über hundertfünfzig Meter lang und etwa zwanzig Meter Durchmesser, diese technischen Meisterwerke galten als Wunderwaffe. Sie waren fast so schnell wie die damaligen Flugzeuge, konnten viel länger in der Luft bleiben und mit einer Vielzahl an Bomben beladen werden. Sie hatten eine größere Reichweite und konnten über den Wolken fliegen, sodass sie für den Feind unsichtbar waren. Die nächtlichen Bombenangriffe über London waren fatal, vor allem für die Seelen der Menschen, die einen vergleichbaren Terror noch nie erlebt hatten.« Der Mann unterstrich seinen Bericht mit einer Geste, die einen Zeppelin über den Wolken darstellte, und Kira meinte, das bedrohliche Brummen von Rotoren zu hören.

Bevor die Bomben fielen, fuhr er fort. »Viele dieser Luftschiffe waren hier in Hage stationiert. Die Kaiserliche Marine hat hier einen Luftschiffhafen mit vier großen Hallen errichtet. Nach Ende des Krieges mit dem Versailler Vertrag

1919 mussten alle Luftschiffe und Hallen an die Alliierten übergeben werden. Viele Luftschiffe zerstörten sie deshalb selbst. In Hage wurden alle Hallen 1921 abgebaut. Es gibt nur noch ganz versteckt einige alte Gebäude, der Rest ist nur noch eine große grüne Wiese.«

Kira dachte an die Liedtexte von Wiebke de Wall.

Meine Träume fliegen am Himmel wie Luftschiffe.
Zeit zählt nicht mehr, am Ende wächst immer Gras drüber.

Das könnte sich auf diesen Ort beziehen.

Ich schaue aus dem Fenster und sehe auf den alten Hafen.

Damit war kein Bootshafen gemeint, sondern ein Hafen für Luftschiffe!

Die Kommissarin zog ihr Smartphone hervor und öffnete den Kartendienst. »Bitte zeigen Sie mir, wo genau das Flugfeld lag.«

* * *

Baer erkannte am Kennzeichen, dass es sich um das richtige Auto handelte. Außerdem erhöhte der Passat seine Geschwindigkeit und auch Baer drückte aufs Gaspedal. Hier war die Gegend weniger dicht besiedelt und die Gefährdung von Zivilisten sank rapide.

»Das gesuchte Fahrzeug fährt vor mir auf der A70«, meldete Baer an die Zentrale. »Laut Beschilderung liegt das Einkaufszentrum Emspark vor uns. Ich werde den Flüchtigen zum Halten auffordern.«

»Bestätigung«, funkte die Zentrale zurück. »Sie bekommen einen Streifenwagen zur Unterstützung.«

Baer fuhr auf die Gegenspur und brachte das Auto auf gleiche Höhe mit Kramer. »Fahren Sie rechts ran!«, rief er, auch wenn der andere ihn nicht hören konnte. Seine Gesten waren allerdings eindeutig.

Kramer zeigte ihm nur eine Hand mit dickem Mullverband.

Ein Lastwagen tauchte vor ihnen auf und ließ die Lichthupe blinken. Doch anstatt wieder den Platz hinter dem Passat einzunehmen, drückte Baer das Gaspedal komplett durch.

Das Signalhorn des Transporters röhrte durchdringend und offenbar presste der Brummikapitän sein ganzes Gewicht auf die Bremse, dennoch näherten sie sich wahnsinnig schnell. Im letzten Augenblick riss Baer das Steuer nach rechts. Er touchierte den Passat und kam ins Schlingern, trotzdem war er jetzt vor ihm. Baer verfluchte sich selbst, aber zusammen mit dem SUV bekam er auch sich selbst wieder unter Kontrolle. Er setzte den rechten Blinker und drosselte die Geschwindigkeit, diesmal folgte Kramer der Anweisung.

Sie kamen kurz vor einer Kreuzung zum Stillstand, diagonal gegenüber war das Einkaufszentrum zu sehen. Baer sprang aus dem Auto und zückte seine Dienstwaffe. »Aussteigen!«, rief er Kramer zu. »Arme nach oben!«

Maximilian Kramer öffnete die Fahrertür und baute sich vor dem Polizisten auf. Seine Muskeln waren schon sehr eindrücklich.

»Umdrehen!«, befahl Baer. »Hände ans Autodach und Beine auseinander.«

»Du nervst, Bulle.« Blitzschnell trat Kramer Baer die Pistole aus der Hand und sprang in Kampfstellung.

»Verdammt noch mal, hören Sie mir doch erst mal …«

Kramers Faust unterbrach Baers Redefluss. Dem Hauptkommissar wurde schwarz vor Augen.

18. Zufluchtsort

Kira fuhr eine Straße entlang, die passenderweise »Zeppelinstraße« hieß. Sie führte durch ein Wohngebiet mit gepflegten Einfamilienhäusern. Der Hüter der Bowlingschuhe hatte ihr gezeigt, an welcher Stelle genau der ehemalige Trafobunker stand und wo sie den Auftankturm der Luftschiffe finden konnte, zu dem einst ein eigenes Gaswerk gehört hatte.

Auf dem Dach des Bunkers, in dem landwirtschaftliche Geräte gelagert wurden, wuchsen nun Bäume. Der Betankungsturm lag auf einem unzugänglichen Firmengelände. Soweit Kira es sehen konnte, waren alle Fensteröffnungen des Bauwerks zugemauert. Wo gab es hier eine alte Hütte, bei der man den ehemaligen Zeppelinhafen sehen konnte, wenn man aus dem Fenster schaute?

Kira blickte über die grünen Felder, die im Westen von einem Waldstück begrenzt wurden. Sie kniff die Augen zusammen, um besser sehen zu können. Von hier aus ließ sich allerdings nur schwer abschätzen, ob sich dort eine Hütte befand. Wenn sie es richtig deutete, war dort aber eine Straße.

Sie stieg wieder in ihr Auto und fuhr in die Richtung, in der sie einen Zugang zu der Straße vermutete. Am Anfang des Mischwalds gab es einen Wanderweg. Kurz darauf parkte die Kommissarin und ging zu Fuß weiter.

Auf der anderen Straßenseite standen zwei Fahrräder. Die Besitzer saßen auf einer Picknickdecke und genossen die Abendsonne.

Hundert Meter weiter blieb Kira erstaunt stehen. Hinter hohen Nadelbäumen stand eine Hütte! Die Ermittlerin ging dichter heran. Der Schornstein war eingestürzt und auch sonst war das Häuschen von den Zeiten gezeichnet. Die Fensterscheiben waren allerdings intakt. »*Die Mauern sind alt und es regnet durchs Dach, trotzdem bin ich hier zu Hause.*«

Das Unterholz knackte bei jedem Schritt. Kira schaute durch das Fenster und sah ein altes Ledersofa, bei einem Kissen guckte schon die Stahlfeder heraus. »*Wir sitzen auf dem alten Sofa und trinken Bier – ich fühl mich sicher bei dir.*«

Kira ging weiter bis zum Eingang. An der Tür waren zwei nagelneue Winkelösen angebracht, durch die man ein Vorhängeschloss stecken konnte, aber aktuell fehlte es. Die Polizistin drückte gegen das Holz und die Tür gab quietschend nach.

Die Dielen knarrten bei jedem Schritt. Es roch modrig und nach toter Ratte. Sie hätte eine Taschenlampe mitnehmen sollen, aber das Licht an ihrem Smartphone tat es auch. So konnte sie gleich Fotos von diesem Ort machen.

In der Ecke stand ein ziemlich neuer Generator zur Stromerzeugung. Außerdem gab es einen Gaskocher und Campinggeschirr. Den Holzofen konnte man offenbar auch noch benutzen. Am Türknauf vom Schrank hing eine Plastiktüte für Müll. Sie enthielt eine geöffnete Raviolidose, die Tomatensoße war noch feucht.

Wohnt hier etwa jemand?, dachte Kira. Sie blieb stehen und lauschte.

Es war nichts zu hören, trotzdem verstärkte sich der Wunsch, das Smartphone mit der Dienstwaffe zu tauschen. Sie schaltete die Handylampe aus und zückte ihre Pistole.

Da war nur noch ein weiterer Raum in dieser Hütte und der enthielt mit höchster Wahrscheinlichkeit ein Plumpsklo. Die Tür war geschlossen und dahinter war es still, doch in der Luft lag ein Aroma, das Fliegen anlockte.

Kira hielt die Pistole vor sich und bewegte sich angespannt auf das Zimmer zu. Ihre Schritte wurden langsamer und sie hörte nur noch ihren eigenen Atem. Eine Fliege setzte sich auf ihren Arm, aber Kira ignorierte das Kitzeln. Sie nahm die linke Hand vom Abzug und griff nach der Klinke.

Die Tür schwang auf.

»Moin.« Auf der Klobrille saß Mats und grinste sie an.

* * *

»Hallo?«, fragte eine samtige Stimme. »Können Sie mich hören?«

Tilmann Baer öffnete die Augen und blinzelte in das grelle Licht einer Taschenlampe. »Lassen Sie das«, wehrte er ab. »Mit mir ist alles in Ordnung.«

Er richtete sich auf und versuchte zu erkennen, wo er war. Unter seinen Schuhen war Gras, aber er saß auf Asphalt. Eine Ampel sprang von Gelb auf Rot, es handelte sich um eine große Straßenkreuzung. Auf einem Hinweisschild stand das Wort »Emspark«. Offensichtlich befand er sich immer noch an der Stelle, an der Maximilian Kramer ihn ausgeknockt hatte.

Sein SUV stand an der Straßenseite, außerdem waren da ein Streifenwagen und ein Notarztauto. Nur der blaue Passat war nicht mehr da. »Habt ihr Kramer?«, fragte Baer den uniformierten Kollegen.

Der schüttelte den Kopf.

Baer drückte sich hoch.

»Bleiben Sie liegen«, mahnte der Notarzt mit der samtigen Stimme erfolglos.

Baer stieg in seinen Wagen und schüttelte sich die letzte Benommenheit aus dem Kopf. Jetzt gab es nur noch eine Möglichkeit, um Kramer zur Vernunft zu bringen, und darauf hätte er mal lieber gleich bauen sollen.

* * *

Kira traute ihren Augen nicht. Was machte dieser Schweinehund denn hier? Sie verspürte den starken Impuls, ihm ihre Meinung mit einer Ladung Blei kundzutun, aber der Finger am Abzug blieb ruhig.

»Darf ich mir meine Hose anziehen?«, fragte Mats. Seine blauen Augen waren fest auf sie gerichtet.

Kira trat einen Schritt zurück, ohne die Waffe zu senken.

Mats wischte sich den Hintern ab und stand auf. »Na?« Er zwinkerte ihr zu. »Vermisst du meinen Stangenspargel? Der dicke schmeckt immer am besten.«

Kira versuchte angestrengt, die losen Enden zusammenzufügen, aber es wollte ihr nicht gelingen. Das war im Augenblick jedoch zweitrangig, zunächst musste sie diesem Arschloch Handschellen anlegen. Erst wenn der Verdächtige gesichert war, ging es ums Verstehen.

Mats schloss seinen Gürtel und trat aus dem WC.

»Umdrehen«, befahl Kira. »Hände auf den Rücken.«

»Gerne«, antwortete Mats.

Die Kommissarin legte ihm die Schließen um die rechte Hand und griff nach der linken. Plötzlich packte er sie und drehte sie ein, als würden sie Standard tanzen. Seine Arme umklammerten sie mit ungeahnter Kraft und er flüsterte ihr von hinten ins Ohr. »Ich bereue unsere erste Nacht nicht, weißt du? Was hältst du davon, wenn wir sie wiederholen?«

Kira trat ihm mit voller Wucht auf den Fuß. Der kurze Moment, in dem er sie losließ, reichte für einen Schlag in die

Magengrube. Sie wollte die Pistole auf ihn richten, doch Mats trat sie ihr aus der Hand. Er stürzte sich auf sie, aber Kira sprang zur Seite. In der Ausbildung hatte sie Kampfsporttechniken gelernt, die man bei jeder Entfernung anwenden konnte, nur kannte sich Mats offenbar genauso aus. Er wehrte ihren Kick ab und warf sie über den Rücken ins Campinggeschirr. Seine Faust endete in der Bratpfanne und Kira landete einen linken Haken.

»Nicht schlecht.« Mats grinste erneut, während er sich das Blut von der Lippe leckte. »Ich werde mich dann verabschieden.«

Er hatte den kürzeren Weg bis zum Ausgang, denn Kira musste erst über das Sofa springen. Sie riss an der Tür, aber er hielt sie von außen zu. Kira hörte das Klicken von Metall und hämisches Lachen – der Mistkerl hatte ein Vorhängeschloss vor die Tür gehängt!

Die Polizistin stürzte zum Fenster und riss es auf. Mats stand bereits auf der Straße, aber drehte sich noch einmal zu ihr um.

»Du entkommst mir nicht!« Kira kletterte nach draußen und hastete auf ihn zu.

Mats schnappte sich eins von den Fahrrädern und trat in die Pedale. Die Leute auf der Picknickdecke protestierten, doch es half nichts. Kira schwang sich aufs zweite Rad und nahm die Verfolgung auf.

Der Drahtesel zickte, sie musste sich erst mal an die ungewohnten Einstellungen anpassen. Mats schien das besser zu gelingen, denn der Abstand zwischen ihnen wuchs. Kira bekam das Veloziped unter Kontrolle und machte Boden gut.

Wenn sie gewusst hätte, dass sie heute an der Tour de Ostfriesland teilnehmen würde, hätte sie mehr trainiert. Ihr eigenes Fahrrad fuhr sich deutlich angenehmer, besonders der Sattel quälte den Hintern weniger, aber er war schließlich auch neuer. Kira hatte allerdings grundsätzlich den Eindruck, dass Damenräder schlechter funktionierten als Herrenräder.

Trotzdem schaffte sie es, weiter aufzuholen, Mats hatte sich in den letzten Jahren wahrscheinlich mehr auf Hanteln konzentriert als auf Ausdauersport. Glücklicherweise war das Land flach, bei Steigungen müsste sie passen. Sie schielte auf den Tacho, aber er zeigte ihr nur den Kilometerstand an, keine Geschwindigkeit. Sie war allerdings definitiv zu schnell, um irgendwelche Knöpfe zu drücken.

Mats riskierte einen Blick zurück und fluchte.

»Ich kriege dich, du Arschloch!« Eigentlich war es eine richtig schöne Strecke mitten durch einsame Felder mit Windrädern, aber Kira konnte sie nicht genießen. Es brannte in den Oberschenkeln, trotzdem radelte sie mit aller Kraft weiter.

Der Weg führte abwärts und sie wurde noch schneller.

»Verschwinde!«, brüllte Mats, aber Kira lachte nur und verschluckte eine Fliege.

Der Schotter auf der Fahrbahn wurde zu Rollsplitt. Mats' Fahrrad schlingerte, aber er schaffte die Kurve. Kiras Hinterrad jedoch rutschte weg, sie knallte auf den Boden und schlitterte noch einen Meter weiter.

* * *

Baer stand erneut vor dem Haus mit den Gartenzwergen und klingelte. Geduldig wartete er ab, bis Gertrud Kramer die Tür öffnete.

»Habe ich Sie nicht schon einmal gesehen?« Die alte Dame versuchte, sich daran zu erinnern.

»Ich suche Max. Darf ich reinkommen?«

Der Name ihres Enkels zauberte erneut ein Lächeln auf Gertruds Gesicht. »Kommen Sie doch herein. Ich habe noch Kuchen im Kühlschrank.«

Baer ging zu ihr.

»Du siehst nicht aus wie einer von Max' Freunden«, sagte Gertrud.

»Ich bin auch nicht sein Freund.« Baer kam direkt zur Sache. Wenn Gertrud die Situation verstehen sollte, musste er Klartext reden. »Max hat sich knietief in die Scheiße geritten, Frau Kramer. Die Polizei wird ihn einsperren und dann haben Sie niemanden mehr, der einen kalten Hund in Ihrer Wunschform bastelt.«

»Sie sind ein böser Mann.« Gertrud Kramer spuckte Baer an, aber es kam nichts Flüssiges aus dem vertrockneten Körper.

»Es muss nicht so weit kommen.« Der Hauptkommissar überreichte ihr seine Visitenkarte und einen weiteren Zettel mit den wichtigsten Stichpunkten. »Wenn Max Sie anruft, richten Sie ihm aus, dass ich nur wissen will, wen er am Donnerstagabend in Fokkos Sportsbar beobachtet hat. Alles andere ist mir egal.«

* * *

Ihre Hose war zerrissen, an Beinen und Armen hatte sie offene Schürfwunden, eine davon suppte heftig. Kira tastete nach ihrem Smartphone, aber es war nicht da. Wahrscheinlich hatte sie es schon beim Kampf in der Hütte verloren. Wie sollte sie nun Hilfe rufen?

In dieser Gegend gab es nichts weiter als die langen Schatten der Windräder. Ein Feldhase schaute sie an, aber als sie ihn ansprach, hoppelte er davon. Tränen wollten sich in ihre Augen drücken, aber wie immer gab Kira ihnen keine Chance. Das Leben war nichts für Heulsusen.

Sie drückte sich hoch und ein stechender Schmerz durchfuhr sie. Hoffentlich war nichts gebrochen! Vorsichtig trat sie auf und stellte erleichtert fest, dass sie die Füße belasten konnte.

Leider befand sich am Fahrrad kein Erste-Hilfe-Set. Es half alles nichts, sie musste zurück zu ihrem Auto. Glücklicherweise konnte sie gehen. Ihre Knie zitterten, doch sie hatte ja das Fahrrad, um sich abzustützen. Sie versuchte auch zu fahren, aber Schieben tat weniger weh.

Die Beine zitterten auch noch nach einem Kilometer und der Schweiß brannte in der offenen Wunde. Aber wenn sie es so weit geschafft hatte, hatte sie keine ernsthafte Verletzung, das redete sie sich zumindest ein. Trotzdem wurde sie langsamer, und darüber ärgerte sie sich. Auch wenn diese Redewendung für Ostfriesland wenig passend war: Mittlerweile war Mats über alle Berge.

Endlich sah Kira den Waldrand und ihr Auto. Die Leute, denen die Fahrräder gehörten, waren offensichtlich nicht mehr da. Wahrscheinlich waren sie in den Ort gegangen, um den Diebstahl anzuzeigen.

Die Kommissarin öffnete den Kofferraum und holte den Erste-Hilfe-Kasten heraus. Es tat gut, auf dem Fahrersitz Platz zu nehmen, die Reinigung ihrer Schürfwunden trieb ihr die Erholung jedoch wieder aus. Mit dem behelfsmäßigen Verband fühlte sie sich etwas besser und auch ein Schluck aus der Wasserflasche erfrischte sie. Einen Moment lang schloss sie die Augen und atmete tief durch.

Jetzt war es an der Zeit, die Zentrale anzufunken. Sie hatte einen der Juwelendiebe aufgespürt, das war ein Ermittlungserfolg, auch wenn es sich wie das Gegenteil anfühlte. Kira dachte an den Kampf mit Mats und ihr fiel ein, dass ihre Dienstwaffe noch irgendwo in der Hütte liegen musste. *Was, wenn da noch mehr ist als die Pistole*, schoss es ihr durch den Kopf. *Wenn sich der Juwelendieb dort aufgehalten hat, ist dort vielleicht auch seine Beute versteckt.* Kira spürte das Adrenalin in ihrem Körper. Sollte es ihr gelingen, die Juwelen zu finden, dann hätte sie wirklich etwas vorzuweisen. Sie musste es also zumindest versuchen.

Sie verließ das Auto und schleppte sich zur Hütte. Die Tür war ja mittlerweile abgeschlossen, also stieg sie wieder durchs Fenster. Es war dunkler als vorhin, trotzdem reichte das Licht aus.

Zuerst entdeckte sie ihre Waffe und steckte sie ein. Als Nächstes sah sie ihr Smartphone, das sich auch mithilfe von motivierendem Zureden nicht starten ließ. Sie würde sich also innerhalb von einer Woche ein zweites Gerät kaufen müssen.

Wo könnte die Sporttasche mit den Juwelen versteckt sein? Allzu viele Möglichkeiten gab es nicht in dieser Baracke. Kira öffnete alle Schränke und hob das Sofa an. Sie schaute auch kurz in die Toilette, aber dort war es viel zu eng, um eine große Tasche zu verstecken. Letztlich blieb nur noch eine Möglichkeit übrig, und zwar unter den knarzenden Bodendielen. Die Kommissarin schaute angestrengt nach Hinweisen auf eine Falltür oder ein loses Brett, aber in dem trüben Licht konnte sie immer weniger sehen.

Ihr war kalt und sie schloss das Fenster. Von hier aus konnte man tatsächlich über die Äcker sehen, auf denen einst riesige Luftschiffe gestartet und gelandet waren. Kira versuchte, sich das vorzustellen, aber es gelang ihr nur schwer. Wenn sie an die Zeit der Weltkriege dachte, waren alle Bilder in ihrem Kopf schwarz-weiß wie in einem Dokumentarfilm.

Sie setzte sich auf das alte Ledersofa. Es war viel bequemer, als sie erwartet hatte. Erst jetzt merkte sie, wie erschöpft sie war. Aber ihre Kraft würde sicher wiederkommen, sie brauchte nur eine kleine Pause.

Eine innere Stimme mahnte sie, sich in der Zentrale zu melden. Wenn sie doch nur ein Handy hätte! Aber nun musste sie zurück zu ihrem Dienstwagen.

Das musste sie sowieso, oder nicht? Wie sollte sie denn sonst zurück ins Revier kommen? Trotzdem entschied sie sich, noch ein kleines bisschen hier zu sitzen, bevor sie sich auf den beschwerlichen Weg machte. Endlich spürte sie ihre Wunden nicht mehr.

Auch Wiebke de Wall hatte auf diesem Sofa gesessen und sich entspannt. »*Wir sitzen auf dem alten Sofa und trinken Bier – ich fühl mich sicher bei dir.*«

Ein kaltes Bier wäre jetzt schön. Aber das war gar nicht das Wesentliche bei diesem Text. *Wer ist »wir«?*, fragte sich Kira. *Bei wem hat sich Wiebke sicher gefühlt?* War das Sunko Meinert gewesen? Oder etwa Mats? Wenn Mats in dieser Hütte war, dann hatte er auch Wiebke gekannt, oder?

Ihre Gedanken stießen gegen eine Wand, sie konnte sich nicht mehr richtig konzentrieren. Nur eine Idee setzte sich in ihr fest. Vielleicht würde Mats zurückkehren! Wenn die Beute hier in der Hütte versteckt war, würde er ganz sicher wiederkommen.

Kira entsicherte ihre Pistole und schaute grimmig zur Tür. Sie würde einfach hier sitzen und auf diesen Scheißkerl warten.

Die Minuten verstrichen und nur leise Geräusche aus dem Wald drangen zu ihr. Am Anfang fragte sie sich noch, was das für ein Vogel war, doch sie verlor ziemlich schnell das Interesse.

Kira spürte, dass es alles andere als gut war, was sie hier tat, aber trotzdem machte sie weiter. Sie wusste, dass sie stur war, und sie hätte gerne einen Kollegen gehabt, der ihr Vernunft einredete. Aber Baer wollte ja unbedingt alleine arbeiten, also machte sie es genauso.

Ihr Blick fiel auf die Mülltüte und es gelüstete sie nach Dosenravioli. Sollte sie sich noch etwas auf dem Campingkocher zubereiten? Aber das war ihr zu anstrengend, außerdem könnte Mats dann von außen die Gasflamme sehen und würde wissen, dass sie hier war. Sie musste jetzt stark bleiben und durfte nicht einschlafen.

Geschichten von Leuten im Schneesturm kamen ihr in den Sinn. Wenn man kurz vor dem Erfrieren war, durfte man auf keinen Fall einschlafen, ihre Situation war ähnlich, oder?

Sie war so müde. Wenn Mats jetzt kommen würde, könnte sie sich überhaupt gegen ihn wehren? Aber sie hatte ja ihre Pistole. Kira schaute auf die entsicherte Dienstwaffe in ihrer Hand. Ein flatterhafter Gedanke flüsterte ihr zu, dass es gefährlich sein konnte, die Pistole so zu halten, aber die Stimme, die ihr versicherte, alles unter Kontrolle zu haben, war lauter. Sie wünschte sich, ihm ein Loch in den Kopf zu ballern, das hätte sie gleich tun sollen, als er vor ihr auf dem Klosett saß.

19. Blaue Augen

Der Sonntagmorgen verlief für Tilmann Baer beinahe wie gewohnt. Sein rechtes Auge war geschwollen und nur ein Gefrierbeutel mit Eiswürfeln verschaffte ihm etwas Linderung.

Er lehnte sich in seinem Schreibtischstuhl zurück und trank eine Tasse Kaffee. Mit dem ersten Schluck fiel ihm wieder der seltsame Traum ein, mit dem er aufgewacht war. Es war schon Ewigkeiten her, seit er sich das letzte Mal an einen Traum erinnern konnte.

Heute Nacht hatte er von Gartenzwergen geträumt. Es waren Wutzwerge gewesen, die mit großen Transparenten gegen Klimaschutz aufmarschiert waren und von einem Adolf-Hitler-Zwerg angeführt wurden. Der Hitler-Zwerg hatte sich auf eine Rednertribüne gestellt, den rechten Arm gehoben und krakeelt: »Guten Abend!« – genauso wie das Mainzelmännchen von Köln.

Die Tür öffnete sich und Gravenhorst kam herein. »Und, Tilmann?«, fragte er. »Wie ist die Lage?«

»Maximilian Kramer hat sich gestern nicht mehr bei uns gemeldet. Offenbar liegt ihm seine Großmutter doch nicht so sehr am Herzen wie angenommen.«

Gravenhorst seufzte und schaute zum zweiten Schreibtisch. »Wo ist denn Frau Jensen? Hat sie irgendwas herausgefunden?«

Baer zuckte mit den Schultern.

Gravenhorst übersetzte für sich selbst. »Du weißt weder, wo sie ist, noch, was sie getan hat, und es interessiert dich auch nicht.«

»Ich weiß, dass sie immer noch nicht ihren Dienstwagen abgegeben hat. Die Kollegen vom Fuhrpark haben versucht, sie anzurufen, aber sie geht nicht ans Handy und über Funk ist sie auch nicht zu erreichen.«

»Und was hast du unternommen, als du das erfahren hast?«

»Ich habe die Kollegen beruhigt. Aufgrund der Umstände hatte Jensen gestern kein Fahrrad da, deshalb ist sie mit dem Auto nach Hause gefahren. Es ist halb acht morgens an einem Sonntag, da gehen die wenigsten Leute ans Telefon.«

»Du weißt genau, dass man einen Dienstwagen nicht mit nach Hause nehmen darf, das kann Probleme mit der Versicherung geben.«

»Aber weiß Jensen das auch? Keine Ahnung, wie die Polizeiausbildung heutzutage aussieht. Wahrscheinlich lernt man dort Chinesisch und macht ›Original Play‹.«

»Und hört manchmal Gastvorträge von mir«, zischte Gravenhorst.

»Pass auf, Ralf.« Baer legte sich wieder den Eisbeutel aufs Auge. »Ich habe einen Mordfall und einen Einbruch mit Todesfolge zu bearbeiten. Natürlich stehen Frau Jensen und ihre Mimosenhaftigkeit nicht ganz oben auf meiner Prioritätenliste.«

»Im Augenblick sitzt du hier nur rum und trinkst Kaffee. Stattdessen könntest du dich um Dinge kümmern, die in deiner Prioritätenliste ganz unten stehen.«

»Du meinst, ich sollte endlich mal meine Computertastatur reinigen?«

Gravenhorst hob drohend die Hand. »Ich habe dich gewarnt, Tilmann. Wenn ich schon wieder eine Dienstbeschwerde von einem deiner engsten Mitarbeiter bekomme, dann kannst du in der Poststelle auf deinen Ruhestand warten.«

»Mach dir keine Sorgen, Ralf. Jensen wird schon irgendwann hier auftauchen und an ihren Karottensticks mümmeln.«

»Großartig«, fluchte Gravenhorst, während er sich an Baers Kaffee bediente. »Ein Ermittler hat ein fettes blaues Auge und seine Assistentin ist spurlos verschwunden. Soll ich das etwa der Presse erzählen?«

Es klopfte an der Tür und ein Kollege erschien. »Entschuldigen Sie die Störung, Herr Hauptkommissar, aber da ist jemand, der gerne mit Ihnen sprechen würde.«

Gegen diese Störung hatte Baer gar nichts einzuwenden. »Danke. Schicken Sie ihn herein.«

* * *

Kira spürte ein leichtes, aber penetrantes Kitzeln auf ihrem Arm. Langsam sickerte in ihr Bewusstsein, wo sie sich befand, und sie schreckte hoch. An der Tür bewegte sich etwas und instinktiv feuerte sie dreimal. Die Schüsse gellten in ihren Ohren, jetzt war sie endgültig wach. Hoffentlich hatte sie kein Knalltrauma erlitten!

Die Ratte hatte jedenfalls überlebt, das Tier huschte an der Wand entlang und verschwand aus ihrem Sichtfeld. Der durchdringende Piepton in Kiras Kopf wurde leiser und auch ihr Herzschlag beruhigte sich. Durch die Einschusslöcher drang Sonnenlicht, in den Strahlen flimmerten Staubpartikel.

Unter einem ihrer amateurhaften Verbände juckte die Haut, ein anderer war rötlich und feucht. Sie sollte die Wunden von einem Arzt begutachten lassen.

Trotzdem fühlte sie sich bedeutend besser als gestern. Wahrscheinlich hatte sie bei ihrem Fahrradsturz auch einen Schlag auf den Kopf erhalten, andererseits war es ihr unerklärlich, wie sie solche armseligen Entscheidungen hatte treffen können. Es war vollkommen unverantwortlich und gefährlich gewesen hierzubleiben! Wenn Mats wirklich zurückgekommen wäre, hätte sie nicht die geringste Chance gehabt.

Wenn die Juwelen hier versteckt wären, wäre er niemals geflüchtet, dachte Kira. Sie holte tief Luft. Die Situation ließ sich nicht mehr ändern, jetzt ging es um die nächsten Schritte. Zunächst musste sie natürlich der Dienststelle Bescheid sagen, wo sie sich befand. Danach brauchte sie dringend Kaffee und von dort aus ging das Leben weiter.

* * *

Baer schaute aus dem Fenster. Eins der wenigen Autos auf dem Parkplatz war ein blauer VW Passat, das gab ihm eine ziemlich gute Idee, wer sein Besucher sein würde.

Maximilian Kramer betrat das Büro und nahm gegenüber vom Schreibtisch Platz. Seine Glatze schimmerte frisch rasiert, das Aftershave duftete süßlich-herb mit der Penetranz eines Duftbaums.

»Sie haben sich also doch noch besonnen.« Auch Baer setzte sich. »Eine kluge Entscheidung. Ihre Großmutter wird es schwer haben, wenn Sie im Gefängnis sitzen.«

»Oma hat gesagt, Sie wollen von mir etwas über einen anderen Mann erfahren. Ich sage Ihnen aber gleich, einen Kameraden werde ich nicht verpfeifen.«

»Keine Sorge, es geht um keinen Kameraden.« Baer zog Mats' Phantombild aus einer Mappe.

In Kramers Augen blitzte deutlich ein Erkennen auf.

»Wer ist das?«, fragte Baer.

»Wenn ich Ihnen das verrate, kann ich wieder gehen?«, versicherte sich Kramer.

»Mir wurde geflüstert, dass Sie diesen Mann beschattet haben. Wer ist Ihr Auftraggeber? Außerdem will ich die Fotos sehen, die Sie geschossen haben.«

Kramer schüttelte den Kopf. »Oma hat gesagt, alles andere wäre Ihnen egal.«

»Die Vorwürfe gegen Sie sind keine Lappalie, Herr Kramer!« Baer deutete auf sein Auge. »Sie haben einen Polizeibeamten angegriffen.«

»'tschuldigung«, murmelte der Muskelmann. »Trotzdem war das nicht der Deal.«

»Der Deal galt gestern!«

»Ich musste erst eine Nacht drüber schlafen.«

»Und in dieser Nacht ist mein Auge heftig geschwollen. Während ich eine bequeme Schlafposition gesucht habe, habe ich mir vorgestellt, was ich mit all den Gartenzwergen mache, nachdem ich sie beschlagnahmt habe. Das Ergebnis war immer dasselbe, Ihre Großmutter hat nur einen Sack mit Scherben zurückbekommen.«

Kramer ballte seine Hände zu Fäusten, bei den gebrochenen Fingern musste das schmerzhaft sein. »Oma braucht mich. Mit einer Hand kann man nur halb so viel tun.«

Baer lehnte sich sinnend zurück. »Ihre Großmutter besitzt wirklich eine eindrückliche Sammlung an Gartenzwergen.«

»Ich kümmere mich um den Garten«, gestand Kramer.

Baer nickte anerkennend. »Das machen Sie wirklich gut.«

»Der Hulk hat auch einen grünen Daumen.«

Baer brauchte ein paar Sekunden, um den Witz zu verstehen. »Sie hätten eine Karriere als Comedian einschlagen sollen.«

»Da gibt es Kameraden, die sind begabter als ich.«

Baer wollte sich nicht vorstellen, was auf den Veranstaltungen der rechten Szene für Witze erzählt wurden. »Warum sind Sie abgehauen?«

»Es war eine Kurzschlussreaktion.«

»Ein Kurzschluss kann üble Folgen haben.« Baer pochte auf das Phantombild. »Wer hat Sie damit beauftragt, diesen Mann zu beschatten? Zeigen Sie mir die Fotos, die Sie geschossen haben!«

»Es gibt keine Fotos mehr! Die sind futsch, genauso wie meine Kamera.«

»Und Ihr Auftraggeber?«

Kramer schluckte seine Antwort im letzten Augenblick runter.

»Verstehe«, sagte Baer. »Sie wollen keinen Kameraden verpfeifen.«

Es herrschte angespanntes Schweigen.

Baer deutete auf Kramers verbundene Hand. »War das der Mann, den wir suchen? Hat er auch Ihre Kamera zerstört?«

Kramer hielt das Phantombild hoch. »Hören Sie: Entweder Sie geben sich mit seinem Namen und der Adresse zufrieden und lassen mich gehen, oder Sie kriegen überhaupt nichts.«

Baer dachte an Ralf Gravenhorst. Jeder Ermittlungsfortschritt würde den Chef besänftigen. Außerdem wollte er selbst den Juwelendiebstahl möglichst schnell vom Schreibtisch haben, und je mehr Zeit verstrich, desto schwieriger würde es werden, Mats zu finden.

»Deal?«, fragte Kramer.

Baer nickte. »Deal.«

»Haben Sie was zum Schreiben?«

Baer schob ihm einen Notizblock und einen Kugelschreiber rüber.

»Der Mann heißt Filip Corluka und wohnt in Norddeich.«

»Danke.« Der Hauptkommissar griff nach dem Telefonhörer. »Haselbach? Stellen Sie sofort ein Einsatzteam zusammen.«

* * *

Kira schloss ihre Wohnungstür auf. Zwei Tage und zwei Nächte, in denen sie miserabel geschlafen hatte, war sie nicht mehr hier gewesen. Die harte Matratze in der Arrestzelle war im Rückblick noch ein wenig besser gewesen als das alte Ledersofa, auf dem sie nur deliriös gepennt hatte.

Während der Fahrt hatte sie sich über Funk bei der Zentrale gemeldet und gesagt, dass sie um zehn vorbeikommen würde, um einen detaillierten Bericht zu verfassen. Das gab ihr genug Zeit für ein ordentliches Frühstück und den Besuch in der Notaufnahme des örtlichen Krankenhauses. Außerdem brauchte sie ein neues Telefon, aber heute war Sonntag, das war also unmöglich.

Kira sehnte sich nach einer Dusche, aber das wäre mit ihren Schrammen nicht klug. Hoffentlich blieben nicht auch noch äußerliche Narben, die sie zukünftig an Mats erinnern würden.

Sie machte sich eine Tasse kräftigen Kaffee mit der Kapselmaschine und setzte sich mit Toastbrot und Nutella ins Wohnzimmer. Ein bisschen Ablenkung würde jetzt guttun, also schaltete sie den Fernseher ein.

Das Erste, was sie sah, war ein Foto von Wiebke de Wall, dazu spielte im Hintergrund das Lied »Ankerschmerz«. Das Fernsehgerät blendete unten die Programminformation ein: NDR-Fernsehen, »Todesmelodie«, exklusive Reportage.

Die Fotos wechselten und Wiebke wurde immer jünger. Ein Bild zeigte sie mit Schultüte und eins, wie sie mit einem Hockeyschläger dastand und frech grinste. Dann wurden ihre Eltern gezeigt und es erklang eine tiefe Stimme.

»*Walter de Wall gehört eine Werbeagentur in Emden. Er sponsert den Jugendsport und war als unabhängiger Kandidat für die Wahl des Oberbürgermeisters im Gespräch. Für die Politik hat der Geschäftsmann nun keinen Kopf mehr.*« Das Bild wechselte von einem Mädchen-Hockey-Team zu Erika de Wall. »Auf einmal ist das ganze Leben auf den Kopf gestellt«, sagte sie schluchzend.

»In einem Moment ist man so stolz und im nächsten hat man keinen Boden mehr unter den Füßen.«

»*Was ist passiert?*«, fragte die Stimme, während man düstere Aufnahmen vom Hafen in Dornumersiel sah. Die eingespielten Soundeffekte suggerierten, dass es sich um den deutschen Hotspot internationaler Geheimdienstaktivitäten handelte. Ralf Gravenhorst schaute mit einem überaus ernsten, aber gleichzeitig charmanten Lächeln in die Kamera. »Im Augenblick ist die Lage noch unübersichtlich, aber ich versichere Ihnen: Unsere besten Leute arbeiten mit Hochdruck an dem Fall.«

Kira knipste den Fernseher aus. Rein formal war das ein Lob gewesen, aber sie wusste, dass damit nicht sie gemeint gewesen war. Allmählich gewöhnte sie sich an den Gedanken, dass sie nicht mehr lange in dieser Dienststelle sein würde.

* * *

Filip Corluka – das war also der richtige Name des Mannes, der sich als Mats ausgegeben hatte. Würden sie ihn zu Hause antreffen? Es wäre allerdings schon ein Erfolg, wenn sie die Sporttasche mit den Juwelen bei ihm finden würden.

Baer parkte in einer Nebenstraße, genauso wie der Mannschaftswagen mit dem Einsatzteam. Die Kollegen aus Norddeich sperrten die übrigen Zugangswege und Fluchtmöglichkeiten ab.

Während Jan Haselbach seine Leute einwies, zog sich auch Tilmann Baer seine Schutzweste an. Ihre Ausrüstung besaß nur Klasse eins, was keine zwingende Panzerung gegen Stichwaffen einschloss. Ein Sondereinsatzkommando war etwas vollkommen anderes, aber bei dieser Festnahme war auch nicht mit starker Gegenwehr zu rechnen. Corluka war zwar äußerst rücksichtslos, aber es ging nur um einen Juwelendieb und nicht um einen Reichsbürger, der Waffen gehortet hatte. Oder war Corluka doch gefährlicher?

»Alles klar«, meldete Haselbach. »Wir sind dann so weit.«

»Okay.« Baer schloss den letzten Klettverschluss und zog seine Pistole. »Dann los.«

Haselbach gab zwei Teams das Zeichen auszurücken. Sie hatten die Aufgabe, sich dem Haus von hinten zu nähern, und bahnten sich deshalb ihren Weg durch die Nachbargärten. Gleichzeitig setzte sich ein Kollege in Zivil in Bewegung. Er spazierte wie beiläufig am Zielobjekt vorbei und erstattete Meldung über ein Knopfmikrofon. »*Am Haus ist nichts Auffälliges zu beobachten. Alle Vorhänge sind zu und das Garagentor ist geschlossen.*«

Baer schnappte sich Haselbachs Funkgerät. »Gibt es irgendwelche Sicherheitsvorkehrungen? Kameras oder Alarmanlagen?«

»*Ich sagte doch schon: Am Haus gibt es nichts Auffälliges*«, rauschte es zurück. »*Es gibt auch keine Anzeichen für eine Person, alle Räume sind dunkel.*«

Baer gab Haselbach das Funkgerät zurück, der es sich wieder an die Weste klemmte. War das Haus wirklich leer? Vielleicht kümmerte sich auch Filip Corluka um seine betagte Großmutter. Ab einem gewissen Alter stieg wahrscheinlich das Risiko, einen Herzinfarkt zu bekommen, wenn plötzlich ein schwer bewaffneter Polizist vor einem auftauchte.

Das Funkgerät knackte. »*Ich bin jetzt außerhalb der Sichtweite*«, meldete der Kollege.

Haselbach blickte Baer fragend an.

Der Hauptkommissar nickte.

Haselbach zählte runter. »Drei – zwei – eins – Zugriff!«

Zwei Polizisten mit ihren Waffen im Anschlag rannten vor, ein weiterer mit Einmann-Türramme folgte. Dahinter kamen Haselbach und Baer.

Sie stiegen behänd über die Gartenpforte, und während sich die ersten Polizisten neben dem Eingang postierten, kam die schwere Ramme zum Einsatz. Bereits beim zweiten Schlag sprang die Tür aus den Angeln und die Polizisten drangen ins Haus ein. Die Kollegen schwärmten in die verschiedenen Räume aus, Baer blieb hinter Haselbach im Flur.

»Polizei!«, brüllte der Hauptkommissar. »Ergeben Sie sich, Herr Corluka!«

Keine Antwort.

Kein Geräusch.

Nur das Summen des Kühlschrankkompressors, der sich gerade einschaltete.

»*Wohnzimmer – gesichert*«, rauschte es aus dem Funkgerät. Die Statusmeldungen der anderen Kollegen ließen nicht lange auf sich warten.

»*Küche – gesichert.*«

»*Garten – gesichert.*«

Baer verspürte einen Anflug von Enttäuschung, aber noch hatten sie sich nicht im Obergeschoss umgesehen. Haselbach bewegte sich vorsichtig die Treppe hoch, Baer folgte ihm und der Polizist aus dem Wohnzimmer schloss sich an. Die Stufen ächzten und es wurde immer dunkler. Baer hielt seine Pistole angespannt vor sich. Ein echter Einsatz war immer etwas anderes als eine Trainingssituation.

»*Die Nachbarn werden langsam neugierig*«, meldete der Kollege von der Straße.

Haselbach betrat den oberen Flur. Der Teppichboden verschluckte die Schritte, es roch nach verbrauchter Luft. Die Sonne schien wieder hinein, auf beiden Seiten gab es Fenster und die Umrisse der Türen zeichneten sich ab.

Haselbach stieß die Tür zu seiner Linken auf, Baer wandte sich nach rechts. Langsam drückte er die Klinke runter. Die Tür ließ sich schwerer öffnen als gedacht, da sie über den Hochflorteppich schleifte. Das hier war offenbar das

Schlafzimmer. Baer trat mit einem beherzten Schritt in den Raum und betrachtete ihn über Kimme und Korn hinweg.

»Badezimmer – gesichert.«

Baers Gehirn brauchte einen Moment, um zu realisieren, was er sah. Überall war Blut und ein toter Mensch lag neben dem Bett.

»Ach du meine Güte.« Haselbach erschien neben dem Hauptkommissar. »Das ist Filip Corluka.«

20. Konfliktvermeidung

Kira fuhr gerade auf den Hof der Polizeiinspektion, als sie sah, wie die Spurensicherung in voller Besetzung ausrückte. Sie hielt vor dem ersten weißen Van und ließ die Scheibe herunter. »Was ist passiert?«

»Hauptkommissar Baer hat die Leiche von einem der Juwelendiebe in Norddeich gefunden.«

Kira blickte ihn ungläubig an. »Geben Sie mir bitte die Adresse, ich werde ebenfalls dorthin fahren.«

Die Kommissarin spielte ihren Blaulichtvorteil aus und hielt bereits eine halbe Stunde später vor Filip Corlukas Haus, vor dem ein Krankenwagen stand. Die Kollegen waren damit beschäftigt, die wissbegierigen Nachbarn zurückzuhalten. Ein Mann, der wahrscheinlich zur Presse gehörte, machte mit einer Profikamera Aufnahmen.

Jan Haselbach ließ sie ins Haus. »Schön, Sie zu sehen, Frau Kommissarin.«

Tilmann Baer strahlte das Gegenteil aus. »Was machen Sie denn hier? Besonders ausgeschlafen sehen Sie nicht aus.«

»Sie haben ein blaues Auge«, bemerkte Kira.

»Super beobachtet«, blaffte Baer, »eins rauf mit Mappe.«

Kira verspürte einen Anflug von Schadenfreude der Kategorie zwei, die ohne Umwege die Kontrolle der

Gesichtsmuskeln übernahm. »Haben Sie an einem Boxkampf teilgenommen? In welcher Runde sind Sie k. o. gegangen?«

»Es war die erste«, flüsterte Haselbach.

Kira riss sich zusammen und konzentrierte sich auf den Fall. »Der Tote – ist es …«

»Ja«, brummte Baer. »Filip Corluka alias ›Mats‹.« Er nickte zur Treppe. »Liegt im Schlafzimmer.«

Kira ging nach oben. Der Notarzt war gerade dabei, die Leiche zu untersuchen. Mats' Augen hatten jeden Glanz verloren und starrten stumpf geradeaus. »Was ist die Todesursache?«

Der Notarzt deutete mit seinem Kugelschreiber auf Corlukas Stirn, Hals und Brust. »Eins von diesen drei Löchern. Welches genau muss die Gerichtsmedizin klären. Ich tippe auf die Stirn.«

»Er wurde also erschossen?«

»Bohrlöcher sehen anders aus.« Der Mediziner blickte nicht auf.

»Und der Todeszeitpunkt?«

»Das Blut ist schon länger getrocknet. Ich würde sagen, er liegt schon die ganze Nacht über hier und wurde irgendwann gestern Abend erschossen.«

»Kann man sonst noch etwas sagen?«

Der Arzt zeigte auf zwei weiße Linien unter den Achseln des Toten. »Das sind Schweißränder. Sieht aus, als ob er vor seinem Tod noch Sport gemacht hätte.«

Kira nickte. »Er ist Rad gefahren.«

»Ach ja?«, blaffte Baer sie an. »Woher wollen Sie das denn wissen?«

Kira hatte gar nicht gemerkt, dass er gekommen war. »Weil ich mir ein Rennen mit ihm geliefert habe. Leider ist er mir entkommen.«

»Sie haben Corluka gestern gesehen?«

»Er hatte sich in einer Hütte versteckt.«

»Was für eine Hütte?«

Kira wusste nicht, wie sie ihm das erklären sollte. Es war ihr ja selbst ein Rätsel, warum er sich an einem Ort aufgehalten hatte, den sie bei ihren Ermittlungen zum Mord an Wiebke de Wall entdeckt hatte. »Es könnte sein, dass sich Mats und Wiebke gekannt haben«, sagte Kira.

Baer hob erstaunt die Augenbrauen.

Kira wandte den Blick von der Leiche ab und schaute sich im Schlafzimmer um. Auf dem Bett lag ein offener Koffer. »Er war gerade dabei zu packen«, sagte sie. »Offenbar wollte er flüchten.«

Baer nickte. »Der Mörder war wahrscheinlich schon im Haus, als Corluka kam. Vielleicht hat er im Wohnzimmer auf ihn gewartet. Corluka hatte es allerdings so eilig, dass er sofort nach oben gestürmt ist. Der Mörder ist ihm ins Schlafzimmer gefolgt und hat ihn erschossen.«

Kira schluckte. Wenn das stimmte, dann war sie schuld an Mats' Tod. Sie hatte ihn aus seinem Versteck verjagt und in die Arme seines Mörders getrieben. »Wenn der Mörder bereits im Haus war, muss es Einbruchsspuren geben«, folgerte sie.

»Nicht, wenn der Täter ihn kannte und einen Schlüssel besaß.«

Kiras Gedanken rasten. »Sie glauben, bei dem Täter handelt es sich um Mats' Partner? Derjenige, mit dem er das Juwelengeschäft ausgeraubt hat?«

»Das liegt doch nahe, oder nicht?«, mutmaßte Baer. »Geteilte Beute ist schließlich nur halbe Beute.«

»Nur hat er jetzt niemanden mehr, mit dem er die Freude verdoppeln kann.«

»Geld regiert die Welt.«

Kira hatte keine Lust mehr auf Sprichwörter. Überhaupt musste sie ihre Gefühle erst mal sortieren. Sollte sie nicht froh darüber sein, dass Mats tot war? Einerseits spürte sie

Erleichterung, andererseits auch Frustration. Der Tod eines Menschen änderte nie etwas, er beendete nur die Illusion, dass er etwas ändern könnte.

»Warum haben Sie gestern nicht mehr Ihren Dienstwagen abgegeben?«, fragte Baer.

»Ich habe die Nacht in der Hütte verbracht, von der ich Ihnen erzählt habe.«

»Alleine?«

»Ich hatte die Idee, dass Mats vielleicht in sein Versteck zurückkehren würde, und wollte ihm auflauern.«

»Warum haben Sie denn niemandem Bescheid gesagt?«

»Als ich mich mit Mats geprügelt habe, ist mein Handy zu Bruch gegangen.«

»In Ihrem Auto gibt es ein Funkgerät!«

Kira konnte es nicht glauben. »Was interessiert es Sie denn, ob ich unvorsichtig bin und mein Leben aufs Spiel setze?«

»Rein formal bin ich für Sie verantwortlich und ich habe keine Lust auf den ganzen Papierkram, der anfällt, wenn Sie bei den Ermittlungen draufgehen. Wenn man einen Verdächtigen aufspürt, spielt man nicht den Helden, sondern macht sofort eine Meldung! Und natürlich übernachtet man nicht einfach in irgendeiner Hütte, sondern fordert Verstärkung an! Soll ich Ihnen etwa noch das kleine Einmaleins beibringen?«

»Warum nicht?«, schrie Kira. »Im Augenblick kommt es mir wirklich so vor, als ob nichts mehr von dem stimmen würde, was ich gelernt habe. Ich weiß nicht mehr, was ich tun darf und was nicht. Ich würde sehr gerne meine Schritte mit Ihnen besprechen, aber ich traue mich gar nicht mehr, Sie anzurufen.« Kira hasste es, wenn die Erschöpfung sie offener machte, als sie sein wollte. Sie krempelte die Ärmel ihrer Bluse hoch, sodass die großen Pflaster sichtbar wurden. »Sie haben ein blaues Auge und ich habe Schürfwunden. Beides hätte verhindert werden können, wenn wir zusammengearbeitet hätten.«

»Wenn wir zusammengearbeitet hätten, dann hätten wir nicht so viel erreicht«, erwiderte Baer. »Dann hätten wir entweder Maximilian Kramer geschnappt oder die Hütte im Wald gefunden. Dafür nehme ich gerne ein blaues Auge in Kauf.«

»Aber ich kann auf die Narben auf meinen Beinen verzichten!«, rief Kira. »Ich hätte Mats gerne schon in der Hütte gestellt. Jetzt ist dieses Schwein tot und wir können ihn nicht mehr vernehmen.«

»Schwein?« Baer schaute sie an, als ob ihn ein Geistesblitz getroffen hätte. »Geben Sie mir Ihre Pistole, Jensen.«

»Was? Wieso?«

Baer streckte seine Hand aus.

Kira zog ihre Dienstwaffe und reichte sie dem Hauptkommissar.

»Sie haben sie benutzt«, stellte Baer fest. Er ließ das Magazin in seine Hand gleiten und zählte die Patronen. »Drei Schüsse.«

»Das war heute früh«, gestand Kira. »Es war ein Versehen.«

»Heute früh? Ein Versehen?«

»Da war eine Ratte und ich habe die Nerven verloren.«

»So könnte man es wohl auch formulieren.« Baer schaute wieder zu Filip Corlukas Leiche.

Erst jetzt dämmerte Kira, was er meinte.

»Drei Kugeln, drei Löcher.«

»Sie sind ja irre!«, sagte Kira.

»Sie hatten auf jeden Fall ein Motiv, um Corluka zu ermorden«, antwortete Baer. »Und Sie hatten die Gelegenheit. Sie haben ihn in der geheimnisvollen Hütte getroffen, er ist mit dem Fahrrad geflüchtet und Sie haben ihn bis nach Hause verfolgt. Vielleicht wollten Sie ihn zunächst wirklich festnehmen, aber dann haben Sie die Nerven verloren und Ihren Peiniger erschossen. Deshalb haben Sie sich auch nicht mehr im Revier gemeldet, weil Sie sich erst mal beruhigen mussten und einen Plan ausgeheckt haben, um diesen Mord zu vertuschen.«

»Das ist doch absurd!«

»Wirklich? Ich wäre nicht überrascht, wenn wir die Sporttasche mit den Juwelen bei Ihnen zu Hause finden. Sie wären nicht der erste Polizist, der beim Anblick einer fetten Beute schwach wird.«

Kira schluckte.

»Keine Sorge, Frau Jensen. Wir werden alle Ihre Angaben überprüfen.« Baer winkte Jan Haselbach. »Bringen Sie sie zurück ins Revier«, ordnete er an. »Die Arrestzelle kennt sie ja bereits.«

* * *

Endlich herrschte wieder Ruhe und er konnte sich auf seine Arbeit konzentrieren. Tilmann Baer ging nach unten, um sich dort weiter umzusehen. Das Schlafzimmer würde er sich vornehmen, sobald die Leiche abtransportiert worden war.

Wo konnte er am ehesten ein paar persönliche Informationen über Filip Corluka finden? Auch Arschlöcher hatten eine Familie, die über ihren Tod benachrichtigt werden musste. Außerdem ging es darum, die Person zu identifizieren, mit der er den Blitz-Überfall beim Juwelier durchgezogen hatte. War es ein langjähriger Kumpel gewesen oder lediglich ein entfernter Bekannter? Die Hauptarbeit hatte Corluka geleistet, der andere hatte nur das Fluchtauto gefahren. Das konnte im Prinzip jeder machen – allerdings setzte man auch dort meistens auf jemanden, dem man zumindest so weit vertraute, dass er pünktlich erscheinen würde. Und wie wollten sie den Schmuck zu Geld machen? Hatte Corluka den Kontakt zu einem Hehler oder sein Partner?

Üblicherweise hatte man alle seine persönlichen Daten im Smartphone gespeichert und nur Facebook und Co. besaßen eine Abschrift davon, aber noch hatten sie Corlukas Telefon nicht gefunden.

Baer zog die Schubfächer der Flurkommode auf, doch sie waren leer. Das ganze Haus wirkte sehr unpersönlich, es gab keine Pflanzen und nirgendwo standen Fotos. Filip Corluka hatte wahrscheinlich noch nicht lange in diesem Haus gewohnt und auch nicht geplant, auf ewig hierzubleiben. Zudem schien er ein sehr vorsichtiger Mensch gewesen zu sein, der nicht wollte, dass man viel von ihm mitbekam. Den Beruf, den er sich ausgesucht hatte, hängte man auch nicht an die große Glocke.

Der Ermittler ging ins Wohnzimmer. Über dem Sofa hing ein großformatiger, ungerahmter Kunstdruck, den man von IKEA kannte. Die seltsame Dekoration daneben konnte man allerdings in den wenigsten deutschen Haushalten finden, am ehesten noch in Bayern. Auf einem dunkel lackierten Holzbrett war eine goldene Brezel angebracht. Das Gebilde wirkte wie eine Auszeichnung. Bei welcher Sportart konnte man wohl eine Brezel als Pokal gewinnen? Oder war das ein Trostpreis für alle, die »was gebacken« bekommen hatten? Aber auf einen Trostpreis war niemand stolz, so was hängte man sich nicht an die Wand.

Die Kollegen von der Spurensicherung in ihren weißen Overalls trafen ein. Der Leiter der Kriminaltechnik gesellte sich zum Hauptkommissar und betrachtete ebenfalls das Goldgebäck.

»Wissen Sie, warum Blondinen keine Brezeln essen?«, fragte er Baer.

Baer zuckte mit den Schultern.

»Weil sie den Knoten nicht aufkriegen.«

Baer lachte nicht. Bereits die Prämisse des Witzes kam ihm äußerst zweifelhaft vor. Außerdem musste er bei dem Wort Blondine an Kira Jensen denken.

»*Sie sind ja irre*«, hatte sie gesagt. Unrecht hatte sie damit wahrscheinlich nicht. Grundsätzlich traute er jedem Menschen alles zu, aber wenn Jensen Corluka mit ihrer Dienstwaffe abknallte und nicht auf Notwehr plädierte, musste sie wirklich dumm sein. Und für dumm hielt er sie absolut nicht.

Er war beeindruckt von ihrer Hartnäckigkeit und ihrer unglaublichen Chuzpe, ihn mit einer Wette herauszufordern. Es hatte ihm gefallen, von zwei unterschiedlichen Seiten an den Mordfall heranzugehen und das Ganze als eine Art Rennen zu betrachten.

Warum fand er ihre Gegenwart trotzdem unerträglich? Warum hatte er sie wieder weggesperrt? Es war, als ob ein Teil von ihm es darauf anlegte, dass sie sich über ihn beschweren würde. Ein Teil, der nicht glauben konnte, wie weit man ihm seine Freiheiten gewährte. Ein Teil, der sich nach Veränderung sehnte.

Baer stand den Kriminaltechnikern zunehmend im Weg. Jensen hatte ihm auf dem Kartendienst seines Smartphones gezeigt, wo sich die Hütte befand, in der sie Corluka entdeckt hatte. Am besten schaute er sich dort einmal um.

* * *

Kira breitete erneut die kratzige Decke auf der Matratze mit den Bissspuren aus. Heute kam ihr die karge Zelle noch enger vor.

Die Situation wühlte ungeliebte Erinnerungen auf. Nicht an vorletzte Nacht, sondern an ein Gespräch mit ihrer Mutter. »Du hast eine zu lebhafte Fantasie«, hatte sie ihr vorgeworfen, so als ob das etwas Schlimmes wäre.

Kira bemühte sich, diese Tür nicht weiter zu öffnen. Sie versuchte, an den Mord von Wiebke de Wall zu denken, doch ihre Motivation war im Keller. Ihre gestrigen Ermittlungserfolge waren so weit weg und es fiel ihr schwer, einen klaren Gedanken zu fassen.

Sollte sie nicht einfach aufgeben? Sie konnte ihre Wette gegen Tilmann Baer doch gar nicht gewinnen. Dieser Job war doch nur frei gewesen, weil das verbitterte Alphamännchen alle seine Kollegen rausmobbte. Es ergab einfach keinen Sinn mehr weiterzukämpfen.

Die Tür öffnete sich und Jan Haselbach erschien. »Wieder Pizza mit Pilzen, Schinken und Oliven?«, fragte er.

»Gerade ist mir der Sinn mehr nach mexikanischer Küche.«

Haselbach blätterte seine Prospekte durch und reichte ihr die Karte vom Nuevo.

»Ich nehme die Fajitas mit Hähnchen.«

»Klingt lecker. Die werde ich mir auch bestellen.«

Kira konnte sich ein Lächeln nicht verkneifen. »Macht das Baer immer?«, fragte sie Haselbach. »Ist das die Lösung für alle seine Probleme? Einfach wegsperren?«

»Ich habe noch nicht viel Lebenserfahrung, aber ich würde behaupten, so gehen die meisten Menschen mit ihren Problemen um.«

Kira seufzte. »Sie glauben doch nicht ernsthaft, ich hätte Corluka erschossen, oder?«

Haselbach antwortete diplomatisch. »Die Kriminaltechnik wird bald geklärt haben, ob er mit Ihrer Waffe erschossen wurde.« Er trat näher an ihre Gittertür. »Die wenigsten Kollegen verstehen sich mit Baer. Trotzdem ist er sehr gut in seinem Job. Man muss eben seine Grenzen akzeptieren.«

»Ich will ihm doch gar nicht zu nahe kommen! Es ist mir sogar sehr lieb, wenn das Persönliche vollkommen außen vor bleibt und wir professionell zusammenarbeiten. Aber genau dagegen wehrt er sich. Er ist derjenige, der diese Sache persönlich nimmt. Ich habe den Eindruck, dass er seine ganze Wut an mir auslässt.«

»Sprechen Sie mit Gravenhorst«, sagte Haselbach. »Sie wären nicht die erste Person, die gegen Baer eine Dienstbeschwerde einlegt.«

»Ich will keine Beschwerde einlegen, ich will arbeiten«, entgegnete Kira. »Baer ist ein guter Ermittler. Ich will einfach die Position ausüben, für die ich eingestellt wurde. Ich will vorwärtsgehen und nicht gegen Windmühlen ankämpfen.«

Haselbach lächelte. »Zumindest haben Sie denselben Dickkopf wie Baer.«

Kira seufzte. »Ich verstehe einfach nicht, warum es mir Baer so schwer macht. Teamarbeit ist doch sinnvoll! Man profitiert von den Stärken des anderen, kann eine zweite Meinung einholen, und wenn man sich in Gefahr begibt, dann hält einem der andere den Rücken frei.«

»Teamarbeit hat viele Vorteile«, bestätigte Haselbach. »Aber jeder Mensch hat auch Schwächen. Wenn man dem Partner blind vertraut, ist man blind für Lügen. Der andere kann einem auch in den Rücken fallen.«

So hatte es Kira noch nicht gesehen. »Hat Baer so etwas erlebt?«

»Ich bin dagegen, hinter dem Rücken einer Person über sie zu reden«, sagte Haselbach. »Und es würde auch nichts an der Situation verändern. Entweder man akzeptiert Baer so, wie er ist, oder man geht.«

»Aber es könnte mir dabei helfen, ihn zu akzeptieren. Ich könnte dann vielleicht bestimmte Schlüsselwörter vermeiden, die ihn auf die Palme bringen.«

Haselbach überlegte. »Ich kenne die Sachen auch nur vom Hörensagen. Er muss selbst entscheiden, ob er Ihnen davon erzählen will oder nicht.«

»Sie wissen selbst, dass er das niemals tun wird.« Kira schaute in die Ferne. »Ich möchte wirklich gerne bleiben. Aber dazu muss ich wissen, worauf ich mich einlasse.«

Haselbach kaute auf der Unterlippe. »So, wie ich es gehört habe, hatte Baer einen Assistenten, mit dem er sich sehr gut verstanden hat. Sie wurden enge Freunde und haben sich auch privat verabredet, Grillabende, Boßeln und so. Baer war verheiratet und eines Abends sagte ihm seine Frau, dass sie schwanger sei. Baer war außer sich vor Freude, aber das Geständnis ging noch weiter. Seine Frau hatte schon seit Monaten eine Affäre mit seinem Assistenten. Sie trennte sich von Baer und zog mit ihrer Tochter nach Schweden, wo der Vater einen guten Posten in einer Sicherheitsfirma angeboten bekommen hatte.«

Kira schluckte. »Deshalb macht ihm ein blaues Auge nicht mehr viel aus.«

Haselbach ging wieder zur Tür. »Ich werde Sie dann mal alleine lassen.« Kurz bevor er die Tür hinter sich schloss, drehte er sich noch mal um. »Es wäre schön, wenn Sie blieben.«

* * *

Hage war nicht weit von Norddeich entfernt, der Flecken lag gleich hinter Lütetsburg. Der idyllische Schlosspark mit seinem gemütlichen Café war ein Besuchermagnet, aber die wenigsten fuhren noch etwas weiter. Der Ort war Tilmann Baer trotzdem ein Begriff. Wenn er sich richtig erinnerte, hatte es hier während des Ersten Weltkriegs einen Luftschiff-Flughafen gegeben und auch später war das Gelände wohl noch militärisch genutzt worden.

Tilmann Baer bog nach links ab und folgte der Straße so lange, bis sie den Wald berührte. Wenig später entdeckte er die Hütte hinter den Bäumen. Wie war Jensen nur auf diesen Ort gekommen?

Er stieg aus und ging zum Eingang. An der Tür hing ein Vorhängeschloss, aber das Fenster war offen. Baer kletterte hinein und begutachtete das alte Sofa. Darauf hatte

Jensen also übernachtet? Auf dem ersten Kissen könnten Schmauchspuren sein. Der Ermittler guckte zur Wand und sah drei Einschusslöcher. So weit könnte Jensens Aussage also stimmen.

Sie hatte im Mordfall ermittelt und war dabei auf Filip Corluka gestoßen? Wie konnte das sein?

Baer sah sich weiter in der Hütte um. Er schaute in den Müllsack und öffnete die Tür zur Toilette. Wenn man die Klobrille untersuchte, würde man schnell feststellen, ob Corluka hier gewesen war. Was lag denn da zwischen den Klopapierrollen? Baer zog sich einen Einmalhandschuh über und nahm das Smartphone in die Hand. Es verlangte einen PIN-Code, den er nicht kannte. Hoffentlich würden die Experten das Gerät entsperren können.

Baer verließ das Kabuff und gönnte seinem Geruchssinn Erholung. Er steckte das Smartphone in einen Plastikbeutel und zog sein eigenes Telefon hervor. Die Spurensicherung sollte sich diesen Ort ebenfalls ansehen. Das war jetzt die Zeit der Kriminaltechniker und er konnte nichts weiter machen, als auf ihre Gutachten zu warten.

21. Vorsprung

Am Montag ertappte sich Baer dabei, dass sein erster Blick nicht der Kaffeemaschine galt, sondern dem anderen Schreibtisch. Er sollte Jensen aus dem Arrest entlassen, aber solange es noch ruhig war, wollte er die Ergebnisse der Kriminaltechnik studieren.

Die Mappen lagen bereits an seinem Arbeitsplatz. Da war das ballistische Gutachten über die Pistole, mit der Filip Corluka erschossen worden war. Zuerst sah sich Baer allerdings an, was die Spezialisten über das Smartphone des Verbrechers herausgefunden hatten.

Leider nichts, denn die sogenannte 256-Bit-AES-Verschlüsselung ließ sich nicht knacken. Dafür war das ballistische Schießgutachten eine riesige Überraschung. Der Hauptkommissar las es ein zweites Mal durch und freute sich immer noch wie ein Fünfjähriger über Weihnachten.

Die Tatwaffen stimmten überein! Filip Corluka war mit derselben Pistole erschossen worden wie Wiebke de Wall.

Dieses Ergebnis änderte die Perspektive. Der Mord an der Schlagerkomponistin und der Juwelendiebstahl mussten zusammen betrachtet werden. Wenn Baer den Mörder von Filip Corluka fand, hätte er auch Wiebke de Walls Mörder. Dasselbe galt auch umgekehrt.

Baer trommelte mit den Fingern auf der Arbeitsplatte. Bei wem von beiden sollte er zuerst nach Querverbindungen suchen? Er stand auf und schnappte sich seine Jacke. Die Wohnungen der beiden Toten lagen weit voneinander entfernt. Zuerst würde er in Corlukas Haus nach Hinweisen auf Wiebke de Wall suchen.

* * *

Kira saß aufrecht in ihrer Zelle und freute sich über das vollgepackte Frühstückstablett, das ihr Haselbach gebracht hatte. Der Kaffee war frisch und heiß und das war schon mal die halbe Miete.

Noch bevor sie das Geräusch identifizieren konnte, horchte sie auf. Dumpfe Schritte drangen vom Flur her zu ihr und wenig später wurde erneut der Schlüssel in das Schloss ihrer Tür gesteckt. Es war erstaunlich, wie schnell sich die Sinne auf eine neue Umgebung einstellten.

»Moin, Frau Jensen«, begrüßte sie Ralf Gravenhorst. »Was machen Sie denn schon wieder in der Arrestzelle?«

Es klang so, als ob sie sich das selbst ausgesucht hätte. »Ich weiß, Tilmann Baer ist ein unglaublicher Spaßvogel.«

Gravenhorst hüstelte unsicher. »Wissen Sie vielleicht, wo Tilmann ist?«

Kira schaute den Dienststellenleiter entgeistert an. »Hier in der Zelle verstecke ich ihn nicht.«

Gravenhorst schien etwas orientierungslos. »Bisher war er jeden Morgen in seinem Büro. Woher soll ich denn jetzt meinen Kaffee bekommen?«

»Wenn Sie mich rauslassen, können Sie eine Tasse von mir kriegen.«

»Natürlich können Sie raus, Frau Jensen. Die Kriminaltechnik hat Sie vollständig entlastet. Aber bitte schreiben Sie das nächste Mal umgehend einen Bericht, wenn Sie Ihre Dienstwaffe abfeuern.«

»Ich werde es mir merken.« Die Thermoskanne besaß einen eigenen Becher über dem Verschluss, den Kira für ihren Chef füllte. »Was meinen Sie damit, dass Baer nicht in seinem Büro ist?«, fragte sie. »Ist er heute noch gar nicht erschienen?«

»Doch, doch, sein Frühstücksapfel liegt angebissen auf seinem Schreibtisch. Und offenbar hat er auch schon die Berichte von der Spurensicherung gelesen. Aber normalerweise verlässt er das Büro nicht, bevor er Kaffee gemacht hat.«

Kira schaltete schnell. Baer musste etwas in den Berichten gelesen haben, was ihn dazu gebracht hatte, sofort aufzubrechen. Hastig stand sie auf. »Essen Sie ruhig das Frühstück auf«, sagte sie zu Gravenhorst. »Und schließen Sie die Tür hinter sich, wenn Sie gehen.«

***

Baer stieg unter dem Absperrband hindurch und ging zum Eingang von Corlukas Haus. Er schloss die Tür auf. Drinnen begab er sich direkt ins Obergeschoss. Die meisten Menschen neigten dazu, ihre persönlichen Dinge im Schlafzimmer aufzubewahren, was sich erst änderte, wenn man verheiratet war.

Im Nachttisch befanden sich ein paar verblichene Familienfotos und zwei Reisepässe. Neben der deutschen Staatsbürgerschaft hatte Corluka auch die kroatische besessen, und da seine Eltern wieder an die Adria gezogen waren, hatte man sie noch nicht benachrichtigen können. Wahrscheinlich hätte er diese Dokumente auch noch in seinen Koffer gepackt.

Baer wandte sich dem Gepäckstück zu, dass immer noch auf dem Bett lag. Es enthielt nur eine Jeans und zwei sorgsam gefaltete Polohemden, von denen das obere Blutspritzer abbekommen hatte. Der Hauptkommissar öffnete den Kleiderschrank und durchwühlte Corlukas Klamotten, aber er fand nichts.

Er ging wieder nach unten ins Wohnzimmer. In den Regalen befanden sich nur ein paar Zeitschriften über Autos und Anglerbedarf, das Modell eines Airbus 380 mit Lufthansasymbol und ein Ratgeber »Erfolgreich mit Aktien für Anfänger«.

Baer ahnte, dass dieses Haus eine Sackgasse für seine Ermittlungen war. Was sollte er hier noch finden? Die Kollegen von der Spurensicherung hatten gestern bereits alles umgekrempelt, um die Sporttasche mit den Juwelen zu finden, aber dabei war ihnen auch nichts weiter aufgefallen.

Wahrscheinlich sollte er sich doch lieber die Wohnung von Wiebke de Wall ansehen, um dort eventuell einen Hinweis auf Corluka zu entdecken. Ein bisschen befürchtete er allerdings, dass er dort auf Justin Tiedemann treffen würde. Was, wenn der singende Ex-Freund inzwischen im Vorgarten seiner Angebeteten sein Zelt aufgeschlagen hatte?

Baer wollte den Raum gerade verlassen, als sein Blick erneut auf die goldene Brezel fiel. Er ging zu dem merkwürdigen Kunstwerk und nahm es von der Wand.

Unter der edlen Nachbildung des Laugengebäcks befand sich eine Plakette. »*Bäckermeister des Jahres, Oliver Brinkmann.*« Unweigerlich spielte sich in Baers Kopf die markante Radiowerbung der Bäckereikette ab. »*Kerniges Küstenfrühstück von Brinkmann – der klimaneutrale Bäcker.*«

Wieso hing dieses Ding bei Filip Corluka an der Wohnzimmerwand? Der einzige Ort, an dem diese Brezel glänzen sollte, war das Chefbüro des Unternehmens.

Der Werbejingle war zum Ohrwurm geworden und Baer fiel ein, dass er ihn das letzte Mal gar nicht im Radio gehört hatte, sondern im Konferenzraum während einer Besprechung. Es war auch nicht das Original gewesen, sondern er erinnerte sich an die Stimme eines Kollegen. Jan Haselbach hatte das Liedchen bei der ersten Besprechung des Mordes an Wiebke de Wall geträllert. *De Wall hat diesen Jingle komponiert.*

Baer schaute wieder auf die goldene Brezel. Nun hatte er also doch noch eine Verbindung zwischen Corluka und der Schlagerkomponistin gefunden, aber hatte nicht die geringste Ahnung, was das bedeuten sollte. Er nahm die Ehrenauszeichnung mit und holte sein Smartphone hervor, um herauszufinden, wo der Stammsitz der Bäckereikette war. Hoffentlich würde ihm Oliver Brinkmann weiterhelfen können.

***

Kira sah den schwarzen VW Tiguan ihres Vorgesetzten vor Filip Corlukas Haus stehen und parkte ebenfalls. Sie war wütend. Baer spielte unfair. Mit ihrer Festnahme hatte er sich einen Vorsprung erschummelt, den er gerade schamlos ausnutzte. Glücklicherweise hatte sie ihn noch rechtzeitig aufgespürt.

Auf dem Beifahrersitz lag die Aktenmappe mit dem kriminaltechnischen Gutachten. Das Ergebnis der ballistischen Untersuchung hatte sie umgehauen. Die Tatwaffe war in beiden Fällen dieselbe gewesen! Das bedeutete auch, dass es nur einen Mörder gab. Jetzt kam es darauf an, eine Querverbindung zwischen Wiebke de Wall und Filip Corluka zu finden, und genau das machte Baer gerade.

Kira wollte gerade aussteigen, als sie Baer aus dem Haus kommen sah. Er hielt irgendeinen Gegenstand in der Hand und hatte es offenbar ziemlich eilig. Hatte er etwa schon eine Spur zum Mörder gefunden? Sie versuchte, den Gegenstand zu erkennen, aber das war schwierig. Etwas daran glänzte golden, aber bevor sie identifizieren konnte, was es war, war Baer bereits in seinem Auto verschwunden.

Was sollte sie jetzt tun? Ihn am Losfahren hindern und zur Rede stellen? Dazu war es zu spät, der SUV setzte sich in Bewegung.

Kira wartete noch kurz, dann startete auch sie ihren Motor. Sie wollte unbedingt wissen, was Baer herausgefunden hatte, und das konnte sie nur, indem sie ihm unauffällig folgte.

Sie hätte niemals geglaubt, dass die erste Person, die sie beschattete, ausgerechnet ihr Vorgesetzter war, aber so, wie er sich aufführte, ging es nicht anders.

Kira dachte an ihre Wette. »*Wenn Sie den Täter vor mir überführen, werde ich meinen Schreibtisch freiwillig räumen und mich in eine andere Dienststelle versetzen lassen. Aber wenn ich Wiebkes Mörder zuerst schnappe, arbeiten wir in Zukunft zusammen.*« In ihr wuchs wieder die Hoffnung, die Wette doch noch gewinnen zu können. Noch hatte Baer einen Vorteil, aber vielleicht würde ihr es ja gelingen, ihm die Beute abzujagen.

Sie kreuzten die B72 in einem Kreisverkehr, aber Baer fuhr weiter geradeaus. Nun befanden sie sich auf der Straße, die parallel zur Küste verlief. Kira mochte diese Route sehr gerne. Man konnte entspannt die weitläufige Landschaft genießen und kam an allen Nordseehäfen vorbei. Wollte Baer etwa zu einem davon?

Kira ließ sich weiter zurückfallen, damit er nicht auf sie aufmerksam wurde. Wenn man einen Verdächtigen verfolgte, wechselte man sich normalerweise mit Kollegen ab, sodass der Verdächtige allenfalls unterschiedliche Autos zu Gesicht bekam. Das kam hierbei leider nicht infrage, aber es würde hoffentlich auch so funktionieren. Diese Straße führte hauptsächlich geradeaus, sodass sie Baer gar nicht so dicht am Heck kleben musste. Sie durfte nur nicht verpassen, wenn er irgendwo abbog.

Kira stellte das Radio an. Auf Radio Nordseewelle lief gerade ein Lied von Maybrit Decker. Es war allerdings nicht »Ankerschmerz«, sondern ein älterer Song. Sie mochte ihn und konnte auch den Refrain mitsingen, allerdings fehlte ihm das gewisse Etwas.

Links kam der Deich in Sicht, auf der rechten Seite ein Stoppelfeld, in dem Krähen saßen.

Der erste Nordseehafen, den sie passierte, war Nessmersiel, von wo aus die Fähren nach Baltrum fuhren. Außerdem war der Ort ein beliebter Ausgangspunkt für Wattwanderungen. Kira fuhr wieder dichter an Baer heran, falls er hier abbog, aber er blieb auf der Hauptstraße.

Am Wegesrand standen zwei voll ausgerüstete Radfahrer und suchten auf ihrer Landkarte nach Orientierung. Kira war froh, in einem Auto zu sitzen, im Augenblick wollte sie nie wieder auf ein Fahrrad steigen. Schon bei dem Gedanken daran juckte es unter ihren Heftpflastern.

Ein paar Lieder weiter führte die Strecke an Dornumersiel vorbei, wo sie Wiebkes Leiche gefunden hatten. Aber auch dafür interessierte sich Baer nicht.

Vor Bensersiel sah Kira ein Hinweisschild für Sunkos Oldtimer-Garage, doch bog Baer nicht ab.

Als Nächstes würden sie durch Neuharlingersiel fahren. Kira blieb so weit wie möglich hinter Baer. Zwischen ihnen fuhr ein Lieferwagen und Kira verkürzte den Abstand, um überhaupt noch etwas vom SUV sehen zu können. Inzwischen war sie davon überzeugt, dass Baer auch diesen Küstenort hinter sich lassen würde, doch beim Hinweisschild zum Hafen blinkte Baer links. Kiras Puls beschleunigte sich. Jetzt musste sie besonders aufmerksam sein, um ihn nicht aus den Augen zu verlieren.

Baer fuhr durch das Deichschart und am Haus des Gastes vorbei und hielt auf dem Besucherparkplatz am Hafen. Kira stellte ihr Auto ein paar Reihen weiter entfernt ab. Sie wartete, bis Baer seinen Parkschein gelöst hatte und ging dann selbst zum Automaten.

Das Wetter war traumhaft. Ihr Körper nahm das warme Sonnenlicht auf wie Solarzellen und sie atmete die salzige Seeluft ein. Möwen kreisten am Himmel und kreischten entzückt. Zum Glück konnten sie Baer nicht verraten, dass ihm jemand auf den Fersen war.

Um den idyllischen Fischereihafen mit seinen Kuttern reihten sich unterschiedliche Cafés und Restaurants. Baer schlenderte an der Kaimauer entlang und betrachtete die Schiffe. Er blieb stehen und studierte eine Informationstafel. Kira versteckte sich hinter einem Aufsteller für Postkarten.

Was machte Baer dort? Hatte er sich mit jemandem verabredet? Er ging weiter nach rechts und verschwand aus ihrem Sichtfeld.

Kira trat aus ihrem Versteck, aber sie konnte ihren Vorgesetzten immer noch nicht sehen. Sie schloss sich einer Reisegruppe an, die davon schwärmte, wie romantisch dieser Hafen war. Die Gruppe war eine gute Tarnung, doch leider kam sie nur im Schneckentempo vorwärts. Wo war Tilmann Baer? War er im Dattein verschwunden oder in ein anderes Lokal gegangen?

»Moin, Frau Kollegin.«

Kira zuckte zusammen und drehte sich um.

Baer lächelte. Es war das erste Mal, dass er froh schien, sie zu treffen. Sein blaues Auge war abgeschwollen, aber immer noch deutlich sichtbar.

»Was machen Sie denn hier?«, fragte Kira und hoffte, dass sie ihre Überraschung glaubwürdig spielte.

»Ich wollte zu Mittag essen«, antwortete Baer.

»Genau das hatte ich auch vor«, behauptete Kira.

»Was für ein Zufall.«

»Nach der engen Arrestzelle hatte ich Sehnsucht nach dem Meer.«

»Verständlich.« Baer ließ keine Anteilnahme erkennen. »Was halten Sie davon, wenn wir zusammen essen? Es sei denn, Sie haben vor, wieder irgendwelche Rüben zu knabbern.«

Kira fasste es nicht. Hatte Baer das gerade wirklich vorgeschlagen oder sprach sie mit einem Griesgram-Imitator? »Solange Sie nicht nur auf einer Bank sitzen und Haferflocken schlabbern, können wir das gerne machen.«

»Ich wollte mal wieder eine ordentliche Portion Granat mit Spiegelei essen.«

»Das klingt in der Tat äußerst schmackhaft.« Kira merkte selbst, dass sie in einen mittelalterlichen Konversationsmodus geschaltet hatte. Das geschah leider häufig, wenn sie unter Stress stand.

Baer nickte zu einem der Restaurants. »Mal sehen, ob in dieser Schenke noch ein Platz frei ist.«

Die Kellnerin begrüßte sie freundlich und führte sie zu einem Tisch am Fenster. Es war schön, auf die Fischerboote zu sehen.

»Bestellen Sie sich ruhig ein großes Getränk«, sagte Baer. »Ich lade Sie ein.«

Kira hob die Augenbrauen. »Haben Sie Geburtstag, oder was?«

»Es gibt auch andere Gründe, um etwas zu feiern.«

Kira fiel die Speisekarte aus der Hand. »Sie wissen, wer der Mörder ist!«

Baer grinste nur. Es machte ihm offensichtlich Freude, sie mit seiner Freundlichkeit zu verwirren.

»Was haben Sie in Corlukas Haus gefunden?«, fragte Kira.

Baer legte den Kopf schief. »Essen Sie eigentlich Brezeln?«

Kira gab es auf, aus ihm schlau werden zu wollen. Sie ärgerte sich darüber, dass sie nicht in sein Auto geschaut hatte, bevor sie ihm in den Hafen gefolgt war. Den Gegenstand, den er mitgenommen hatte, hatte er ja offenbar nicht bei sich, oder doch?

Baer lächelte schelmisch in sich hinein, aber solange er nicht sprach, bohrte sie auch nicht weiter nach. Sie hatte keine Lust auf ein sinnloses Selbstgespräch.

Die frischen Nordseekrabben schmeckten hervorragend und auch das Schwarzbrot mundete, im Norden kannte man eben noch den Wert der einfachen Dinge.

Baer schaute auf seine Uhr. »Ich sollte allmählich zurück an die Arbeit.«

»Wo fahren Sie hin?«, fragte Kira.

»Am besten folgen Sie mir einfach«, entgegnete Baer.

Mit dieser Antwort hatte sie nicht gerechnet. »Okay, das werde ich tun.«

Der Hauptkommissar bezahlte und sie gingen zurück zum Parkplatz.

»Danke für die Einladung«, sagte Kira. Sie hoffte, dass sie nicht zu überschwänglich klang, denn sie wollte ihn auch nicht verschrecken.

»Dafür nicht.«

Kira stieg in ihren eigenen Wagen und startete den Motor. Der schwarze VW Tiguan setzte sich in Bewegung und hielt auf ihrer Höhe. Es war nett, dass Baer auf sie wartete. Kira war höchst gespannt darauf, wo sie gemeinsam hinfuhren. Sie drückte langsam das Gaspedal, doch nichts geschah. Auch als sie noch stärker beschleunigte, bewegte sich ihr Auto nicht.

Baer winkte ihr schadenfroh zu und fuhr weg.

»Wie bitte?« Kira stieg aus und ging um das Fahrzeug herum.

Am rechten Hinterrad steckte eine gelbe Autokralle.

22. Werbung

Baer grinste noch lange in sich hinein. Es war ein echter Spaß gewesen, seine Kollegin mit einer Wegfahrsperre auszuschalten. Als er Jensens BMW in seinem Innenspiegel entdeckt hatte, hatte er zunächst mit dem Gedanken gespielt, zu beschleunigen und ihre Fahrkünste zu testen, aber so war es weniger gefährlich und weitaus amüsanter gewesen. Ostfriesland war sein Gebiet und es gab einige Kollegen, die ihm noch einen Gefallen schuldeten und sich auf solch einen Streich einließen. Nun musste er sich aber wieder auf den Fall konzentrieren. Inwiefern konnte ihn die goldene Brezel weiterbringen?

Die Firmenzentrale der Bäckereikette Brinkmann befand sich in Wittmund. Auf dem Produktionsgelände stand ein modernes Gebäude mit einer gläsernen Backstube, bei der Besucher die Bäcker bei der Arbeit beobachten konnten, und weiter hinten hatte sich der Kopf der Brötchendynastie sein Traumhaus errichtet.

Baer läutete an der Eingangstür des eindrücklichen Architektenhauses. Er hörte entferntes Kinderlachen und das Aufspritzen von Wasser, offenbar gab es einen Pool hinter dem Haus. Wenn auch die Eltern draußen waren, hatten sie die Klingel vielleicht gar nicht gehört.

»Ich komme!«, flötete da jedoch eine weibliche Stimme von innen. Kurze Zeit später öffnete eine brünette Frau die Tür. »Moin. Was kann ich für Sie tun?« Sie war offensichtlich schwanger, trug ein luftiges Sommerkleid und um ihren Hals schmiegte sich ein beeindruckendes Collier. Ihre gute Laune war ansteckend. Baer hatte keinen Zweifel daran, dass sie, sollte er sich als Spendensammler entpuppen, sofort ihr Portemonnaie zücken würde.

Trotzdem spulte er sein normales Programm ab. »Tilmann Baer, Kriminalpolizei Aurich. Im Sekretariat hat man mir gesagt, ich würde Oliver Brinkmann hier treffen.«

»Kriminalpolizei?«, fragte die Frau erschrocken. »Ist etwas Schlimmes passiert?«

»Es geht nur um einen seltsamen Gegenstand, den wir gefunden haben«, versuchte Baer, sie zu beruhigen.

»Okay.« Die Frau hielt ihren Bauch und machte eine Atemübung. »Kommen Sie doch herein, Oliver ist im Garten.«

Baer folgte ihr. »Sie sind verheiratet?«, fragte er.

»Das haben Sie richtig geschlussfolgert.«

Im Garten hielt sich eine größere Gesellschaft auf. Mehrere Erwachsene saßen um eine geschmückte Kaffeetafel, zwei Jungs tollten auf der Wiese herum, und drei als Elsa verkleidete Mädchen entspannten sich auf den Pool-Liegen und süffelten Cocktails.

»Sie sind natürlich alkoholfrei«, erklärte Frau Brinkmann, die Baers Blicken gefolgt war.

Konnte sie etwa Gedanken lesen?

»Wer sind Sie denn?«, fragte der Mann in der Mitte des Tisches. Er versteckte sein Alter unter einem blonden Toupet, hatte gebleichte Zähne, die wie Fernlicht blendeten, und trug ein maßlos überdesigntes Poloshirt von Camp David.

»Der Herr ist von der Kriminalpolizei, Oliver.« Die schwangere Unternehmergattin nahm auf dem nächstgelegenen Stuhl Platz. »Er hat irgendeinen Gegenstand gefunden.«

Der schöne Bäcker hob die gezupften Augenbrauen.

Der Hauptkommissar zog die goldene Brezel aus seiner Aktentasche.

»Sieh mal, Oliver.« Frau Brinkmann strahlte. »Das ist doch die Auszeichnung, auf die du so stolz warst. Das ist aber schön!«

»Ja, das ist eine echte Überraschung.« Der Backwarenmonarch stand auf. »Am besten gehen wir in mein Arbeitszimmer.«

Sie begaben sich zurück ins Haus.

»Ich komme wohl sehr unpassend«, bemerkte Baer.

»Unsinn«, entgegnete Brinkmann. »Ich bin froh über jede Ablenkung.«

»Hat jemand Geburtstag?«

»Meine Frau.«

»Oh.«

»Deshalb sind ihre beiden Schwestern samt Familie zu Besuch. Schon das ganze Wochenende über. Wo gibt es wohl sonst noch kostenlose Brötchen und Kuchen im Überfluss?« Brinkmann öffnete eine Tür.

Baer hoffte sehr, dass Brinkmanns Brötchen geschmackvoller waren als die Einrichtung seines Büros.

Der Unternehmer ging zur Bar und goss sich einen Whiskey ein. »Wie sagte Benjamin Franklin so schön? ›Besuch ist wie Fisch, nach drei Tagen stinkt er.‹«

»Ich würde mich mit Ihnen lieber über die goldene Brezel unterhalten.«

»Natürlich.« Brinkmann stellte seinen Drink ab und kam auf Baer zu. »Darf ich?« Er nahm die Ehrenauszeichnung und hängte sie neben eine Reihe von Urkunden an die Wand. Die goldene Brezel passte perfekt dorthin, offenbar war das ihr angestammter Platz.

»Wir haben das Schmuckgebäck im Haus eines Juwelendiebs gefunden«, sagte Baer. »Wissen Sie, wie es dorthin kam?«

»Vor einem halben Jahr wurde hier eingebrochen«, antwortete Brinkmann. »Unter anderem wurde diese Brezel gestohlen. Der Täter hat offenbar geglaubt, sie wäre aus echtem Gold.«

»Es gibt keine Einbruchsanzeige.« Baer setzte sich auf den Besucherstuhl. »Warum haben Sie den Diebstahl nicht gemeldet?«

»Der materielle Schaden war überschaubar. Meine Frau hatte allerdings gerade erst erfahren, dass sie schwanger ist, und ich wollte sie auf keinen Fall beunruhigen. Anstatt die Pferde scheu zu machen, habe ich die Sicherheitsvorkehrungen erhöht und Überwachungskameras installieren lassen.«

»Wie edel und großzügig von Ihnen.«

»Als Unternehmer muss man immer langfristig denken und darf sich nicht von kurzfristigen Rückschlägen verunsichern lassen. Möchten Sie eigentlich auch einen Drink?«

»Nein danke. Als Ermittler muss man immer nüchtern bleiben und darf sich nicht von oberflächlich netten Menschen umgarnen lassen.«

Brinkmann setzte sich in seinen Chefsessel. »Was wollen Sie denn noch von mir wissen?« Seine Stimme klang jetzt deutlich ungehalten.

»Ich untersuche den Mord an Wiebke de Wall«, sagte Baer.

»Davon habe ich in der Zeitung gelesen«, antwortete Brinkmann. »Angeblich gibt es da eine Verbindung zu einem Gangster-Rapper.«

»Sie sind ein langjähriger Kunde der Werbeagentur de Wall in Emden, nicht wahr?«

Brinkmann nickte. »Es tut mir sehr leid für Walter. Ich kann mir nicht vorstellen, wie schlimm es ist, die eigene Tochter zu verlieren.«

»Wiebke de Wall hat den Jingle für Ihre Werbekampagne komponiert.«

»Das stimmt. Ein echter Ohrwurm, die Spots kamen super an.«

»Also kannten Sie auch Wiebke persönlich?«

Brinkmann holte tief Luft. »Walters Tochter war beim ersten Meeting dabei, zusammen mit ihren Eltern und zehn anderen Personen. Und im Gegensatz zu den anderen hat sie erst ganz zum Schluss etwas gesagt. Ich wollte die ganze Kampagne auf dem Wort ›klimafreundlich‹ aufbauen, mit dem Tenor ›freundlich zum Kunden, freundlich zum Klima‹. Das hätte uns ein gutes Image verpasst, aber nichts gekostet. Doch Wiebke de Wall hat auf Klimaneutralität bestanden. Sie hat gesagt, man solle keine halben Sachen machen und sich nicht durchs Leben schummeln, die Kunden würden es honorieren, wenn man Sachen ehrlich meint. Das hat mich sehr geärgert, aber wenn man Spezialisten bezahlt, muss man auch auf Spezialisten hören. Die neuen Umweltmaßnahmen kosten eine Stange Geld, aber erstaunlicherweise macht sich die Kampagne bezahlt. Natürlich habe ich den Vertrag mit Walter ausgeweitet. Ich hoffe nur, dass nach dem Tod seiner Tochter die Qualität immer noch stimmt.«

»Sie haben Wiebke de Wall nach diesem Meeting nicht mehr gesehen?«

Brinkmann nickte. »Sie war nicht mal mehr bei der Abschlusspräsentation dabei. Als Geschäftsführer spricht man mit den Leuten, die auf derselben Ebene stehen wie man selbst, natürlich habe ich nichts mit den Leuten zu tun, die die Aufträge im Detail ausführen.«

Baer sah Brinkmann in die Augen, aber er wurde aus ihm genauso wenig schlau wie aus den Wortschnipseln auf seinem Poloshirt. Er war ihm nicht sympathisch, aber Baer glaubte nicht, dass er etwas mit den Morden zu tun hatte. Eine gestohlene goldene Brezel reichte nicht als Motiv.

Dieses Fundstück hatte ihn also doch nicht weitergebracht. Die Verbindung zu Wiebke de Wall war zu schwach, er musste nach einem anderen Hinweis suchen.

* * *

Kira saß in ihrem Auto und beobachtete den Möwenflug. Wie lange würde es wohl noch dauern, bis die Kollegen hier auftauchten?

Gerade als sie zum Funkgerät greifen wollte, sah sie, wie ein blau-silberner Streifenwagen auf den Parkplatz fuhr. Einer der Beamten war jung und wirkte freundlich, der zweite hingegen entstammte Baers Generation, hatte einen dicken Walrossschnäuzer und für jedes Lebensjahr ein Kilo zu viel auf den Hüften. Er wuchtete sich aus dem Wagen und baute sich breitbeinig vor Kira auf, so als wäre er der Sheriff einer Westernstadt. *New Harling ist zu klein für uns beide*, schoss es ihr durch den Kopf.

»Womit habe ich meine Wegfahrsperre denn verdient?«, fragte Kira.

»Der Parkschein war nicht deutlich sichtbar«, entgegnete Kollege Schnauzbart.

»Ich bin im Einsatz«, sagte Kira. »Es wäre sehr freundlich, wenn Sie die Parkkralle jetzt entfernen würden und wir dieses Missverständnis vergessen könnten.«

Der Sheriff grinste fies und zog einen Schlüsselbund aus der Tasche. Schon dabei musste er schnaufen, und während er sich bückte, um die Wegfahrsperre zu entfernen, schien er kurz vor dem Herzinfarkt.

»Danke. Grüßen Sie Ihren Kumpel Baer von mir. Richten Sie ihm aus, ich hätte mich köstlich amüsiert.« Kira stieg ein und fuhr los.

Es war hinterhältig von Baer gewesen, sie zum Essen einzuladen und gleichzeitig dafür zu sorgen, dass ihr Auto aus dem Verkehr gezogen wurde. Aber in gewisser Weise hatte sie sich das selbst eingebrockt, denn offensichtlich hatte sie ihn äußerst stümperhaft beschattet. Es war sinnlos, sich darüber zu ärgern, sie musste jetzt nach vorne sehen und durfte nicht noch mehr Zeit vergeuden. Es bestand die Möglichkeit, dass Baer eine falsche Fährte verfolgte. Sie musste also zurück zu Corlukas Haus und sich dort selbst umsehen. Manchmal war die zweite Wahl die richtige.

* * *

Tilmann Baer verließ mit seinem Gastgeber das Arbeitszimmer. Oliver Brinkmann peilte den Ausgang an, doch Baer schaute zur Terrassentür.

»Ich würde gerne noch Ihrer Frau zum Geburtstag gratulieren«, sagte er.

»Tun Sie, was Sie nicht lassen können.«

Sie gingen zurück in den Garten. Frau Brinkmann sah ihn überrascht an.

»Ihr Mann hat mir verraten, dass Sie heute Geburtstag haben.« Baer räusperte sich. »Herzlichen Glückwunsch.«

»Das ist aber nett, vielen Dank«, sagte sie und lächelte jetzt.

Sein Blick fiel wieder auf ihr glitzerndes Collier.

»Die Kette ist großartig, nicht wahr?« Frau Brinkmann nestelte an dem Schmuckstück herum. »Oliver hat sie mir geschenkt.«

Baer schaute sich nach einem Geburtstagstisch um. Zwischen Blumen und Pralinen lag dort auch ein dunkelblaues Schmucketui mit den Initialen von Garlef Reitmeyer.

»Trinken Sie doch noch eine Tasse Kaffee mit uns«, forderte Frau Brinkmann ihn auf. »Wir sind heute alle Versuchskaninchen für Olivers neuen Joghurt-Creme-Blechkuchen. Wenn er Ihnen schmeckt, wird er ins reguläre Programm aufgenommen.«

Ihre Schwester tätschelte einladend auf den Stuhl neben sich. »Außerdem sind wir alle sehr mitgenommen von dem Mord an dieser Schlagerkomponistin. Sie haben doch bestimmt Informationen aus erster Hand für uns.«

Baer wandte sich Oliver Brinkmann zu. »Es gibt da noch einen anderen Gegenstand, den ich Ihnen gerne zeigen würde.«

Sie begaben sich zurück in das Büro.

Der Brezelmogul war sichtlich genervt. »Allmählich ziehe ich die Gesellschaft meiner Schwägerinnen der Ihren vor. Also, worum geht es diesmal?«

»Kaufen Sie regelmäßig im Juweliergeschäft Reitmeyer in Aurich ein?«, fragte Baer.

Brinkmann nickte. »Ich bin dort seit etlichen Jahren Stammkunde, Garlef hat mir immer gute Preise gemacht. Furchtbar, was mit ihm passiert ist!«

»Dann können Sie sich bestimmt auch an diese Armbanduhr erinnern.« Baer zog das Kästchen mit der goldenen Luxusuhr aus seiner Tasche.

»Ich verstehe nicht, was Sie meinen«, sagte Brinkmann.

»Wir haben Fingerabdrücke auf dem Schmucketui gefunden«, erklärte Baer. »Natürlich wird sich bei einem Vergleich ergeben, dass es Ihre sind. Sie haben Wiebke diese Uhr geschenkt, weil Sie eine Affäre mit ihr hatten.«

»Ich habe Wiebke diese Uhr geschenkt, weil sie gute Arbeit geleistet hat, aber unsere Beziehung war rein geschäftlicher Natur.«

»Die Schweißperlen auf Ihrer Stirn erzählen aber eine andere Geschichte. Eben haben mich Ihre Schwägerinnen nach den neuesten Gerüchten aus dem Polizeirevier gefragt und ich glaube, ich sollte mal aus dem Nähkästchen plaudern.«

»Nein, Herr Baer, bitte, das ist wirklich nicht nötig.« Brinkmann war weiß wie Zuckerguss. »Ja, ich hatte eine Affäre mit Wiebke. Aber ich habe die Beziehung beendet, als meine Frau schwanger wurde. Die ganze Sache war ein großer Fehler.«

»Affären gehören häufig zu den Fehlern, aus denen man nichts lernt.«

»Glauben Sie mir, ich habe meine Lektion bekommen.«

»Wie soll ich das verstehen?« Baer sah ihn scharf an.

Brinkmann antwortete nicht sofort. »Ich habe begriffen, dass mir meine Familie am wichtigsten ist. Ich freue mich auf meinen Sohn, vielleicht hat er ja sogar irgendwann mal Spaß daran, die Tradition weiterzuführen und die Bäckerei zu übernehmen. Machen Sie das bitte nicht unnötig kompliziert, indem Sie längst vergangene Dinge an die Oberfläche zerren.«

»Mir geht es darum, den Mord an einer jungen Frau aufzuklären«, rief Baer. »Wenn Sie mit Wiebke zusammen waren, muss sie Ihnen doch etwas bedeuten. Wollen Sie denn nicht, dass der Täter gefasst wird?«

»Die Affäre liegt sechs Monate zurück! Was soll das mit dem Mord zu tun haben? Oder glauben Sie etwa, dass meine Frau Wiebke ermordet hat, weil sie eifersüchtig war? Als Alibi dient ihr wahrscheinlich ein Termin bei der Schwangerschaftsgymnastik.«

»Es gibt mittlerweile ein zweites Mordopfer.« Baer zog das Phantombild von Filip Corluka aus der Tasche. »Dieser Mann wurde mit derselben Pistole erschossen wie Wiebke. Um den Mörder zu finden, muss ich die Beziehung zwischen den beiden verstehen. Jeder Hinweis kann uns helfen.«

Brinkmann starrte wie gebannt auf das Phantombild.

»Sie kennen diesen Mann, habe ich recht?« Baer beobachtete Brinkmann genau. »Sie haben ihn schon einmal gesehen.«

Brinkmann atmete tief ein. »Eventuell könnte ich Ihnen helfen«, sagte er schmallippig. »Allerdings müsste ich mich dafür auf Ihre Diskretion verlassen können.«

Baer hasste es, wie Brinkmann seine Frau hintergangen hatte. Er kannte das Gefühl, betrogen zu werden, aus eigener Erfahrung. Aber er war nicht als moralische Instanz hier, sondern um einen Mörder zu überführen. Also biss er die Zähne zusammen. »Von mir wird Ihre Frau nichts erfahren.«

»Dann werde ich Ihnen etwas zeigen.« Brinkmann ging zu seinem Tresor und öffnete ihn. Er holte eine Speicherkarte heraus, die er in seinen Laptop steckte. »Der Einbruch, bei dem die goldene Brezel gestohlen wurde, geschah etwa zwei Wochen nachdem ich mit Wiebke Schluss gemacht hatte«, erklärte er. »Wiebke hat nicht gewusst, dass ich mittlerweile Sicherheitskameras im Haus angebracht hatte. Das hier sind die Aufnahmen jener Nacht.«

Baer achtete genau auf die Schwarz-Weiß-Videos. Es waren insgesamt zwei Einbrecher. Nein, drei. Einer blickte direkt in eine Kameralinse und der Hauptkommissar erkannte Filip Corluka. Er achtete darauf, ob sich die anderen beiden Personen auch irgendwo zu erkennen gaben. Kurze Zeit später kam eine von ihnen ins Bild. »Das ist Wiebke«, sagte Baer mit trockener Stimme. »Sie ist zusammen mit Filip Corluka eingebrochen.«

»Gleich kann man auch noch das Gesicht der dritten Person sehen«, kündigte Brinkmann an. »Ich kenne ihn allerdings nicht.«

Baer starrte wie gebannt auf den Bildschirm. »Dafür kenne ich ihn«, sagte er. »Er heißt Sunko Meinert.«

23. Festnahme

Kira öffnete die Hängeschränke in Filip Corlukas Küche und schaute sogar in seine Cornflakespackung. In diesem unpersönlichen Haus gab es nirgendwo etwas, das sie weiterbringen konnte. Die Kommissarin hielt inne und beruhigte ihren Atem.

Wenn sie bei Filip Corluka keine Verbindung zu Wiebke de Wall fand, dann gelang ihr das vielleicht andersherum. Sie musste also in der Wohnung der Schlagerkomponistin nach Hinweisen zu dem Kriminellen suchen.

* * *

Der schwarze VW Tiguan stand auf dem Großraumparkplatz in Esens. Das war für die meisten Leute der Ausgangspunkt, um die Einkaufszone der Kleinstadt zu erkunden, aber Tilmann Baer blieb in seinem Auto sitzen. Er schaute sich noch einmal das Überwachungsvideo auf seinem Smartphone an. Es gab keinen Zweifel: Wiebke de Wall, Filip Corluka und Sunko Meinert hatten diesen Einbruch gemeinsam verübt. Die drei kannten sich, und so souverän, wie sie vorgingen, hatten sie wahrscheinlich schon vorher Einbrüche zusammen verübt.

Aufgrund ihrer Affäre mit Oliver Brinkmann kannte sich Wiebke in dem Haus aus. Wahrscheinlich hatte sie gezielt darauf geachtet, welche Sicherheitsvorkehrungen es gab und wo die Wertgegenstände versteckt waren. Auf dem Schwarz-Weiß-Film fand Sunko Meinert den Tresor, ohne zu suchen, und er kannte auch die Zahlenkombination. Gleichzeitig sah Filip Corluka die goldene Brezel an der Wand hängen und steckte sie ein.

Das Ganze wirkte wie eine ausgetüftelte Masche, bei der Wiebke de Wall die entscheidende Rolle spielte. Sie war Köder, Informantin und Täterin zugleich. Das schmucke Pfahlhaus des Sektfabrikanten Klaas Steenhuis wäre wahrscheinlich als Nächstes dran gewesen.

Wiebke de Wall war allerdings tot und konnte keine Informationen mehr zur Verfügung stellen. Hatte sie sich geweigert, dieses Spiel weiter mitzumachen, und war deshalb ermordet worden? Es sah ganz so aus. Wiebke hatte jetzt als Schlagerkomponistin Erfolg und wollte das Trio verlassen. Meinert und Corluka mussten also eine neue Einnahmequelle finden und verlegten sich auf Juwelendiebstahl. Sunko Meinert hatte wahrscheinlich das Fluchtfahrzeug beim Blitz-Überfall gefahren. Aufgrund des Toten war der Coup allerdings nicht so sauber wie geplant verlaufen, es kam zum Streit zwischen den Kumpanen und Meinert entledigte sich auch noch des letzten Mitwissers. Derjenige, der vom Trio übrig blieb, musste der Mörder der anderen beiden sein.

Baer verspürte einen Anflug von Enttäuschung. Er hatte Sunko Meinert Erfolg mit seiner Oldtimer-Garage gewünscht. Aber seine Werkstatt verschlang offenbar eine Menge Geld, sodass er den Cashflow durch Einbrüche und Diebstähle sichergestellt hatte. Und schließlich war er darüber sogar zum Mörder geworden. Es war ein weiterer Beweis dafür, dass man keinem Menschen trauen durfte.

Baer schaltete das Smartphone aus. Brinkmann hatte ihm die Speicherkarte gegeben und er hatte das Video bereits an

Gravenhorst weitergeleitet. Jetzt wartete er auf die Kollegen, damit sie Sunko Meinert festnehmen konnten.

Es gab nur einen Grund, warum Oliver Brinkmann mit diesem Video bisher nicht zur Polizei gegangen war. Wenn die Einbrecher verhaftet worden wären, wäre auch seine Affäre aufgeflogen. Nun ging es allerdings nicht mehr um den Einbruch, sondern um zweifachen Mord, und kein Versicherungsanwalt würde sich für Brinkmanns Privatleben interessieren.

Tilmann lehnte sich zurück und schloss die Augen. Vor seinem inneren Auge tauchte Frau Brinkmann auf, die so fröhlich lächelte. War Melanie während ihrer Schwangerschaft genauso glücklich gewesen? Normalerweise blockte Tilmann alle Erinnerungen an seine Ex-Frau sofort ab, aber diesmal ließ er sie zu. Einen kurzen Moment lang war er der glücklichste Mann der Welt gewesen, als sie ihm erzählt hatte, sie würde ein Kind bekommen. Danach war er in den Abgrund gestürzt. Wie es Melanie wohl gerade ging? Seinem Freund hatte er den Tod gewünscht, aber für Melanie hatte er immer nur das Beste gewollt, egal was sie ihm angetan hatte.

Das Funkgerät rauschte. »*Hauptkommissar Baer? Wir erreichen gerade die Einsatzbasis in Esens.*« Das war Jan Haselbachs Stimme.

Ein Mannschaftstransporter und mehrere Streifenwagen fuhren auf den Parkplatz. Baer hoffte auch auf den BMW von Kira Jensen, aber er kam nicht. Er wusste bereits, dass ihr Auto keine Parkkralle mehr trug, aber offenbar war sie nicht zurück ins Revier gefahren, sonst hätte sie die Neuigkeiten mitbekommen.

Baer stieg aus und ging zu den Kollegen. Die Polizisten aus dem Mannschaftswagen trugen bereits ihre komplette Schutzausrüstung, Haselbach breitete eine detaillierte Karte des Zielgebiets auf der Motorhaube seines Autos aus.

Baer erklärte ihnen die Lokalitäten. »Das hier ist das Wohnhaus, in dieser Scheune befindet sich die Autowerkstatt. Diese Zugangswege müssen weiträumig abgesperrt werden, ein Team muss den Deich absichern. Es dürfen auf keinen Fall Zivilisten gefährdet werden.« Er wandte sich an Haselbach. »Du leitest die Gruppe, die ins Wohnhaus eindringt, Jan. Ich werde mit zwei Teams die Autowerkstatt unter Kontrolle bringen.«

»Verstanden«, bestätigte Haselbach.

Baer wandte sich an seine Leute. »In der Scheune stehen echte Oldtimer-Schätze. Trotzdem wird scharf geschossen. Sunko Meinert hat bereits zwei Menschen ermordet und wird vor Schusswaffengebrauch nicht zurückschrecken.«

Die hochgerüsteten Einsatzkräfte nickten.

»Dann los.« Baer zog sich seine Schutzweste an und stieg wieder in sein Auto.

Die Kolonne setzte sich in Bewegung. Sie fuhren durch Bensersiel und folgten der Hauptstraße. Hinter dem Deich lag zuerst das Strandportal und kurz darauf kam ein großer Campingplatz. Das hinterste Polizeifahrzeug stoppte mitten auf der Fahrbahn, um eine Straßensperre zu errichten.

Beim Hinweisschild zu Sunkos Oldtimer-Garage hielt Baer hinter dem Mannschaftstransporter. Jetzt mussten sie warten, bis die zweite Sperre stand und alle ihre Positionen eingenommen hatten.

Über Funk trudelten die Bestätigungsmeldungen ein.

»*Alle Teams in Stellung*«, funkte Haselbach zum Abschluss.

»Sehr gut«, lobte Baer. »Haltet euch bereit.« Er startete den Motor und näherte sich dem alten Bauernhof. Diesmal übernahm er die Aufgabe des Beobachters persönlich. Auf der Weide neben dem Zielobjekt grasten ein paar Kühe, ansonsten konnte Baer keine Bewegung ausmachen. Er hielt gegenüber der Einfahrt und setzte ein Fernglas an die Augen.

»*Und?*«, fragte Haselbach durchs Funkgerät.

»Ich sehe kein Auto vor der Werkstatt«, meldete Baer. »Er hat also gerade keine Kundschaft.« Von hier aus konnte der Hauptkommissar nicht erkennen, ob die Scheunentore geöffnet waren. Arbeitete Sunko Meinert heute überhaupt? Oder hatte er sich freigenommen, um die erbeuteten Juwelen zu seinem Hehler zu bringen? An einer Wäscheleine wehten T-Shirts und ein Bettlaken im Wind.

Letztlich gab es nur eine Möglichkeit, um herauszufinden, ob Meinert zu Hause war. Baer setzte das Fernglas ab und überprüfte seine Dienstwaffe. Er griff nach dem Funkgerät. »An alle Einsatzkräfte: Drei – zwei – eins – Zugriff!«

Er verfolgte im Innenspiegel, wie der Mannschaftswagen heranpreschte, dahinter brachen die Sonnenstrahlen durch den wolkenbedeckten Himmel. Baer startete seinen Motor und fuhr ebenfalls auf den alten Bauernhof. Er achtete nicht auf die Kollegen, die sich gerade Zutritt zum Wohnhaus verschafften, sondern führte seine eigenen Leute an. Das Haupttor zur Werkstatt stand offen, aber diesmal waren keine elektrischen Werkzeuge zu hören.

»Kriminalpolizei!«, rief Tilmann Baer. »Das Haus ist umstellt, Widerstand ist zwecklos!«

Keine Antwort. Baer bedeutete seinen beiden Teams, dass sie sich in der geräumigen Scheune verteilen sollten. Sein Pulsschlag war beschleunigt, aber sein Verstand war messerscharf. Er hielt seine Waffe vor sich und schaute immer in Richtung des Pistolenlaufs.

Trotz des Einsatzes hatte er noch einen Blick für die Schönheit der alten Fahrzeuge. Es tat ihm in der Seele weh, dass all dies nun nicht mehr zu retten war. »Ergeben Sie sich, Herr Meinert! Machen Sie diese Sache nicht noch schlimmer.«

Es gab in diesem Raum unzählige Verstecke. Baer bewegte sich vorsichtig auf die Inspektionsgrube zu und zielte hinein.

In dem Loch befand sich niemand.

Plötzlich erklang hinter ihm ein Geräusch. Baer drehte sich um und sah, wie Sunko Meinert auf einem Rollbrett auf ihn zurauschte. Der Hauptkommissar wollte noch zur Seite springen, doch es war zu spät. Er wurde mit voller Wucht getroffen und stürzte in das Reparaturloch.

»Verdammt noch mal«, fluchte er und drückte die Sprechtaste am Funkgerät. »Die Zielperson ist in der Werkstatt! Ich wiederhole, Sunko Meinert ist in der Werkstatt.« Baer richtete sich wieder auf und kletterte aus der Grube. Er hörte einen Motor aufheulen und sah, wie sich der feuerrote Mercedes 190 SL in Bewegung setzte. Baer zielte auf Meinert, aber brachte es nicht übers Herz, auf den liebevoll restaurierten Oldtimer zu schießen.

Das Cabriolet raste aus der Werkstatt und Baer benachrichtigte die Kollegen. Was konnte er sonst noch tun? Sein Blick fiel auf den petrolfarbenen Porsche 356.

Baer hoffte inständig, dass der Zündschlüssel steckte, und hatte tatsächlich Glück. Er ließ den Tiger erst schnurren und dann brüllen. Der Kies auf dem Innenhof wirbelte auf und Baer peilte die Einfahrt an. Er musste sich erst mal an die schwerfällige Lenkung gewöhnen und landete um ein Haar im Straßengraben. Vor sechzig Jahren hatte es noch keine Servolenkung gegeben.

Baer drückte das Gaspedal bis zum Anschlag durch und kam dichter an den roten Mercedes heran. So eine Oldtimer-Rallye auf der Landstraße hatte etwas Erhebendes. Allerdings würde die Straße nicht mehr lange so frei bleiben. Vor ihnen stand ein blau-silberner Streifenwagen quer auf der Straße, dahinter hatte sich bereits eine stattliche Schlange von Autos gebildet. Ein beleibter Polizist stand breitbeinig auf der Fahrbahn, so als würde es sich um ein Duell handeln. Der Kollege zog seine Pistole und zielte auf den roten Mercedes.

Meinert zog im letzten Augenblick nach links, brauste über eine Wiese und krachte gegen einen Apfelbaum.

Baer wollte nach dem Funkgerät greifen, um einen Krankenwagen zu rufen, aber das hier war ja gar kein Dienstfahrzeug. Er brachte den Porsche mit quietschenden Reifen zum Stillstand und sprang hinaus. »Rufen Sie einen Rettungswagen!«, befahl er dem Kollegen, während er sich mit gezückter Pistole dem Unfallfahrzeug näherte.

Sunko Meinert zeigte keine Regung, sondern saß ohnmächtig auf dem Fahrersitz. Auf seiner Stirn klaffte eine blutende Wunde vom harten Aufprall auf dem Lenkrad. Natürlich hatte es vor sechzig Jahren auch noch keine Airbags gegeben. Hoffentlich hatte Meinert diesen Unfall trotzdem überlebt.

* * *

Es herrschte bereits Abenddämmerung, als Kira auf den Parkplatz der Polizeiinspektion Aurich fuhr. Sie war erschöpft und entmutigt. Ihr stundenlanges Suchen in den Wohnungen von Wiebke de Wall und Filip Corluka war nicht von Erfolg gekrönt gewesen. Sie hatte keine Ahnung, in welcher Weise die beiden miteinander in Verbindung standen, und sie hatte keine Hoffnung mehr, diesen Fall lösen zu können. Wie war es wohl Baer ergangen?

Schon als sie durch die Tür trat, fiel ihr die heitere Atmosphäre auf. Sie hörte Gelächter und Applaus und das Knallen eines Sektkorkens. Das alles kam aus der Richtung des Konferenzraums, wo offenbar mächtig gefeiert wurde.

Baer hat es geschafft, gestand sich Kira ein. *Er hat doch den entscheidenden Gegenstand in Filip Corlukas Wohnung gefunden.*

So klein hatte sie sich noch nie gefühlt. Ihre Beine waren schwer, trotzdem ging sie zum Konferenzraum und schlich sich hinein.

Niemand außer Jan Haselbach nahm Notiz von ihr.

»Der Mörder ist Sunko Meinert«, erklärte der Polizist.

»Warum?«

»So, wie ich es verstanden habe, hat er zusammen mit Filip Corluka und Wiebke de Wall Einbrüche durchgeführt. Als de Wall ein neues Leben ohne seinen Einfluss beginnen wollte, hat er sie ermordet. Und mit Corluka ist er anscheinend in Streit über den Juwelenraub geraten.«

»*Falsche Freunde*«, dachte Kira. »Hat Sunko Meinert gestanden?«

»Noch nicht. Er hatte einen Unfall, als wir ihn gestellt haben, und ist noch nicht vernehmungsfähig. Aber die Beweise sind erdrückend. Wir haben sowohl die Tatwaffe bei ihm gefunden als auch die Sporttasche mit den geraubten Juwelen. Außerdem gibt es ein Überwachungsvideo, das die drei zusammen zeigt.«

Kira blickte zu Baer, der sich im Rampenlicht sonnte. Sie dachte an ihre Wette und seufzte. »*Wenn Sie den Täter vor mir überführen, werde ich meinen Schreibtisch freiwillig räumen und mich in eine andere Dienststelle versetzen lassen. Aber wenn ich Wiebkes Mörder zuerst schnappe, arbeiten wir in Zukunft zusammen.*« Baer hatte auf ganzer Linie gewonnen. Die Zeit in der Heimat war kürzer gewesen, als sie gehofft hatte.

»Herzlichen Glückwunsch«, flüsterte sie.

24. Verloren

Am Dienstag ließ sich Kira Zeit, bevor sie zum Polizeirevier radelte. Sie hatte die Nacht wieder auf ihrem eigenen Sofa verbracht. Ihre neue Matratze war noch gut verpackt, denn es ergab keinen Sinn, sie zu verwenden, wenn sie sowieso bald wieder umziehen würde. Eigentlich war sie froh, diese unselige Wohnung zu verlassen.

Ein ganz anderes Gefühl überkam sie im Polizeigebäude. In diesen Mauern war auch nicht alles rosig gewesen, aber sie hatte eine Zukunft für sich gesehen. Noch hatte sie niemanden von den Kollegen richtig kennengelernt, trotzdem würde sie selbst den altgedienten Hausmeister vermissen. Wehmütig ging Kira in den Trakt mit den Arrestzellen. Sollte sie vielleicht auch Bissspuren in der Matratze hinterlassen, damit wenigstens etwas von ihr blieb?

Kira schlich nach oben. Sie hatte nicht einmal eine Woche in dieser Arbeitsstelle durchgehalten, obwohl sie damit so viel Hoffnung verbunden hatte. Nun wollte sie ihren letzten Arbeitstag noch in Würde hinter sich bringen.

»Ah, Jensen, da sind Sie ja.« Baer freute sich offenbar tatsächlich, sie zu sehen. »Haben Sie es mitbekommen? Der Mörder ist gefasst.«

»Wenn er nicht gestanden hat, ist der Fall auch noch nicht gelöst«, erwiderte Kira.

»So klingt ein schlechter Verlierer«, sagte Baer.

Sie zuckte mit den Schultern. »Gut, dass der Kerl endlich hinter Gittern sitzt. Alles andere ist egal.«

»Wir haben gestern versucht, Sie zu erreichen, damit Sie bei der Festnahme dabei sein können. Aber Sie sind nicht ans Handy gegangen.«

»Mein Smartphone ist immer noch kaputt. Ich hatte noch keine Zeit, mir ein neues zu kaufen.«

»Schade, denn Sie haben etwas verpasst. Sunko Meinert ist in einem seiner Oldtimer geflüchtet und ich habe ihn in einem anderen verfolgt.« Baer schaute sie selig an. »Ich habe heute Nacht davon geträumt, dass alle Autos von Sunkos Oldtimer-Garage in Polizeibesitz übergehen und ich den Porsche 356 als Dienstwagen bekomme.«

»Träume sind Schäume.«

»Sie haben ja heute schlechte Laune.«

»Ich lerne eben von den Besten.« Kira ließ sich auf ihren Schreibtischstuhl fallen. Sie würde jetzt gerne eine Tasse Kaffee trinken, aber die Abscheu, Baer danach zu fragen, war zu groß.

Ihr Vorgesetzter war gerade dabei, sich seine Haferflocken zusammenzumischen. Er blickte die Körner so schmachtend an wie andere Leute eine Pizza. »Sie können gerne Ihre Karotten mampfen«, sagte er gnädig.

»Es ist erst Viertel nach elf. Ist das nicht etwas früh fürs Mittagessen?«

»Sunko Meinert ist mittlerweile vernehmungsfähig. Ich will noch etwas Anständiges in den Magen kriegen, bevor ich ins Krankenhaus fahre. Kommen Sie mit?«

Kira schüttelte den Kopf. »Das ist Ihr Fall, Sie haben ihn alleine gelöst. Ich werde meinen Antrag auf Versetzung fertig machen.« Sie war sich nicht sicher, aber sie meinte, in seinem Gesicht Betroffenheit zu erkennen.

Er aß ein paar Löffel und blickte wieder auf. »Sie sind noch jung«, sagte er. »Da kann man Veränderungen noch gut vertragen. Sie sind eine hervorragende Polizistin und ich wünsche Ihnen alles Gute für Ihren Lebensweg.«

Kira entgegnete nichts und stand auf. Sie wollte in der Abgeschiedenheit der Kantine eine Tasse Kaffee trinken.

* * *

Baer fuhr auf den Parkplatz der Ubbo-Emmius-Klinik in Aurich. Im Eingangsbereich wartete bereits Jan Haselbach und gemeinsam gingen sie zu Sunko Meinerts Krankenzimmer.

Vor dem Raum war ein Beamter als Wache postiert, außerdem war der linke Arm des Verdächtigen mit Handschellen ans Bett gekettet.

»Moin, Herr Meinert.« Der Hauptkommissar setzte sich mit seinem Notizblock auf den Besucherstuhl und entsicherte den Kugelschreiber. Haselbach nahm an der Tür Platz.

Meinert hatte ein großes Pflaster auf der Stirn und trug einen Stützkragen, ansonsten wirkte er recht fit. Nur die Lebensfreude war aus seinen Augen gewichen.

»Also, Herr Meinert«, begann Baer. »Was möchten Sie mir erzählen?«

»Es tut mir leid«, raunte Meinert.

»Was tut Ihnen leid?«

»Dass der Juwelier gestorben ist. Das hätte nicht passieren dürfen.«

Das war doch schon mal eine gewisse Einsicht. »Garlef Reitmeyer ist nicht der einzige Tote, den wir beklagen müssen«, sagte Baer. »Auch Wiebke de Wall und Filip Corluka sind viel zu früh gestorben.«

Meinert seufzte laut. »Da haben Sie recht.«

»Das ist alles?«, fragte Baer. »Mehr haben Sie nicht dazu zu sagen?«

Meinert blickte ihn fragend an. »Ihr Veilchen.« Er nickte zu Baers blauem Auge. »Stammt das von unserem kleinen Autorennen?«

Baer schüttelte den Kopf. »Der Blumenbote heißt Maximilian Kramer. Kennen Sie ihn?«

»Nie gehört.«

Baer machte sich eine Notiz. »Unterhalten wir uns weiter über den Juwelendiebstahl. Sie haben das Fluchtfahrzeug gefahren?«

Sunko Meinert nickte.

»Wessen Idee war der Blitz-Überfall?«

»Filips. Er hat auch die Autos besorgt. Er hat mich schon länger mit dem Plan genervt, aber ich war immer dagegen. Doch nun, wo wir keine Einbrüche mehr machen konnten, haben wir das durchgezogen.« Wut blitzte in Meinerts Augen auf. »Ich hatte von Anfang an ein schlechtes Gefühl bei der Sache. Der Plan hatte zu viele Variablen.«

»Anders als Ihre Einbrüche vorher. Denn dabei hat Sie Wiebke mit allen notwendigen Informationen versorgt.«

Meinert schaute ihn überrascht an.

»Wir haben die Aufzeichnung einer Überwachungskamera. Auf den Bildern kann man Sie, Wiebke de Wall und Filip Corluka eindeutig identifizieren.«

Meinert holte scharf Luft. »Es war eine sichere Masche. Während Wiebke mit den reichen Säcken zusammen war, hat sie alles ausgespäht. Nachdem die Beziehungen vorbei waren, haben wir ihnen einen nächtlichen Besuch abgestattet.«

»Und wer hat sich diese Methode ausgedacht?«

Sunko Meinert senkte den Blick. »Das war ich.«

Baer legte den Kopf schief. »Haben Sie Wiebke extra dazu angehalten, Beziehungen zu wohlhabenden Männern einzugehen?«

»Niemals! Ich bin doch kein Zuhälter. Wiebke hatte diese Beziehungen von sich aus. Meistens wurden sie sogar von ihr beendet, wenn diese Leute ihr nichts mehr zu bieten hatten. Mich hat das wahnsinnig gemacht, aber so war sie halt. Und eines Tages war mein Konto im Dispo und die Kreditkarte am Limit und ich empfand es als unfair, dass Wiebkes letzter Liebhaber so ein sorgenfreies Leben hatte.«

»Warum brauchten Sie Geld? Ihre Oldtimer-Garage ist doch ein tolles Geschäftsmodell.«

»Schnelles Wachstum verschlingt eine Menge Kapital. Wenn ich ein altes Auto ankaufe und aufbaue, trage ich zunächst alle Kosten alleine. Und dann habe ich mich fatalerweise auf Geschäftspartner eingelassen, die man nicht enttäuschen sollte. Ich hatte die Aussicht, mit besonderen Autos zu arbeiten, an die man normalerweise nur sehr schwer herankommt. Aber jeder ihrer Wünsche ist ein Befehl. Diese Kunden zahlen später gutes Geld, doch sie stellen einem keine Unterlagen aus, mit denen man bei der Bank seine Kreditlinie erhöhen könnte. Der Erlös aus dem Juwelendiebstahl hätte mir jedoch endgültig zum Durchbruch verholfen. Nur deshalb habe ich mich darauf eingelassen.«

»Sprechen Sie von Ihrem ursprünglichen Anteil oder von dem Betrag, nachdem Sie ihn verdoppelt haben?«

»Wie meinen Sie das?«, fragte Meinert.

»Das wissen Sie doch ganz genau! Sie haben Filip Corluka erschossen, um die volle Summe zu kassieren. Oder was ist zwischen Ihnen beiden geschehen? Hat er einfach nicht lockergelassen und wollte noch mehr solcher rabiaten Überfälle durchziehen? Oder wollte Corluka Sie hintergehen und seinen eigenen Anteil an der Beute erhöhen? Hat er vielleicht damit gedroht, Sie wegen des Mordes an Wiebke anzuzeigen?«

Sunko Meinert war kreideweiß. »Was erzählen Sie denn da? Ich habe Filip nicht erschossen! Und ich habe auch nichts mit Wiebkes Tod zu tun.«

* * *

Kira ging zurück ins Büro, das sie glücklicherweise jetzt für sich alleine hatte. Sie setzte sich auf ihren Schreibtischstuhl und trauerte all der Arbeit nach, die sie hier gerne verrichtet hätte.

Aber jetzt musste sie ihr Versetzungsschreiben tippen. Oder sollte sie lieber mit Gravenhorst persönlich reden?

Während der Computer hochfuhr, nahm sie sich die Protokolle vom Vortag vor. Sie las vom Fund der goldenen Brezel, von der Unterhaltung mit Oliver Brinkmann und dem Überwachungsvideo. Natürlich wäre sie gerne bei Sunko Meinerts Festnahme dabei gewesen!

Kira fühlte Wut in sich aufsteigen. Von der Aktion mit der Parkkralle in Neuharlingersiel hatte Baer natürlich nichts in seinen Berichten erwähnt! Er hatte die ganze Zeit über unfair gespielt. Wie sollte sie denn ermitteln können, wenn er sie andauernd wegsperrte? Sie sollte doch Beschwerde gegen Baer einlegen.

Kira wandte sich dem Computer zu und tippte die ersten Sätze. Dann zögerte sie und löschte die Zeilen wieder.

Das war nicht ihre Wette gewesen. Sie musste ehrlich sein, und wenn sie alle Ereignisse Revue passieren ließ, dann hatte Tilmann Baer fair gewonnen. Seine Fundstücke hatten ihn zum Täter geführt.

Hätte sie denn der goldenen Brezel eine große Bedeutung beigemessen? Sie hatte schon die goldene Uhr für nicht so wichtig gehalten wie er. Letztlich hatte sich Baers Erfahrung durchgesetzt.

Oder stimmte das gar nicht? Sowohl in Wiebke de Walls Wohnung als auch in Filip Corlukas Haus war Baer vor ihr gewesen. Waren ihm die Armbanduhr und die Brezel wirklich nur aufgrund seines kriminologischen Instinkts ins Auge gefallen?

* * *

»Lügen Sie mich nicht an!«, rief Tilmann Baer.

»Ich sage die Wahrheit«, versicherte Sunko Meinert. »Ich könnte Wiebke niemals wehtun.«

»Auch nicht, wenn sie Ihnen vorher wehgetan hat?«, fragte Baer. »Wiebke wollte nicht mehr bei den Einbrüchen mitmachen. Sie wollte nach Berlin ziehen und ein neues Leben anfangen.«

»Ich weiß!«, sagte Meinert. »Natürlich war ich deswegen traurig, aber ich habe mich für sie gefreut. Ihre Songs sind großartig und ich hatte ihr den Erfolg von ganzem Herzen gewünscht!«

»Wir haben die Tatwaffe bei Ihnen gefunden.« Baer zog ein großformatiges Foto von der Pistole aus seiner Aktentasche. »Mit dieser Waffe wurde sowohl Wiebke de Wall als auch Filip Corluka erschossen, daran gibt es keine Zweifel. Es gibt mehrere Fingerabdrücke auf der Pistole und ich gehe jede Wette ein, dass Ihre dabei sind.«

»Ja, das ist meine Pistole.« Meinert war sichtlich verwirrt. »Aber ich habe sie vor einem Jahr Wiebke geschenkt.«

»Das ist doch Unsinn. Eine reine Schutzbehauptung.«

»Es ist wahr! Sie sollte sich sicher fühlen und notfalls verteidigen können.«

»Wir haben die Waffe in Ihrem Büro gefunden. In der rechten Schreibtischschublade.«

»Das ist unmöglich.«

»Es ist eine Tatsache!« Baer steckte das Foto wieder ein. »Fangen wir ganz von vorne an. Wie haben Sie Wiebke de Wall kennengelernt?«

»Ich war zwölf. Meine Mutter war Alkoholikerin und ich war überall lieber als zu Hause. Ich war viel mit dem Fahrrad unterwegs. Einer meiner Lieblingsorte war der alte Bahnsteig von der Küstenbahn in Lütetsburg. Dort saß Wiebke und hat mit den Beinen gebaumelt. Von da an sind wir zusammen durch die Gegend geradelt. Es tat gut, jemanden zu haben, mit dem man einfach abhängen konnte, ohne sich verstellen zu müssen. Ohne reden zu müssen. Einfach nur da sein und in Träumen schwelgen.«

»Und Filip Corluka?«

»Das war mein Kumpel während der Ausbildung. Wiebke hat ihn nie gemocht. Aber durch ihn hatte ich Kontakte, die ich sonst niemals gehabt hätte. Er hat mir auch die Pistole besorgt.«

»Wie viele Einbrüche haben Sie zusammen durchgeführt?«

»Fünf.«

»Dann hat Wiebke ihre Liebhaber sehr oft gewechselt.«

Meinerts Unterkiefer mahlte.

»Sie haben vorhin über Wiebkes Beziehungen gesagt: ›So war sie halt.‹ Was meinen Sie genau damit?«

»Wiebke war einerseits sehr verschlossen und andererseits sehr freizügig. Sie hat behauptet, es wäre ihr egal. ›Ich fühle dabei nichts‹, hat sie gesagt. ›Aber ich spüre es, Macht zu haben. Ich mag es, gut zu essen und ein Geheimnis zu sein, an dem das Schicksal einer Familie hängt. Deshalb habe ich nichts dagegen, ihnen zu geben, was sie wollen.‹«

Baer schrieb das genau so auf. »Der rote Mercedes 190 SL«, sagte er. »Das war nicht einfach ein Geburtstagsgeschenk für Wiebke. Sondern ein Dankeschön für ihre Hilfe bei den Einbrüchen.«

Meinert schüttelte vehement den Kopf. »Sie haben recht, es war nicht einfach ein Geburtstagsgeschenk. Aber es war auch keine Belohnung für etwas, das ich verabscheut habe. Es war ein Abschiedsgeschenk.«

»Wann hat Ihnen Wiebke erzählt, dass sie wegziehen wollte?«

»Sie hatte es mir noch nicht gesagt, aber ich habe es geahnt. Normalerweise hätte sie mir viel mehr über den Sektfabrikanten erzählt, aber diesmal war sie ungewöhnlich verschlossen. Seitdem ihr Lied die Charts gestürmt hatte, hatte sie sich verändert. Sie war stärker geworden. Sie hatte einen guten Kurs eingeschlagen, dagegen führt mein Weg in die falsche Richtung. Ich wollte sie nicht mit mir in den Abgrund ziehen.«

»Wie hat Filip Corluka denn auf diese Veränderungen reagiert?«

»Er hat mehr und mehr gegen Wiebke Stimmung gemacht und behauptet, wir könnten uns nicht mehr auf sie verlassen.«

»Also könnte er Wiebke ermordet haben? Damit sie nicht plaudert?«

Meinert schüttelte den Kopf. »Filip war gefährlich und rücksichtslos, das ist mir leider erst nach dem Juwelendiebstahl richtig klar geworden. Trotzdem hätte er Wiebke nichts angetan, dafür hatte er zu viel Respekt vor mir.«

Möglich ist es dennoch, dachte Tilmann Baer. *Filip Corluka ermordet Wiebke de Wall, um eine Zeugin für die Einbrüche auszuschalten. Und als Sunko Meinert das herausfindet, nimmt er Corluka die Pistole ab und erschießt ihn.* Diese Theorie hatte allerdings einen Haken: Zu dem Zeitpunkt, als Wiebke erschossen wurde, war Filip Corluka alias Mats mit Kira Jensen zusammen gewesen.

Baer massierte sich die Stirn. In gewisser Weise überzeugte ihn, was Sunko Meinert erzählte. Aber wer konnte denn sonst noch für diese Bluttaten infrage kommen?

»Wie lauten die Namen von Wiebkes Liebhabern?«, fragte Baer.

»Da ist aktuell der Sektfabrikant Klaas Steenhuis, vorher war es Oliver Brinkmann. Dann gab es einen Selfmade-Millionär aus Hamburg, den Abkömmling eines alten Adelsgeschlechts und der erste war ein Politiker aus dem Ruhrgebiet.«

Baer zählte die Namen durch. »Da fehlt noch einer«, bemerkte er.

»Nein«, entgegnete Meinert. »Wie kommen Sie darauf?«

»Sie haben mir erzählt, sie wären insgesamt fünfmal eingebrochen. Das hier sind zwar fünf Liebhaber, aber Klaas Steenhuis darf man ja nicht dazurechnen.«

»Der letzte Einbruch war nicht bei einem von Wiebkes Liebhabern«, gestand Meinert.

Baer hob die Augenbrauen.

»Seit ihrem Erfolg mit ›Ankerschmerz‹ hatte Wiebke nicht nur Kontakt zu reichen Liebhabern gehabt, sondern kannte auch noch andere wohlhabende Leute.«

Baers Gedankenmaschine ratterte. »Sie sprechen von Maybrit Decker, der Schlagerprinzessin aus Oldenburg.«

Meinert nickte. »Wir haben Schmuck und eine große Summe Bargeld in ihrem Tresor gefunden. Aber da war noch etwas, das viel wertvoller war.«

»Und was war das?«

Meinert war erschöpft. »Schauen Sie es sich selbst an. Ich werde Ihnen verraten, wo wir es versteckt haben.«

25. Playlist

Kira jagte einen Gedanken, aber er ließ sich nicht fassen. Zumindest nicht vollständig.

Die Armbanduhr und die goldene Brezel – wäre sie beim Anblick dieser Gegenstände ebenfalls stutzig geworden? Oder waren sie so platziert gewesen, dass sie jedem hätten auffallen müssen?

Seltsam war, dass beide Gegenstände auf Oliver Brinkmann verwiesen. Sie hatten keine direkte Spur zu Sunko Meinert gefunden, sondern waren erst durch das Überwachungsvideo auf das Einbrechertrio gestoßen.

Was, wenn Garlef Reitmeyer bei dem Blitz-Überfall nicht ums Leben gekommen wäre? Dann hätte sie bereits die goldene Armbanduhr zu Oliver Brinkmann geführt, denn der Juwelier hätte sich höchstwahrscheinlich an seinen Stammkunden erinnert. Aber nachdem Reitmeyer nicht mehr lebte, tauchte mit der goldenen Brezel plötzlich ein weiterer Gegenstand auf, der die Polizei zu Oliver Brinkmann führte, und zwar diesmal sehr viel eindeutiger als die Armbanduhr.

Warum sollte sich Filip Corluka, der sein Haus sonst nicht sonderlich wohnlich gestaltet hatte, ausgerechnet eine goldene Brezel, die eine Plakette mit einem fremden Namen trug, ins Wohnzimmer hängen? Ansonsten hatte er alle Indizien für seine kriminellen Tätigkeiten verborgen, aber dieses Beutestück stellte er sichtbar aus? Diese Auszeichnung war doch einzig und alleine für Oliver Brinkmann selbst interessant.

Kiras Fragen mehrten sich. Warum hatte Wiebke die teure Uhr samt Packung auf dem Nachttisch liegen, wenn sie gar keine Armbanduhren trug, wie mehrere Zeugen unabhängig voneinander ausgesagt hatten? Zum Zeitpunkt ihres Todes war sie doch mit Klaas Steenhuis zusammen gewesen, warum sollte sie sich einen Gegenstand neben das Bett legen, der sie an einen alten Liebhaber erinnerte?

Wenn Sunko Meinert wirklich der Mörder war, warum hatte er sich dann kein Alibi für Dienstagnacht zugelegt?

Kira stand auf und tigerte im Büro herum. Was bedeuteten all diese Überlegungen?

Sie bedeuteten, dass der Mörder die Armbanduhr und die Brezel mit Absicht so platziert hatte, dass sie gefunden werden würden. Er hatte diese Spuren gelegt, um die Ermittlungen zu beeinflussen. Die Polizei sollte auf Oliver Brinkmann gestoßen werden. Sie sollten das Überwachungsvideo sehen und damit Sunko Meinert verdächtigen.

Meinert eignete sich sehr gut als Sündenbock. Er hatte sowohl Wiebke als auch Filip Corluka gekannt. Mit beiden war er in kriminelle Machenschaften verwickelt gewesen, die durch das Video bewiesen wurden.

Wenn aber jemand bewusst Spuren zu Oliver Brinkmann gelegt hatte, musste derjenige das Überwachungsvideo kennen. Wer konnte das sein? Wer könnte sonst als Täter infrage kommen? Wer hätte sonst noch ein Motiv, um Wiebke de Wall zu töten?

Kira massierte sich angestrengt die Stirn.

Sie setzte sich wieder an ihren Arbeitsplatz und suchte eine Mappe heraus, die schon bei der ersten Besprechung der Mordkommission am letzten Donnerstag existiert hatte. Darin befanden sich unter anderem Fotos von Wiebke de Walls Wohnung.

Die Kommissarin blätterte die Bilder durch. Ihr war selbst nicht ganz klar, was sie suchte, aber sie hoffte, es zu erkennen, sobald sie es fand. Jetzt war es an der Zeit, auf ihren eigenen kriminologischen Instinkt zu hören.

In ihrem Kopf hallte das letzte Gespräch mit Tilmann Baer wider. »*Sie sind eine hervorragende Polizistin …*«

Kiras Blick blieb an einem Foto von Wiebkes Wandkalender hängen. Am Montag stand dort das Kürzel »WC«. Und am Freitag war der NDR eingetragen.

Warum war Wiebke ausgerechnet in dieser Woche ermordet worden? Warum nicht früher? Warum nicht später?

Kira starrte auf den Freitag. NDR – Norddeutscher Rundfunk.

In der Besprechung war dazu etwas gesagt worden. Jensen kramte in den Unterlagen nach dem Protokoll.

> »Das NDR-Fernsehen wollte einen Beitrag über den Erfolg des Hits ›Ankerschmerz‹ produzieren und dazu auch Wiebke de Wall interviewen. Außerdem hat sie der Deutschlandfunk für die Sendung ›Zwischentöne‹ am Sonntag angefragt.«

»Zwischentöne« – was war das für eine Radiosendung?

Kira suchte auf der Homepage des Senders danach. »Musik und Fragen zur Person«, stand dort als Erklärung. Über eine Stunde lang wurde jemand interviewt, unterbrochen von Musikstücken, die der Gesprächspartner selbst ausgewählt hatte und die für ihn eine persönliche Bedeutung besaßen. Welche Lieder hatte Wiebke de Wall dafür wohl zusammengetragen?

Bestimmt musste der Radiosender vorher über die Musikauswahl informiert werden. Vielleicht hatte Wiebke das ja bereits getan. Kira sprang auf, um sich den Laptop der Schlagerkomponistin zu holen.

* * *

Das Vorhängeschloss am Eingang der Hütte war mittlerweile von der Spurensicherung entfernt worden. Baer brach das Polizeisiegel und öffnete die Tür. Wenn er an dem Ort, den Sunko Meinert ihm genannt hatte, wirklich etwas finden sollte, dann hatten die Kollegen schlampig gearbeitet.

Die Nachmittagssonne füllte den kargen Raum mit goldenem Licht. Trotzdem würde es für seine Zwecke nicht ausreichen. Baer kippte das alte Sofa um und leuchtete mit einer Taschenlampe in die linke Innenseite. Die Heftklammern, mit denen das Leder befestigt war, glänzten neu. Der Ermittler tastete den Stoff ab, um den Gegenstand dahinter zu fühlen. Er zückte ein Messer und schnitt die Seite auf.

Baer zog einen großformatigen naturbraunen Briefumschlag aus dem Versteck. Darin befanden sich mehrere Fotos und zwei CDs.

* * *

Kira schaltete Wiebkes Laptop ein und öffnete ihr E-Mail-Postfach. Sie scrollte durch die Nachrichten und fand schließlich, was sie suchte: »Playlist Zwischentöne«. Welche Lieder hatte Wiebke für die Interviewsendung ausgewählt?

Kira klickte auf das Dokument. Auf der Liste standen viele Songs von bekannten Künstlern, aber auch einige

Eigenkompositionen. Kira kannte mittlerweile die meisten davon, nur der allererste Titel sagte ihr überhaupt nichts. »Mahr.«

Was war das für ein Wort? Stand es vielleicht für »Meer«?

Kira gab den Titel des Liedes in die Suchfunktion des Computers ein und fand eine alte Musikdatei. Sie steckte ihre Kopfhörer ein und spielte den Song ab.

Zuerst war nur ein Rauschen zu hören, es handelte sich nicht um eine professionelle Aufnahme. Dann erklang eine Gitarre, die alles andere als gute Laune verbreitete. Und dann kam Wiebkes Stimme, sehr dicht und unmittelbar.

Ich starre aufs Meer, aber Freiheit ist unerreichbar. Es gibt nur ein unendlich tiefes Loch. Meine Seele ist schwarz wie getrocknetes Blut, alte Wunden heilen nie. Du lächelst liebevoll böse und ich darf nicht Nein sagen. Ich schreie wie ein Grillhähnchen am Spieß, bin schon längst tot, aber schmecke köstlich. Und niemand glaubt mir. Weil ich selbst schuld bin, denn ich habe eine blühende Fantasie. Jeder erlebt das, oder etwa nicht?

Kira riss sich die Stöpsel aus den Ohren. Sie schluckte, doch das linderte nicht ihre Beklemmung. Es fühlte sich an, als steckte in ihrer Kehle ein Kloß aus rostigen Nägeln. Es war, als ob sie gerade erst realisierte, dass man sie lebendig begraben hatte.

Hastig wühlte sie in den Unterlagen und suchte die Kontaktdaten von Justin Tiedemann heraus. Mit zitternden Fingern tippte sie die Nummer ins Telefon.

Nach zweimaligem Klingeln nahm Wiebkes Ex-Freund ab. »Ja?«, fragte eine tieftraurige Stimme.

»Kira Jensen, Kriminalpolizei Aurich. Ich habe da noch eine Frage zu Wiebke de Wall.«

Der Mann auf der anderen Seite schluchzte auf.

»Wie hat Wiebke die Trennung von Ihnen begründet?«

»Das habe ich doch schon gesagt«, jammerte Tiedemann. »Sie hat behauptet, ich wäre zu emotional.«

»Hat sie noch etwas anderes gesagt?«, fragte Kira. »Ich meine, vorher, bevor sie Ihnen diesen Vorwurf gemacht hat?«

Tiedemann wirkte überrascht.

»Denken Sie nach, Herr Tiedemann.«

»Vorher hat sie sich selbst die Schuld gegeben«, antwortete der Musiker. »Aber das habe ich nicht akzeptiert.«

»Bitte erzählen Sie mir genau, was sie gesagt hat.«

Justin Tiedemanns Stimme klang belegt. »Sie hat gesagt, ich hätte jemand Besseres als sie verdient. Sie würde mich nicht lieben und sie würde mich niemals lieben können. Sie hat gesagt, sie hätte schon viel früher Schluss machen müssen, aber sie hätte nicht den Mut gehabt. Langsam würde sie den Erfolg merken und er würde ihr Kraft geben. Sie würde allmählich daran glauben, etwas wert zu sein, und deshalb müsse sie jetzt in ihrem Leben aufräumen.«

»Danke, Herr Tiedemann.« Kira legte auf und schnappte sich ihre Jacke.

* * *

Auf dem Parkplatz der Sparkassen-Arena in Aurich herrschte eine Atmosphäre wie auf einem Volksfest. Alle waren begeistert, noch eine Karte für das Zusatzkonzert von Maybrit Decker ergattert zu haben, und die Vorfreude auf die Show war riesig. Viele trugen eine Kapitänsmütze mit den Glitzerbuchstaben »Ahoi« darauf, das Motto der Tour prangte außerdem auf gestreiften T-Shirts, Sportbeuteln und allem möglichen Gedöns.

Tilmann Baer drängelte sich durch die Menge, um an die Spitze der Schlange zu gelangen. Seine Eintrittskarte war der

Dienstausweis, mit dem er sogar in den Backstagebereich kommen würde.

»Tilmann?«, erklang eine überraschte Stimme.

Baer drehte sich um.

Ralf Gravenhorst und seine Frau strahlten ihn an. Der Dienststellenleiter hatte eine Ahoi-Mütze auf dem Kopf, seine Begleitung trug das volle Merchandiseprogramm zur Schau. »Ich wusste gar nicht, dass du auch Fan von Maybrit Decker bist.«

Es irritierte Tilmann Baer, dass sein Chef nicht alleine war.

»Dieses Lied – ›Ankerschmerz‹ –, man bekommt es einfach nicht mehr aus dem Kopf.«

Gravenhorsts Frau begann vor Begeisterung loszuträllern und die Umstehenden stimmten mit ein.

»Ich muss dann mal«, entschuldigte sich Baer und ging weiter. Er hätte Gravenhorst davon unterrichten sollen, warum er hier war. Aber das würde er noch früh genug merken.

»Drängeln Sie doch nicht so!«, meckerte eine Frau. »Stellen Sie sich gefälligst hinten an.«

Baer zückte seinen Dienstausweis und wandte sich direkt an den Mann am Einlass. »Ich muss dringend zu Maybrit Decker.«

»Es gibt hier keine Sonderbehandlung, Amigo.«

Baer hielt ihm die Plastikkarte direkt unter die Nase. »Kriminalpolizei Aurich. Lassen Sie mich sofort hinein.«

»Wir haben hier unseren eigenen Sicherheitsdienst, Amigo. Wenn du ein Autogramm willst, stell eine schriftliche Anfrage.«

Baer konnte es nicht fassen. »Dann rufen Sie bitte den Chef Ihres Sicherheitsdienstes, damit er mich begleiten kann.«

Der junge Mann schaute Baer abfällig an. Schließlich nahm er sein Funkgerät zur Hand.

Kurze Zeit später ging Baer zusammen mit einem Mann im schwarzen Anzug durch die noch leere Konzerthalle. Auf der Bühne wurden gerade die Lichteffekte getestet, aus den Schornsteinen eines nachgebauten Dampfschiffs sprühten Funken.

»Bitte sagen Sie mir doch wenigstens ungefähr, worum es geht«, bat der Sicherheitschef den Hauptkommissar. »Befindet sich etwa das Leben von Frau Decker in Gefahr?«

»Tut mir leid, aber ich muss das persönlich mit der Sängerin besprechen. Maybrit Decker kennt mich, sie wird nichts dagegen einzuwenden haben.«

Sie gingen an der Bühne vorbei in einen Flur. Leicht bekleidete Tänzerinnen mit grellbuntem Federschmuck kamen ihnen entgegen, über die Lautsprecheranlage wurde der Hallenmanager ausgerufen. Vor einer Tür blieben sie stehen.

»Frau Decker?« Der Sicherheitschef klopfte. »Hier ist Kriminalhauptkommissar Tilmann Baer und besteht darauf, mit Ihnen zu sprechen.«

»Tilmann Baer?«, fragte die Schlagerprinzessin. »Soll reinkommen.«

Maybrit Decker saß in einem Morgenrock vor dem Garderobenspiegel, daneben stand eine streng gekleidete junge Frau mit Klemmbrett. Neben einer voll behängten Kleiderstange standen auch die Büsten mit dem glitzernden Brustgeschirr der Sängerin. Die beiden Riesenpudel lagen auf dem Boden und Baer musste aufpassen, nicht auf sie draufzutreten.

Die Frau mit dem Klemmbrett nahm keine Notiz von dem Polizisten. »Wir beginnen mit einem Quick-Change-Trick«, sagte sie zu Maybrit. »Das lieben die Leute. Am Anfang ist die Bühne leer und der Hallensprecher kündigt eine Schweigeminute für die tote Songschreiberin an, dann haben wir das aus dem System. Nach der Minute trittst du auf die Bühne in einem schwarzen Kleid, man sieht nur deine Oberweite funkeln. Du hast Tränen in den Augen und sagst:

›Die beste Art, um Wiebke de Wall zu ehren, besteht darin, ihr Lied zu singen.‹ Der erste Akkord von ›Ankerschmerz‹ erklingt, ein Feuerwerk geht los und du hast kein schwarzes Kleid mehr an, sondern deine Kapitänsuniform. Wenn du Probleme mit den Tränen hast, schneid vorher eine Zwiebel.«

»Alles klar«, bestätigte Maybrit, während sie sich künstliche Wimpern aufklebte. »Du kannst jetzt gehen.«

Die junge Frau blickte Baer pikiert an und verließ den Raum.

»Also.« Die Schlagersängerin sah nicht auf. »Weshalb sind Sie hier, Herr Kommissar? Was ist so dringend, dass es nicht bis morgen warten kann?«

Baer zog den braunen Umschlag aus seiner Tasche und schüttete den Inhalt auf dem Schminktisch aus. »Ich bin auf Ihre ersten beiden Alben gestoßen, Frau Decker. Oder sollte ich lieber sagen: ›Adolfina‹?«

Maybrit Decker war schockiert.

»Adolfina«, wiederholte Baer. »Ehemaliger Star der rechtsradikalen Musikszene. In BDM-Outfit mit blonden Zöpfen und strahlend blauen Kontaktlinsen. Mittlerweile haben Sie sich die Brüste aufpumpen lassen, die Nase verkleinert und was weiß ich noch operieren lassen, trotzdem kann man Sie noch ziemlich gut auf den alten Fotos erkennen. Man muss nur auf die Idee gebracht werden, genau hinzuschauen.«

Maybrit Decker wischte das belastende Material von ihrem Garderobentisch. »Das war ich einmal.« Ihre Stimme zitterte. »Aber diese Zeit ist längst vergangen. Ich bin eine vollkommen neue Person geworden! Ich hätte niemals gedacht, dass mich dieser alte Scheiß noch einmal einholen würde.«

»Offenbar sind Sie aber doch noch etwas stolz auf diesen Scheiß, sonst hätten Sie diese Erinnerungsstücke nicht aufgehoben.«

»Das Zeug lag ganz weit unten im Tresor! Ich konnte nicht ahnen, dass jemand bei mir einbricht und mich damit erpressen würde.«

»Aber genau das ist geschehen.«

Maybrit schaute ihn ernst an. »Ich war noch ein Teenager. Meine Familie ist radikal drauf, ich bin einfach in solch einer Umgebung aufgewachsen. Trotz ihrer Ansichten hatte ich eine gute Jugend. Meine Mutter hat mein Gesangstalent entdeckt und gefördert. Meine Brüder haben mir die ersten Gigs verschafft. Es war ein großartiges Gefühl, als man meine erste CD produziert hat. Aber ich habe damals gar nicht begriffen, was ich da für Texte singe.«

»Sie meinen, Sie haben damals nicht begriffen, dass Ihr Markt begrenzt ist und Sie auf diesem Weg niemals ein echter Star werden können.«

»Hören Sie, es ist immer schwierig, sich gegen die eigene Familie zu stellen. Ich habe eine Menge durchgemacht, um den Punkt zu erreichen, an dem ich jetzt stehe. Ich musste von null anfangen. Umso stolzer bin ich auf das, was ich erreicht habe.«

»Und umso wütender sind Sie auf diejenigen, die ihr Lebenswerk zerstören können! Es wäre fatal für Ihre Karriere, wenn gerade jetzt die Welt von Adolfina erfährt.«

Maybrit schluckte.

»Sie haben sich nicht erst letzten Dienstag mit Wiebke zum Mittagessen verabredet«, führte Baer aus. »Wiebke hat Sie schon öfter mal besucht gehabt. Und dabei hat sie genauso wie bei ihren Ex-Liebhabern Informationen gesammelt, wie man am besten in Ihre Villa einbricht und wo der Safe versteckt ist. Wiebke war eine Verräterin und deshalb haben Sie sie ermordet! Natürlich nicht Sie selbst, Sie standen ja an jenem Abend auf der Bühne. Aber jemand wie Sie hat Leute, die die Drecksarbeit erledigen. Nachdem Sie den ersten

Erpresserbrief erhalten haben, haben Sie Ihre alten Kontakte in die rechte Szene reaktiviert.«

»Das ist nicht wahr!«, behauptete Maybrit.

»Und was ist mit Maximilian Kramer? Er hatte den Auftrag, Filip Corluka zu beschatten. Bevor Sie Corluka aus dem Weg räumten, wollten Sie erst wissen, ob noch jemand an der Erpressung beteiligt war und wo die Unterlagen versteckt sind. Leider hat Corluka seinen Verfolger entdeckt und ihm eine gehörige Abreibung verabreicht. Also haben Sie den Killer zu Kramers Adresse geschickt, damit er ihn ebenfalls nach Walhalla befördert.«

Maybrit Decker machte ein Gesicht, als hätte sie ihre Hausaufgaben von Donald Trump abgeschrieben. »Es war eine dumme Idee«, gab sie zu. »Kennen Sie das Gerücht, der Mensch würde nur zehn Prozent seines Gehirns benutzen? Nun, auf den Großteil meiner ehemaligen Fans trifft das zu, auch auf Kramer. In der Folge haben die Erpresser meinen Beitrag erhöht und ich habe allen Widerstand eingestellt. Ende der Geschichte.«

»Wer ist der Mörder?«, fragte Baer. »Einer Ihrer Brüder?«

»Es gab nur Kramer!«, erwiderte Maybrit. »Ich habe niemanden ermorden lassen! Ja, ich war unwahrscheinlich wütend auf Wiebke. Aber ich bin Profi genug, um meine Nerven zu behalten. Mein Erfolg hängt auch von guten Songs ab und dafür brauchte ich Wiebke. Solange ich Geld verdiente, konnte ich davon auch den Erpressern etwas abgeben.«

»Das ist doch Unsinn!«

»Ist es nicht! Kramer sollte im Hintergrund bleiben und Informationen über Filip Corluka sammeln. Man wehrt sich nämlich am besten gegen Erpresser, indem man ihre eigenen Geheimnisse ans Licht bringt. Sobald ich Corluka einen Einbruch hätte nachweisen können, hätte sich mein Blatt wieder gewendet.«

Es klopfte an der Garderobentür und die Frau mit dem Klemmbrett steckte den Kopf hinein. »Bist du immer noch hier, Maybrit? Die Halle ist voll! In zehn Minuten startet die Show!«

»Alles klar, danke für die Nachricht.«

Die Tür schloss sich wieder.

»Und?« Maybrit Decker wandte sich an Tilmann Baer. »Wird das Konzert stattfinden?«

Baer wollte nach seinen Handschellen greifen, aber er tat es nicht. Stattdessen bildeten sich Schweißperlen auf seiner Stirn, die auch der Sängerin nicht verborgen blieben.

Ein Lächeln zog in ihrem Mundwinkel auf. »Dreitausend Leute, die äußerst enttäuscht wären, wenn die Bühne leer bleibt. Pressevertreter, die die Nachricht meiner Festnahme sofort deutschlandweit verbreiten würden. Ein Konzertveranstalter, der die Polizei auf Schadensersatz verklagt. Wenn Sie mich ohne eindeutige Beweise festnehmen und mich später wieder freilassen müssen, wäre das eine Katastrophe für das Image der Polizei. Die Menschen würden zwar von meiner Vergangenheit erfahren, aber Sie würden im Rampenlicht stehen als Torfkopp der Nation.«

Baer wusste, dass Maybrit recht hatte. Alles, was er gegen sie in der Hand hatte, waren die Unterlagen von Adolfina und das Geständnis, dass die Schlagersängerin Maximilian Kramer mit der Beobachtung von Filip Corluka beauftragt hatte. Alles Weitere war nur Theorie und wurde von der Verdächtigen abgestritten.

Er dachte an Ralf Gravenhorst und seine Frau, die sich unter den dreitausend Besuchern befanden. Sein Chef würde sehr wenig Verständnis für diese Festnahme aufbringen, wenn die Anschuldigungen hauptsächlich auf seinem Bauchgefühl beruhten. Allerdings traf Tilmann seine Entscheidungen niemals mit Rücksicht auf andere Leute.

Trotzdem war es diesmal anders. Zum ersten Mal seit langer Zeit wünschte Baer, dass er sich mit jemandem absprechen könnte, jemandem, dem er vertraute und dessen Meinung er respektierte.

Hatte Maybrit Decker die Morde an Wiebke de Wall und Filip Corluka in Auftrag gegeben? Oder hatten ihre Brüder diese Morde vielleicht ohne ihr Wissen durchgeführt, um sie zu schützen? Wer kam denn außer der Schlagersängerin sonst noch als Mörder infrage?

»Also?«, fragte Maybrit Decker. »Was werden Sie jetzt tun?«

26. Mahr

Kira blieb noch im Auto sitzen und starrte auf ihre Pistole. Diese Waffe würde gleich ihr einziger Schutz sein. Sollte sie nicht doch jemanden darüber informieren, wo sie sich befand? Aber wer würde ihr glauben? Alle dachten ja, sie hätten bereits den richtigen Mörder festgenommen. Jeder, dem sie von ihrem Vorhaben erzählte, würde versuchen, es ihr auszureden. Sie musste das alleine durchziehen. Sie steckte die Dienstwaffe mit zitternder Hand ein und stieg aus dem Wagen.

Das Firmengebäude war nicht groß, aber repräsentativ. Ein moderner Komplex aus Glas und Stahl, vor dem ein Brunnen Fontänen und einen Hauch von Las Vegas versprühte.

Am Empfangstresen in der großzügigen Lobby saß ein junger Mann in einem dreiteiligen Anzug. »Willkommen in der Werbeagentur de Wall – wie kann ich Ihnen behilflich sein?«

Kira zeigte ihm ihren Dienstausweis. »Kriminalpolizei Aurich. Ich möchte unverzüglich zu Herrn Walter de Wall.«

Der Mann drückte eine Taste auf der Telefonanlage und meldete die Besucherin an. Danach wandte er sich wieder an die Kommissarin. »Nehmen Sie den Fahrstuhl ins oberste Stockwerk.«

Es gab nur drei Stockwerke, schließlich befanden sie sich in Emden und nicht in Hamburg. Trotzdem herrschte in dem weiten Großraumbüro eine Atmosphäre wie in einem modernen Tech-Unternehmen. Image war offenbar alles. Eine Frau im Business-Casual-Look erwartete Kira bereits und führte sie ins Chefbüro.

»Ah, Frau Jensen.« Walter de Wall erhob sich aus seinem Ledersessel. »Haben Sie Neuigkeiten über den Mord an meiner Tochter? Ich habe das Gerücht vernommen, dass Sie gestern jemanden verhaftet haben.«

»Sie haben recht. Wir haben Sunko Meinert festgenommen.«

De Wall machte große Augen. »Sunko Meinert? Er ist der Täter? Verdammt, ich habe diesem Kerl niemals über den Weg getraut. Aber warum …«

»Sparen Sie sich Ihre Empörung«, sagte Kira kühl. »Sunko Meinert ist nicht der Mörder.«

Walter de Wall hob erstaunt die Augenbrauen.

»Was ist das?« Kira zeigte auf die zahlreichen Pappkisten, die auf dem Boden standen. »Darf ich?« Ohne eine Antwort abzuwarten, nahm sie das Teppichmesser, das auf dem obersten Karton lag, und schlitzte das Paketband auf. Die Kiste enthielt eine Ladung Hockeyschläger. Kiras Blick fiel auf eine Vitrine mit Sportpokalen. Darin standen auch mehrere Fotos, eines davon zeigte Wiebke als junges Mädchen.

»Warum haben Sie Sunko Meinert festgenommen?«, fragte Walter de Wall. »Es muss doch einen Grund haben, warum Sie ihn verdächtigt haben.«

»Wiebke hat mal Feldhockey gespielt?«, fragte Kira.

De Wall nickte. »Die Firma ist diesem Sport sehr verbunden. In den Paketen ist die komplette Ausrüstung für eine Mädchenmannschaft.«

Kiras Puls raste, aber sie versuchte, ihre Atmung unter Kontrolle zu halten. »Der Wahlspruch Ihrer Tochter war genauso eingerahmt wie dieses Foto. Er hing in Wiebkes Wohnzimmer an der Wand.«

»Ich kann mich erinnern, dass dort etwas war, aber ich habe den Text nicht gelesen.«

»›Wie kommt man am besten durch die Dunkelheit? Wenn man ein Lied singt‹. Das hat Wiebke die ganze Zeit über Kraft gegeben, deshalb ist sie Musikerin geworden.«

»Ich verstehe nicht, was Sie meinen, Frau Jensen.«

Kira schaute wieder auf das Foto von Wiebke. Sie sah wundervoll aus in ihrem Trikot und dem kurzen Faltenrock. »Wissen Sie, was ein ›Mahr‹ ist?«

Der Unternehmer schüttelte den Kopf.

»Ein anderer Ausdruck dafür ist ›Nachtalb‹.«

»Dann ist es so etwas wie ein Gespenst, oder?«

»Richtig. Ein Mahr ist ein Wesen, das in der Nacht einen Schlafenden quält. Im Englischen gibt es daher das Wort ›nightmare‹, während man im deutschen Sprachraum von ›Albtraum‹ spricht. Ein Mahr ist ein Monster, das durch das Schlüsselloch eindringt und seine Gestalt verändern kann.«

»Interessant. Und was hat das mit Wiebke zu tun?«

»Auch wenn es in der Schule nicht anerkannt wird, so zitiere ich trotzdem aus Wikipedia: ›In manchen Geschichten hat der Mahr einen deutlich erotischen Charakter. Es wird von Geschlechtsverkehr zwischen Mensch und Mahr berichtet.‹«

Walter de Wall schluckte.

»Wiebke war am Dienstagnachmittag bei Ihnen.« Jensen versuchte, de Wall fest in die Augen zu schauen. »Sie hat Ihnen davon erzählt, dass der NDR sie für einen Fernsehbeitrag interviewen würde und dass auch der Deutschlandfunk ein längeres Gespräch mit ihr plant. Und sie hat angekündigt, bei diesen Gelegenheiten die volle Wahrheit zu erzählen, das, was sie mit ›Ankerschmerz‹ wirklich meint.« Kira merkte, dass ihre Stimme zitterte, und hasste sich dafür. »Wiebke wurde als Kind von Ihnen missbraucht.«

»Wie können Sie es wagen?«, empörte sich Walter de Wall. »Das ist ein ungeheuerlicher Vorwurf! Nein, das ist Verleumdung!«

»Es ist die Wahrheit.«

»Es ist lächerlich!« De Wall lachte auf. »Wollen Sie damit etwa behaupten, ich hätte Wiebke ermordet? Sie haben eine kranke Fantasie, Frau Jensen! Kein Vater könnte jemals seine eigene Tochter umbringen. Außerdem habe ich Ihnen schon bei unserer ersten Begegnung davon erzählt, wie wichtig Wiebke für unsere Firma war. Durch ihren Tod haben wir einen gewaltigen wirtschaftlichen Schaden erlitten. Unsere Firma war auf Expansion ausgerichtet, aber nun müssen wir deutlich kleinere Brötchen backen.«

Kira spürte einen starken Druck auf dem Brustkorb, trotzdem bemühte sie sich, stark zu bleiben. »Es ist sinnvoller, einen großen Teil seines Vermögens zu verlieren als das gesamte Leben. Wenn Wiebke den Missbrauch öffentlich gemacht hätte, wäre Ihr Ansehen dahin gewesen. Die Werbeagentur hätte keine Aufträge mehr bekommen, Ihr Privatleben wäre den Bach runtergegangen und alle politischen Ambitionen wären unmöglich geworden. Also sind Sie Ihrer Tochter in einem Firmenwagen, den Wiebke nicht kannte, gefolgt und haben auf eine gute Gelegenheit gewartet, um sie zu ermorden.«

»Und wie soll ich das gemacht haben?« De Wall kicherte hysterisch. »Wiebke wurde erschossen. Wie soll ich an eine Pistole kommen? Außerdem wurde noch eine zweite Person mit derselben Waffe erschossen, eine Person, die mir vollkommen unbekannt war.«

»Filip Corluka war Ihnen keineswegs unbekannt«, führte Kira aus. »Sie wussten, dass Wiebke eine Beziehung zu einem Ihrer Kunden gehabt hatte, nämlich zu Oliver Brinkmann. Woher wussten Sie das? Weil er es Ihnen selbst erzählt hat. Nach dem Einbruch in sein Haus hatte sich Brinkmann das

Überwachungsvideo angesehen und darauf Wiebke erkannt. Er konnte mit dem Video nicht zur Polizei gehen, weil dann seine Frau von seiner Affäre erfahren hätte. Trotzdem hat sich Brinkmann über das gestohlene Geld geärgert und wollte die Sache nicht einfach auf sich beruhen lassen. Was macht er also? Er geht zu Ihnen! Brinkmann zeigt Ihnen das Video und droht damit, Ihre Tochter anzuzeigen, wenn Sie ihm nicht als Entschädigung einen besonders guten Werbevertrag geben. Einen speziellen Deal mit zahlreichen kostenlosen Extraleistungen. So war es doch, Herr de Wall, oder nicht?«

Der Geschäftsmann antwortete nicht.

Kira deutete das als Bestätigung ihrer Theorie. »Seitdem wussten Sie von Wiebkes Nebenverdienst und dem Einbrechertrio. Sunko Meinert kannten Sie ja schon, aber nun haben Sie sich auch mit Filip Corluka auseinandergesetzt. Zunächst haben Sie mit Ihren Informationen nichts weiter gemacht, doch nachdem Sie sich dazu entschieden hatten, Wiebke zu töten, reifte in Ihnen der Plan, Sunko Meinert für diesen Mord verantwortlich zu machen. Als Sie in ihrer Wohnung herumgeschnüffelt haben, haben Sie nicht nur die goldene Armbanduhr gefunden, sondern sind auch auf eine Pistole gestoßen, die Sunko Wiebke zur Verfügung gestellt hatte. Diese Waffe war die perfekte Möglichkeit, um Meinert zu belasten. Sie mussten jetzt nur noch dafür sorgen, dass die Polizei Wiebkes alten Jugendfreund verdächtigen würde. Das sollte durch das Überwachungsvideo von Oliver Brinkmann geschehen. Damit das möglichst subversiv abläuft, haben Sie die goldene Uhr, die Brinkmann Ihrer Tochter geschenkt hat, auf Wiebkes Nachttisch platziert. Als Tilmann Baer Sie nach dieser goldenen Uhr fragte, wussten Sie, dass wir auf die falsche Spur angesprungen waren. Doch leider kam der Juwelier Garlef Reitmeyer ums Leben, bevor er uns von seinem Stammkunden Brinkmann erzählen konnte. Also haben Sie auch noch Filip

Corluka erschossen und Brinkmanns goldene Brezel so aufgehängt, dass sie uns auffallen musste. Sie hatten sowieso vor, Corluka umzubringen, denn er war nur ein lästiger Zeuge, der Partei für seinen Kumpel Sunko Meinert ergriffen hätte. Danach sind Sie unter einem Vorwand in Meinerts Oldtimer-Garage gefahren und haben in einem unauffälligen Moment die Mordwaffe in seinem Büro versteckt.«

Walter de Wall applaudierte. »Tolle Geschichte, die Sie sich da ausgedacht haben. Aber haben Sie noch etwas anderes als Ihre überbordende Fantasie?« Er grinste süffisant. »Wo sind Ihre Beweise? Sie haben rein gar nichts gegen mich in der Hand, Frau Jensen!«

Kira atmete tief ein, bevor sie weitersprach. »Ich werde mit Ihrer Frau reden, Herr de Wall. Es ist unmöglich, dass sie nichts von dem Missbrauch mitbekommen hat. Auch wenn eine Mutter der Tochter Lügen vorwirft und sich einen Schutzschild aufbaut – sie hat es mitbekommen. Und es wird auch andere Zeugen geben, die gegen Sie aussagen werden.« Jensen nickte zu den Pappkartons mit der Sportausrüstung. »Eine Mädchen-Hockey-Mannschaft? Wirklich? Ich denke, die Liebe zum Hockey ist dabei zweitrangig.«

Walter de Wall grinste immer noch ausgiebig. Seine Augen verrieten allerdings, dass er angestrengt nachdachte, wahrscheinlich ging er in seinem Kopf alle möglichen Szenarien durch, wie er aus der Sache noch herauskäme.

* * *

Im Garderobenraum der Sparkassen-Arena Aurich erklang eine Lautsprecherdurchsage. »*Alle Künstler für die Eröffnungsnummer sofort zur Bühne. Die Show startet in einer Minute.*«

»Ich muss jetzt los«, sagte Maybrit Decker zu Tilmann Baer. »Meine Fans haben viel Geld dafür bezahlt, mich zu sehen.«

Baers Gedanken rasten. Was, wenn Maybrits Brüder die Morde auf eigene Faust durchgeführt hatten, ohne dass sie etwas davon wusste? Er hätte mal das Konzert abwarten sollen, anstatt sofort hier reinzustürmen. Wenn Maybrit Decker jedoch eine Mörderin war, dann hatte sie auch kein Abschiedskonzert mehr verdient.

Die Schlagerprinzessin stand auf und auch Baer erhob sich.

»Frau Decker.« Der Hauptkommissar zog seine Handschellen hervor. »Hiermit nehme ich Sie wegen zweifachen Mordes fest.«

* * *

Kira fixierte Walter de Wall. »Die Frage ist, ob Sie daran glauben, dass die Beweise gegen Sunko Meinert Bestand haben werden. Die Kriminaltechnik ist sehr weit fortgeschritten, Herr de Wall. Was, wenn wir keine Schmauchspuren auf Sunko Meinerts Kleidungsstücken finden, aber auf Ihren? Auf dem Schmuckkästchen und der goldenen Brezel könnte es Fingerabdrücke von Ihnen geben. Oliver Brinkmann wird uns bestätigen, dass er Ihnen das Überwachungsvideo gezeigt hat.« Kira zog ihre Handschellen aus der Gürteltasche. »Hiermit nehme ich Sie fest wegen des Mordes an Wiebke de Wall und …«

Walter sprang auf sie zu, und bevor Kira reagieren konnte, drückte er ihr mit den Händen den Hals zu. »Die Frage ist, warum sind Sie alleine hier, Frau Jensen? Weil Sie auf eigene Faust ermitteln und Ihr Chef keine Ahnung hat, dass Sie hier sind. Ich werde Sie jetzt töten, denn genau das ist es, was man mit bösen Mädchen tut. Sie werden ebenso auf dem Meeresgrund landen wie Wiebke und niemand wird mich dafür zur Rechenschaft ziehen.«

Kira wollte antworten, aber bekam nur ein hohles Krächzen heraus. Ihr ganzer Körper sehnte sich nach Luft, doch es gab keine Erlösung.

Walter drückte noch fester zu. »Wiebke war meine Tochter, ich durfte alles mit ihr machen. Und ich war gut zu ihr! Ich habe ihr immer alles bezahlt! Ihr lächerliches Studium, durch das man später nur Almosen verdient. Ich habe sie mit den Aufträgen meiner Firma durchgefüttert! Und dann ist ihr der Erfolg zu Kopf gestiegen! Sie wollte wirklich in aller Öffentlichkeit ihre Familie beschmutzen. Das konnte ich nicht zulassen.«

Kira sah Sterne und ihr Bewusstsein schwand. Es blieb nur noch ein Gedanke, der sich fest in ihr eingebrannt hatte. *Ich werde kein Opfer mehr sein. Nie wieder.* Sie taumelte zurück und stieß gegen die Pappkartons. Ihre rechte Hand fand das Teppichmesser und stieß es Walter in den Arm.

Er brüllte vor Schmerz und sie bekam endlich wieder Luft in die Lungen. Kira ließ das Teppichmesser fallen und griff nach ihrer Pistole, doch Walter schlug ihr die Waffe aus der Hand. Der nächste Haken folgte und Kira stürzte zusammen mit den Kisten um.

Neben ihr lagen die Hockeyschläger auf dem Boden. Sie schnappte sich einen und wehrte damit Walters Fußtritt ab. Als er zurückwich und nach der Pistole griff, sprang Kira auf und knallte ihm das Spielgerät gegen die Hand. Die Waffe schlitterte unter den Schreibtisch.

»Eins zu null.« Kira grinste dämonisch.

»Verfluchte Schlampe!« Walter spuckte sie an.

Kira holte aus und hämmerte ihm den Hockeyschläger mit voller Wucht in den Schritt. Walter de Wall verdrehte die Augen und sackte ohnmächtig zu Boden.

* * *

Tilmann Baer verließ mit Maybrit Decker die Garderobe.

Draußen begegnete ihnen die Frau mit dem Klemmbrett. »Da bist du ja, Maybrit! Was machst du denn noch hier? Warum hast du nicht das schwarze Kleid an? Und was sollen die Handschellen?«

»Planänderung«, erwiderte Baer. »Wir beginnen mit einem Trick, bei dem die Sängerin verschwindet. Das werden die Leute hassen.«

Das Klemmbrett fiel auf den Boden. »Was soll das bedeuten, Maybrit?«

Die Schlagersängerin ignorierte ihre Assistentin und wandte sich an den Hauptkommissar. »Woher haben Sie eigentlich das blaue Auge?«, fragte sie.

»Das war Maximilian Kramer«, grummelte Baer.

»Dann hat er also doch eine Sache richtig gemacht.«

Die Sicherheitsleute schauten sie entgeistert an.

»Gibt es hier auch einen Hinterausgang?«, fragte der Polizist.

Jemand zeigte auf eine grüne Stahltür.

Baer wollte gerade die Klinke drücken, da klingelte sein Smartphone. Wer mochte das wohl sein? War Gravenhorst bereits misstrauisch geworden?

Er fischte das Gerät aus der Hosentasche und sah eine unbekannte Nummer. »Kriminalhauptkommissar Tilmann Baer.«

»Hier spricht Ihre Assistentin«, meldete sich Kira.

»Schön, dass Sie Ihren Humor wiedergefunden haben«, brummte Baer.

»Das nun nicht. Aber ich habe etwas anderes gefunden. Ich sitze gerade im Chefsessel der Werbeagentur de Wall in Emden und habe einen Doppelmörder festgenommen.«

»Wie bitte?«

»Es war Walter de Wall, Chef. Er hat schon gestanden – als er noch eine normale Stimme hatte.«

»Gut gemacht, Jensen! Danke für den Anruf.« Baer legte auf und blickte Maybrit Decker an. »Wie es aussieht, müssen Sie Ihre Fans wohl doch nicht enttäuschen.«

* * *

Die großen Ahoi-Buchstaben auf der Bühne blinkten auf und augenblicklich änderte sich die Stimmung in der Halle. Aus dreitausend genervten Zuschauern wurden wieder Menschen, die bereit waren zu feiern.

»Endlich geht es los!«, freute sich Frau Gravenhorst und strahlte mit ihrem Mann um die Wette.

Als Maybrit Decker die Bühne betrat, brach die Menge in frenetischen Applaus aus. Die Schlagersängerin genoss diese Zuwendung sichtlich, doch nach einer Weile gebot sie ihren Anhängern, mit dem Klatschen aufzuhören. »Verehrte Fans, ich möchte mich für diese Verzögerung entschuldigen. Jeder von euch hat bestimmt von dem Mord an der Komponistin von ›Ankerschmerz‹ gelesen. Ich habe gerade gehört, dass die Polizei den mutmaßlichen Mörder gefasst hat.«

Die Leute jubelten wieder los, doch Maybrit machte eine Geste, um ihre Begeisterung zu dämpfen. »Ich hätte es lieber, Wiebke de Wall würde noch leben. Sie hat Furchtbares erfahren und davon handelt der Text ihres Liedes. Wiebke war gerade dabei, sich von ihren Ketten zu trennen, aber noch bevor sie den Hafen verlassen konnte, wurde ihr Schiff versenkt. Ich werde in Zukunft jedes Mal an sie denken, wenn ich dieses Lied singe.«

Es blieb ein paar Sekunden still, dann setzten die ersten Akkorde von »Ankerschmerz« ein.

* * *

Draußen herrschte Nacht, aber der Konferenzraum in der Polizeiinspektion Aurich war noch hell erleuchtet. Es waren nicht mehr viele Leute da. Kira war auch nicht nach Feiern zumute. Sie war froh, dass sich Tilmann Baer um alles Weitere kümmerte und die Aussage von Walter de Wall aufnahm.

Ralf Gravenhorst traf ein. Er hatte immer noch die Ahoi-Kapitänsmütze auf dem Kopf und strahlte. »Was für ein Abend!«, jubelte er. »Es war nicht nur ein großartiges Konzert, sondern wir haben auch noch den Mörder.« Er schüttelte Kira überschwänglich die Hand. »Sie haben die Show schon letzte Woche gesehen, nicht wahr?«

Kira nickte.

»Und nun haben Sie auch noch den Täter gestellt!« Gravenhorsts Stimme überschlug sich fast vor Begeisterung. »Ich habe vorhin gar nicht mitbekommen, dass Maybrit Decker nicht über Sunko Meinert gesprochen hat, sondern über Walter de Wall! Ganz starke Leistung, Jensen. Wie sind Sie auf ihn gekommen?«

»Instinkt«, antwortete Kira mit staubtrockener Stimme.

»Unglaublich.« Gravenhorst schüttelte den Kopf. »Dieser Kerl hat seine eigene Tochter – ich meine, auch als Kind –, so etwas kann man sich doch gar nicht vorstellen.«

»Entschuldigen Sie mich bitte.« Kira spürte Übelkeit in sich aufsteigen. Sie ließ Gravenhorst stehen und ging eilig weg. Hoffentlich würde ihr jetzt niemand begegnen!

Ihr Büro war leer und dunkel, nur der Mond zauberte einen silbrigen Streifen auf den Boden. Kira schloss die Tür hinter sich ab und ging zum Schrank mit den Büroutensilien. Sie griff ins oberste Regal und nahm einen der großen Teddybären heraus. Sie umarmte das Plüschtier, kauerte sich in eine Ecke und weinte bitterlich.

Instinkt entwickelte man häufig aufgrund von Erfahrung.

Sie hatte geglaubt, sie hätte ihr Leben im Griff. Sie hatte es geschafft, Kriminalkommissarin zu werden, und dachte, dass sie deshalb ihrer Mutter mit neuem Selbstbewusstsein gegenübertreten könnte. Aber was geschehen war, ließ sich nicht aufräumen oder reparieren. Die Tür in ihre Vergangenheit stand weit offen, es krabbelten unentwegt Spinnen hindurch und setzten sich auf ihren Körper. Wie hatte sie das bisher nur ausgehalten? Woher hatte sie ihre Kraft genommen? Alleine würde sie jetzt nicht mehr weiterkommen. Sie musste sich professionelle Hilfe suchen und ihren Ankerschmerz aufarbeiten.

27. Gewonnen

Am Mittwochmorgen erwachte Kira auf ihrer neuen Matratze. Die Wohnung fühlte sich heute gar nicht mehr so fremd an. Für die ersten Jahre in Ostfriesland würde sie ausreichen.

Sie stand auf und schaltete das Radio ein. Der Moderator versprühte trotz eines antiken Witzes gute Laune und kündigte Maybrit Decker mit »Ankerschmerz« an. Kira ließ ihn gewähren und stellte fest, dass sie den Song wieder mochte. »*Brich die Ketten und stich in See, solange der Kurs stimmt, ist alles okay.*«

Sie machte sich Frühstück und freundete sich mit dem Küchentisch an. Es gab keine Eile, ins Büro zu kommen. Tilmann Baer sollte ruhig seine Morgenroutine haben. Wenn das so wichtig für ihn war, würde sie ihn nicht mehr dabei stören.

In ihr herrschte eine seltsame Mischung von Gefühlen. Einerseits kam es ihr so vor, als ob heute ihr erster Arbeitstag wäre, andererseits war sie überhaupt nicht aufgeregt. Kira grinste breit. Sie hatte gewonnen und das fühlte sich ungemein gut an.

Sobald die Läden öffneten, wollte sie sich noch ein neues Handy kaufen und außerdem eine Packung Haferflocken als Trostpreis für Tilmann Baer. Beim nächsten Fall würde sie mit ihm zusammenarbeiten und darauf freute sie sich schon.